KB268209

우리 시대의 밀리언셀러는
어떻게 탄생했는가

우리 시대의 밀리언셀러는
어떻게 탄생했는가

초판 1쇄 인쇄 | 2017년 1월 23일
초판 1쇄 발행 | 2017년 1월 30일

지은이 | 박돈규
펴낸이 | 박영욱
펴낸곳 | (주)북오션

편 집 | 허현자 · 이소담
마케팅 | 최석진
표지 및 본문 디자인 | 서정희

주 소 | 서울시 마포구 서교동 468-2
이메일 | bookrose@naver.com
페이스북 | facebook.com/bookocean21
블로그 | blog.naver.com/bookocean
전 화 | 편집문의: 02-325-9172   영업문의: 02-322-6709
팩 스 | 02-3143-3964

출판신고번호 | 제313-2007-000197호

ISBN 978-89-6799-225-5 (03810)

이 도서의 국립중앙도서관 출판예정도서목록(CIP)은 서지정보유통지원시스템
홈페이지(http://seoji.nl.go.kr)와 국가자료공동목록시스템
(http://www.nl.go.kr/kolisnet)에서 이용하실 수 있습니다.
(CIP제어번호: CIP2015028971)

우리 시대의 밀리언셀러는 어떻게 탄생했는가

박돈규 지음

북오션

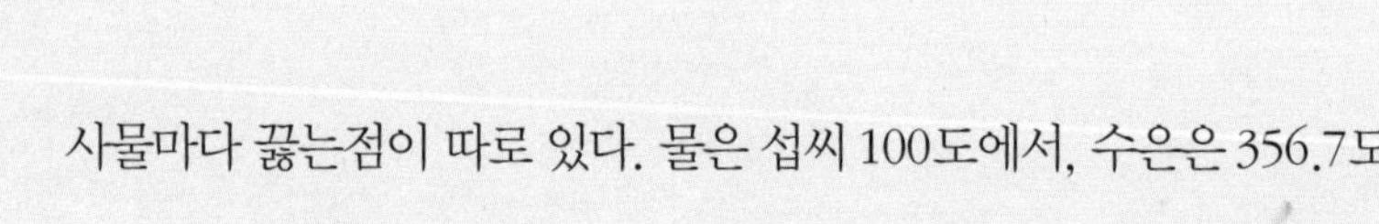

사물마다 끓는점이 따로 있다. 물은 섭씨 100도에서, 수은은 356.7도에서 기체로 바뀐다.

책도 어느 시점이나 기운을 만나면 불이 붙는다. 체온 36.5도의 독자들이 너나없이 그 책을 집어드는 것이다. 완독이나 정독이 아니어도 좋다. 우리 출판 시장에서 짧게는 1년, 길게는 10년간 세월의 어느 마디를 지배하는 책이라면 그럴 만한 까닭이 있으리라. 평소 책을 거들떠보지 않는 사람들까지 지갑을 여는 까닭이 있으리라.

《우리 시대의 밀리언 셀러는 어떻게 탄생했는가》는 이런 가정에서 출발한 책이다. 사실은 베스트셀러만 되어도 시끌벅적하다. 밀리언셀러(Million Seller), 즉 100만 부 넘게 팔린 책은 어쩌면 독자와 비(非)독자의 천하통일과 같다. 거대한 규모의 경제, 바꿔 말해 개발 수요가 창출되는 것이다.

현실에서는 '잡음'이 '신호'를 압도한다. 우리는 날마다 2.5퀸틸리언(quintillion, 조의 1만배) 바이트의 정보를 생산하지만 대부분은 소음이다. 빅 데이터 시대에도 어떤 책이 사랑받을지는 예측이 불가능하다. 인터넷으로 생산되고 유통되는 정보가 책 시장을 압도하면서 변동성은 점점 커지고 있다. 안다고 생각하는 것과 실제로 아는 것 사이의 격차다.

남들이 어떤 책을 많이 읽는다는 소문 때문에 더 많이 팔리는 책이 있다. 정말 좋은 책인데 그런 기운이 닿지 않는 경우도 많다. 밀리언셀러는 어쩌면 그 둘 사이에 있는 것 같다. 그래서 천만다행이다.

이 책은 《이윤기의 그리스로마신화》부터 《미생》까지, 21세기에 밀리언셀러 고지를 밟은 책 20종을 다룬다. 누가 어떻게 기획해 어떤 과정을 거쳐 만들었고 어떻게 팔렸는지 중요한 매듭을 살피려고 했다. 근년 들어 한국 사회에서 어떤 책들이 사랑받았느냐는 질문에 대한 답이다.

윤태호 만화 《미생》이 2014년에 밀리언셀러가 될 것이라고 예측한 출판인은 없다시피 했다. 웹툰(webtoon)으로 출발해 드라마로도 방영된 이 책은 100만 부 고지에 오르는 코스부터 남달랐다. 출판사는 결실을 보기에 앞서 5년이라는 시간을 투자했다.

어떤 책은 서점에 깔리기 무섭게 팔려나간다. 2003~2004년 국민의 기상 시각을 앞당긴 《아침형 인간》, 2008~2009년 엄마의 실종을 통해 엄마를 재발견하게 해준 《엄마를 부탁해》, 2010년 한국 사회에 정의 열풍을 일으킨 《정의란 무엇인가》, 2011~2012년 20대를 위로한

《아프니까 청춘이다》, 중국이라는 나라를 소설로 비춰준 《정글만리》
가 그랬다. 신드롬이라고 할 수밖에 없는 속도였다.

나오기도 전에 독자가 기다리는 책도 있다. 이보다 강력한 밀리언
셀러의 징후도 드물다. 무라카미 하루키가 쓴 《1Q84》는 예약판매만
3만 부에 이를 만큼 대기수요가 많았다. 고액 선인세 논란을 비웃듯이
단숨에 100만 부를 돌파했다. 한국인이 가장 사랑하는 해외 작가 베르
나르 베르베르의 단편집 《나무》는 충성 독자의 뜨거운 지지를 받았다.
도전하면 얻을 수 있다는 믿음을 퍼뜨린 자기계발 복음서 《시크릿》도
책이 인쇄소에 들어가 있는 동안 "언제 나오느냐"는 문의 전화가 빗발
쳤다.

그런가 하면 마라토너처럼 끈질기게 달려서 출간 11년 만에 밀리언
셀러라는 결승선에 다다른 책도 있다. 황선미의 《마당을 나온 암탉》이
그런 경우다. 《박시백의 조선왕조실록》은 역사라는 무거운 글감을 대
중적 만화로 풀어내기까지 자그마치 13년을 쏟아부었다.

새로운 시장을 개척하면서 밀리언셀러로 떠오른 책도 있다. 《이윤
기의 그리스로마신화》는 새천년을 맞이해 서양 문명에 대한 관심, 컴
퓨터게임과 판타지소설의 배경이 되는 신화에 대한 관심이 높아지는

타이밍을 절묘하게 잡아냈다.《파페포포 메모리즈》는 출판 시장에서 가벼운 책 읽기의 시작을 알렸다.《멈추면, 비로소 보이는 것들》은 트위터라는 문명에 힘입은 바 크다.《그 남자 그 여자》는 인기 라디오 방송이 밀리언셀러로 바뀔 수 있다는 것을 입증했다.

작품성과 대중성은 별개다. 김훈이 이순신의 내면을 그린《칼의 노래》는 노무현 전 대통령과 정치권이 끊임없이 호명하면서 밀리언셀러가 되었다. 이 소설은 2014년에 영화 〈명량〉이 1760만 관객을 모으면서 다시 베스트셀러로 치솟았다. 스테디셀러《모모》는 드라마 〈내 이름은 김삼순〉을 만나 판매량이 수직으로 상승하며 밀리언셀러가 되었다.

죽었던 책이 벌떡 일어서는 경우도 있다. 파울로 코엘료가 쓴《연금술사》는 1990년대 말 절판되었다가 2003년부터 불붙기 시작해 단숨에 100만 부 고지를 밟았다. 이 책은《칭찬은 고래도 춤추게 한다》《마시멜로 이야기》가 그랬던 것처럼 부모의 교육열과도 얽혀 있다.

밀리언셀러는 힘센 이야기다. 인류가 소수이고 정신이 미성숙했던 시절부터 우리는 서로에게 이야기를 들려줬다. 불 주변에 모여서 일렁이는 그림자를 보며 연극이라는 놀이를 만들기까지는 긴 세월이 걸렸다. 지금도 우리는 종이 · 무대 · 스크린에서 펼쳐지는 픽션에 열광한다. 이야기는 중력(gravity)처럼 어디에나 있고 우리 행동에 영향을 미친다.

19세기 말 미국 서점 주인들과 출판사 발행인들은 자전거가 유행하는 바람에 책이 안 팔린다고 불평했다. 얼마 후 그들은 영화에 대해서도 불을 뿜었다. 하지만 제임스 본드 시리즈 등이 증명했듯이, 영화는 출판 시장을 잠식하기는커녕 확장시켰다. 종이가 스크린으로 바뀌었을 뿐이다. TV나 영화도 픽션의 매체이고 음악도 이야기를 들려준다. 비디오게임, 스포츠 중계, 법정에서도 스토리텔링이 점점 중요해진다. SNS에서 이야기를 만들고 소비하려는 충동을 보라. 우리는 뼛속까지 이야기에 푹 젖어 있다.

하지만 오늘날 스마트폰은 독서의 적(敵) 아니냐고?《스토리텔링 애니멀(*Storytelling Animal*)》을 쓴 영문학자 조너선 갓셜은 "스마트폰은 이야기를 전달하는 황홀한 도구이자 '주머니 속 도서관'"이라고 말했다. 스마트폰 덕에 우리는 그 어느 때보다 다양한 이야기를 더 편하고 매력적인 형태로 만나는 것이다.

'해리 포터'는 영국 경제에 연간 최소 5조 원을 벌어다 준다. 18세기 산업혁명이, 20세기 정보혁명이 새 부가가치를 만들었다면 21세기는 '이야기 혁명' 시대다. 세계 각국은 더 좋은 이야기 자원을 손에 넣기 위해 고요하지만 뜨거운 전쟁을 벌이고 있다. 일본 만화를 원작으로 삼은 〈라이언 킹〉, 중국 설화에서 가져온 〈뮬란〉은 모두 남의 나라로 팔려간 뒤 세계를 지배하는 히트작이 됐다.

밀리언셀러는 2015년 이후에도 등장할 것이다. 생물학적 목적을 위해서도 인간에게는 이야기가 필요하다. 세상은 음모·책략·제휴로 가득하며 그것을 탐지하는 게 생존에 유리하다. 톨스토이는 "이야기는 전염병처럼 작동한다"고 생각했다. 우리는 논픽션을 읽을 때와 달리 픽션 앞에선 이성의 방패를 내려놓는다. 인간은 기꺼이 이야기에 감염될 준비가 되어 있다.

밀리언셀러는 그 사회와 시대를 읽는 렌즈다. 서점에 베스트셀러에 대한 책은 있지만 밀리언셀러를 다룬 책은 없다. 밀리언셀러는 베스트셀러와는 제작 과정과 규모, 파장이 다르다. 21세기 한국에서 100만 부 이상 팔린 책들을 정리하면서 한국 사회의 단면을 들여다보았다. 독자 입장에서 이 책은 밀리언셀러의 탄생 과정을 엿볼 기회다. 출판계에는 지혜의 두레박을 길어 올릴 수 있는 우물이 되기를 소망한다.

차례

프롤로그

에필로그

미생

한국이 주빈국이었던 2014년 4월 영국 런던도서전에서 가장 '획기적(ground-breaking)'이라는 평을 들은 작가는 황석영도 이문열도 신경숙도 아니었다. 만화가 윤태호였다. 웹툰(webtoon)은 유럽이 본 적 없는 '듣보잡 장르'지만 순문학과 달리 독자를 사실상 무한대로 넓힐 수 있기 때문이다.

런던도서전 한국관에서 가장 붐빈 곳은 웹툰 갤러리였다. 윤태호가 '웹툰－한국 디지털 만화의 새 트렌드'라는 주제로 연 독자와의 만남에서 사회자는 웹툰에 대해 "한국에서 '이륙(take off)'한 새로운 현상"이라고 지칭했다.

영국 사람들은 윤태호의 대표작 《미생(未生)》과 《이끼》 속 주인공들이 영웅이 아닌 까닭을 궁금해했다. 윤태호는 이렇게 답했다. "어떤 경계에 선 사람을 그리고 싶었다. 바둑에서 삶과 죽음이 결정되지 않은 상태를 '미생'이라고 한다. 현대인에 대한 은유다. 우리는 미생인 상태로 꿈을 꾸듯 완생을 지향할 뿐, 그것을 쟁취할 수는 없다."

그는 "이제 겨우 30편 그렸을 뿐이지만, 작품들이 내 인생의 어느 '마디'를 점령하고 있는 것 같다"면서 "하고 싶은 이야기가 많이 남아 있어 잠을 줄이고 작업한다"고 했다. "주변에서 운동을 권하기에 자전거를 샀는데, 마감하듯 하루 100킬로씩 타니까 노동이 되더라"고 말하자 객석이 웃음바다가 됐다.

출판 만화는 소수 편집자의 안목을 이겨내지 못하면 연재 기회가 없다. 하지만 웹툰은 문턱이 낮아 훨씬 다양한 대중을 만날 수 있다. 다른 매체로의 전환도 용이하다. 윤태호는 "샐러리맨이 주인공인 《미생》은 독자 수천 명이 달아준 댓글을 작품 뉘앙스에 반영했다"며 "웹툰의 성공 아래에는 디지털 기기의 발달, 한국인의 바쁜 삶, 그들을 붙잡아야 하는 백화점식 포털사이트가 있다"고 설명했다. 런던 지하철에서도 와이파이(wifi)가 터지면 웹툰이 무가지(無價紙)를 밀어낼 것이라는 반응이 나왔다.

웹툰은 온라인이 기반이고 번역이라는 장애물도 낮아 해외 진출이 용이하다. 정서 차이를 어떻게 극복할지, 해외 독자에게도 무료로 보여줄지는 고민거리다. 코티나 버틀러 영국문화원 문학 부장은 "웹툰은 21세기 디지털 문화가 낳은 획기적인 장르"라며 "IT가 발전하고 독자가 전자책에 익숙해질수록 미래는 더 밝다"고 전망했다.

하지만 그때까지도 나는 시큰둥했다. 6개월 뒤에 어떤 일이 벌어질지 몰랐다. 윤태호 웹툰을 종이책으로 옮긴 《미생》(전 9권)은 2014년 말 보란 듯이 100만 부를 돌파했다. 그해는 사실 우리 출판 시장에서 밀리언셀러의 명맥이 끊어질 뻔한 해였다.

《미생》은 여느 밀리언셀러와는 설계 과정부터 달랐다. 출판사 위즈덤하우스가 먼저 작가에게 작품을 의뢰했는데 책이 아니라 웹툰으로 출발했다. 윤태호는 구상에 3년, 연재(웹툰)에 2년을 보냈다. 종이책은 그다음에야 나왔다. 5년을 투자했으니, 여간한 신뢰와 장기적 안목 없이는 불가능한 프로젝트였다.

위즈덤하우스 기획안(가제 '고수')은 바둑 고수가 세상 사람들에게 지혜를 나눠 주는 이야기였다. 김은주 위즈덤하우스 분사장은 "바둑의 묘수들로부터 삶의 지혜와 자세를 배울 수 있을 것이라 생각했고, 탄탄한 스토리텔링과 구성력을 갖춘 윤태호 작가에게 제안했다"고 말했다. 하지만 윤태호는 '리더'나 '고수' 같은 낱말이 마뜩치 않았다. 30대 중반까지 그의 인생 자체가 실패의 연속이었기 때문이다.

윤태호는 바둑보다 '직장인' 이야기에 더 매력을 느꼈다. 《이끼》도 기획부터 연재 종료까지 5년 걸렸기에 다음 5년도 의미 있는 작업을 하고 싶었다. 만화가 허영만의 제자인 그는 "걸리는 시간으로 보면 내겐 한 작품이 허영만 선생님의 수십 타이틀 가치가 있어야 한다"고 생각했다. 결국 출판사와 협상을 벌였고 제목을 '미생-아직 살아 있지 못한 자'로 비틀었다.

바둑돌은 세상(바둑판)에 놓이면서부터 삶을 도모하고 죽음을 걱정하는 처지다. 바둑에서는 두 집 이상이 나야 완생(完生)이다. 덩치가 큰 대마(大馬)도 쫓기다 비명횡사할 수 있다. 미생으로 태어나 완생을 꿈

윤태호는 《미생》을 통해 우리나라를 대표하는 만화가로 입지를 굳혔다.

꾸며 살아가는 건 사람도 매한가지다. 위즈덤하우스는 '미생'이라는 말이 처음엔 낯설었지만 작가의 주제의식과 판단을 신뢰했다.

바둑은 공간과 시간을 다투는 게임이다. 흑돌과 백돌이 가로 19줄, 세로 19줄의 바둑판 위에서 지은 집의 수에 따라 승부가 갈린다. 또 제한시간이 있어서, 고민하느라 시간을 물 쓰듯 할 수도 없다. 막판 초읽기에 몰려서도 냉정하게 형세를 파악하면서 공격과 수비를 결정해야 한다.

바둑판 위에는 361개(19×19)의 교차로가 있다. 이 숫자는 점성술은 물론 60진법과도 얽혀 있다. 바빌로니아 사람들은 지금 우리가 쓰는 10진법 대신 60진법을 사용했다. 60은 약수가 많아 곡물이나 토지를 나눠 줄 때 편리했다. 그들은 '360=6×60'이라는 산술적 관계에 끌려 1년을 360일로 나눴다. 60과 360을 중요하게 여기는 습관은 오늘날까지 살아남았다. 원은 360도, 1시간은 60분, 1분은 60초다. 바둑도 361개 중 한 자리에 첫 흑돌이 놓인다.

《미생》 작업에는 암초가 여럿 있었다. 윤태호는 회사 생활을 해본 적이 없다. 과장이 높은지 부장이 높은지도 몰랐다. 기업에 취재를 요청했는데 다 거절당했다. 윤태호는 결국 페이스북 친구들을 통해 취재했다. 종합상사 직원이 데이트하는 데 끼어서 회사 얘길 듣기도 했다. 취재라기보다 공부에 가까웠다. 직장 경험이 없으니 모르는 말투성이였다.

"작가가 잘 모르면서 글을 쓰면 독자는 금방 알아챈다. 회사에 탕비실이란 게 있다는 것도 처음 알았다. '상사에게 손님이 오면 어떻게 하나. 누가 커피를 타나. 원두커피냐 믹스커피냐.' 이런 것까지 물었다."

《이끼》가 성공했는데 차기작을 너무 한가하게 선택한 것 아니냐는 우려가 많았다. 대중적으로 웹툰은 젊은 사람이 읽는데 '바둑 만화'라니, 주변에서 뜯어말렸다. 윤태호는 팟캐스트 '이동진의 빨간 책방'에 출연했을 때 "그래서 오기가 발동했다. 나는 작업을 힘들게 하는 걸 좋아하는데 자꾸 말리니 더 해볼 만한 미션으로 다가온 것"이라고 했다.

윤태호는 바둑 실력이 10급에 불과했지만 복기(複棋)에 매료되었다. 바둑 한 판이 끝나면 승자와 패자가 초연하게 복기를 한다. 그 비장함이 매력적이었다. "10년 넘게 바둑에 인생을 건 열여덟 살 청년(장그래)이 입단에 실패하고 '낙하산'으로 회사에 들어가 새로운 인생을 시작하는 이야기를 그리면 샐러리맨을 피상적으로 다룬 작품에 비해 독자적인 위치를 가질 수 있을 것 같았다."

그는 출판만화로 시작해 새 플랫폼인 웹툰으로 넘어온 만화가다. 출판만화와 웹툰은 캔버스부터 문법까지 완전히 다르다. 웹툰은 '스크롤 다운(scroll down)', 즉 세로를 잘 써야 한다. 윤태호는 웹툰을 단행본으로 옮길 때 말풍선 때문에 그림의 질서가 깨지는 아픔을 《이끼》에서 이미 학습했다. 《미생》 때는 단행본을 먼저 생각했고 세로로 떼서 웹에 붙이는 방식으로 작업했다.

"《미생》을 단행본으로 보면 컷이 많다. 한 컷당 그려야 할 그림은 적다. 샐러리맨과 바둑이라는 잘 모르는 소재를 그리기 때문에 스토리 확보하는 게 어려워서 그림은 나한테 익숙한 안정된 형태로 가려고 했다. 그림보다는 이야기로 뭔가 보여주려고 한 것이다."

웹툰 〈미생〉은 2012년 1월부터 포털사이트 다음을 통해 서비스되었다. 만화나 웹툰을 즐기지 않던 사람들까지 매주 화·금요일에 업데이트를 기다리는 분위기였다.

윤태호는 웹툰을 연재하면서 독자의 도움을 받았다. 대기업 임원에 대한 시각이 대표적이다. 윤태호는 접대 식사와 술자리, 골프 같은 전형적인 모습만 상상했는데 따끔한 충고를 들었다. 어느 독자가 "임원이 부정적인 모습도 있지만 중요한 건 그 분야에서 가장 일을 잘하는 사람, 오랫동안 그 업무를 맡아 통달한 사람이라는 사실이다. 그런 게 만화에서 소홀히 그려지는 것 같다"고 지적한 것이다. 그렇게 해서

미생으로 태어나 완생을 꿈꾸는 직장인들의 애환을 그린 만화 《미생》은 '직장인들의 교과서' 라는 호평을 받았다.

《미생》에는 임원의 품위가 배어들 수 있었다.

　장그래는 6~7세부터 바둑을 배웠고 흥미를 느끼면서 한국기원 연구생이 되었다가 좌절한 청년이다. 《미생》은 그가 세상에 나와서 한 수 한 수 걸음을 옮기는 이야기다. 입단에 실패하고 바둑돌을 떨구는 순간 세상은 허물을 벗었다. 장그래에게만 감춰졌던 세상이 갑자기 나타난 것이다. 그가 실패를 받아들이는 방식이 아프다. "난 그냥 열심히 하지 않아서 세상으로 나온 거다. 난 열심히 하지 않아서 버려진 것뿐이다."

　《미생》은 조훈현 9단(흑)과 녜웨이핑 9단(백)이 벌인 제1회 응씨배 결승 5번기 제5국과 동행한다. 책 아래로 흐르는 저류(底流)와 같다.

조훈현은 실리를, 녜웨이핑은 세력을 선택한다. 실리가 현찰이라면 세력은 신용 같은 미래 가치다. 바둑은 그 둘 사이에서 끊임없이 갈등한다. 바둑판 위에는 매번 선택을 강요하는 교차로가 끝없이 이어진다. 바둑은 그래서 인생의 축소판이다.

예컨대 흑이 둔 11수는 유일한 삶의 길이다. 상태가 터준 길이지만 굴욕감 따위를 느끼지 않고 기꺼이 산다. 바둑은 우선 살아야 한다. 살기 위해서는 끊어지지 않아야 하며 서로 이어져 의지해야 한다. 생존은 기본적으로 모든 '돌'의 명제다. 실리의 길은 멋은 없지만 확실하고 예측 가능하다. 반대로 세력의 길은 웅장하고 화려하지만 한순간에 지푸라기만 남을 수 있다. 바둑판의 중앙은 하늘처럼 넓다. 동시에 하늘처럼 공허하다.

장그래는 인턴이고 계약직이다. 유일한 생존의 길이었던 그 종합상사에서 그는 세상이 굴러가는 법을 배운다. 서류 작업은 쓸데없는 고퀼리티보다 평범하고 무난한 게 좋다. 직장에서도 바둑처럼 선수(先手)를 차지해야 한다. 게임을 주도하고 판을 이끄는 것. 장그래가 바둑을 포기하며 들고 나온 자산은 집중력뿐이다.

윤태호는 한밤중에 한국기원에 연락해 기보 사용을 허락 받았다. 웹툰에 계속 댓글을 달아주는 바둑 고수에게 해설을 부탁했더니 "바둑을 뭘로 보고 나 같은 사람한테……"라는 반응이었다. 그래서 박치문 해설위원에게 의뢰했다. 때론 무협지 같고 때론 수마다 산이 움직이고 바다가 갈라지는 기보 해설은 이 책에 깊이와 멋을 더했다.

윤태호는 연재를 하면서 이야기를 계속 발전시키는 스타일이다. 독자들 중 바둑 강자들의 도움이 컸다. 댓글 아래 댓글이 또 100개씩 달리는 식이었다. "바둑을 잘 두는 사람들은 논리구조가 확고하게 있다. 기본적으로 싸움꾼이지만 형세와 집을 계산하려면 수학적 머리가 강해야 한다."

《미생》은 웹툰 연재가 끝나고 2012년 9월부터 종이책으로 나오기 시작했다. 1권을 출간할 때부터 판매 목표는 100만 부였다. 김은주 분사장은 "《이끼》로 윤태호가 최고의 만화가로 인정받고 있다는 점,《미생》에 담긴 이야기가 직장인이라면 누구나 공감하고 위로받을 수 있는 메시지였기 때문"이라고 했다. 대중성은 웹툰으로 이미 검증된 터였다.

이 시리즈는 모두 9권으로 완간된 2013년까지 50만 부가 판매되었다. 판매량은 2014년 10월 초 90만 부에 이르렀다. '직장인들의 교과서', '샐러리맨 만화의 진리'라는 호평 속에 소장용과 선물용으로 사랑받았다. 독자들은 이런 서평을 남겼다.

"아직 살아 있지 못한 자, 제가 딱 그런 느낌이었습니다. 한 집의 역할도 못하는 것처럼, 한 사람 구실도 못하고 사회라는 전쟁터에 나온 느낌? 장그래가 계속 성장해서 한 사람의 역할을 해내는 것을 보면서 울컥하더군요." "지하철에서 눈물 뚝뚝 흘리며 본 만화. 한참을 미생으로 살아왔고 또 살아갈지도 모르는 직장맘의 마음을 헤아려준 작가님께 감사함과 대단함을 느끼며, 고마워요!" "나와 같은 사람들이 많다는 것, 아직 늦지 않았다는 것, 더 열심히 살아야겠다는 것. 이 모두가《미생》이 가르쳐준 가르침이자 선물입니다."

그해 가을 첫서리가 내릴 때까지만 해도 《미생》이 100만 부 고지를 밟을 줄은 몰랐다. 하지만 10월 17일부터 tvN 드라마 〈미생〉이 방영되자 기상도가 달라졌다. 출판 시장 전체를 지배하는 태풍으로 세력이 급성장한 것이다. 새 도서정가제 시행 직전의 파격 할인(40%)에도 힘입어 무서운 속도로 팔려나갔다.

"넌 '미생'이냐, '완생'이냐?"

tvN 드라마 〈미생〉은 엄청난 반향을 일으키며 원작 만화를 밀리언셀러로 끌어올렸다.

그해 말 드라마에 빠진 직장인들은 이런 질문을 안부처럼 주고받았다. 바둑은 살아야 하는 쪽과 죽이려고 달려드는 쪽 사이의 두뇌 게임이다. 삶과 죽음 사이 아슬아슬한 줄타기는 우리 대부분의 인생과 겹쳐진다. 그렇지 않다면 "사는 게 죽느니만 못하다" "죽지 못해 산다" 같은 넋두리가 이토록 자주 들릴 리 없다. 바둑과 샐러리맨을 두 기둥으로 세운 《미생》은 굳이 말하지 않아도 이심전심 독자와 통했다.

드라마 〈미생〉이 원작의 재미와 감동을 재현하며 큰 반향을 일으키자 책이 하루 2000세트(1만 8000부) 이상 판매되었다. 결국 10월 말

100만 부를 돌파했다. 11월에는 모든 대형 서점에서 베스트셀러 종합 1위를 찍었다. 폭발적인 반응 속에 《미생》은 다시 한 달 만에 100만 부가 팔리는 기염을 토했다. 세트라곤 해도 '한 달에 100만 부'는 전례를 찾기 힘든 기록이다. 김은주 분사장은 "등장인물 간의 관계와 배경, 아직 나오지 않는 에피소드에 대한 궁금증 때문에 원작을 찾아 읽으려는 욕구가 반영된 결과"라고 했다. 매회 자체 최고 시청률을 갈아치운 이 드라마는 마지막 회엔 10퍼센트를 넘겼다.

임시완(장그래), 이성민(오상식), 김대명(김동식), 강소라(안영이) 등 배우들은 "웹툰과 싱크로율 100퍼센트"라는 평을 받았다. 윤태호는 이렇게 평했다. "오상식 과장은 만화적 기호로 그려 넣은 더벅머리나 붉게 충혈된 눈이 트레이드마크라는 점에서 외모는 이성민과 많이 닮지 않았다. 하지만 그의 연기나 눈빛, 재해석 측면에서는 배역이 제대로 옮겨간 것 같다. 안영이는 매우 아름다운 분을 섭외해 당황했지만 정말 마음에 드는 캐스팅이다. 임시완은 보지 않아도 되는 지점을 보고 있는 듯한 청춘이라는 생각이 든다. 사람의 뒷모습을 볼 줄 아는 배우다."

윤태호는 2014년 8월 한국능률협회 리더스모닝포럼에서 '미생에서 완생으로―누구에게나 자신만의 바둑이 있다'는 제목으로 강연을 했다. 이 자리에서 그는 "《미생》은 인생의 희로애락이 아니라 직장인의 삶에 대한 목격담을 풀어놓은 것"이라며 "창작자가 가끔 빠지는 오류 중 하나가 자꾸 뭘 가르치려 한다는 점인데 그것을 피하려고 애썼다"고 말했다. 《미생》을 통해 세상에 던지고 싶은 메시지는 '그래도 괜찮아'였다. "꿈을 향해 열심히 사는 것 자체가 완생으로 가는 길이다. 꿈이 손아귀에 들어오지 않는다고 좌절할 필요는 없다."

이 만화는 모두 9권이다. 제1권 '착수'부터 '도전' '기풍' '정수' '요석' '봉수' '난국' '사활' '종국'으로 이어진다. 시작만큼 끝이 중요하다. 제9권 '종국'은 131수로 열린다. 포위된 흑 대마가 살 길을 찾아 몸을 꿈틀거린다. 살기만 하면 이기는 승부다. 삶의 종류는 중요하지 않고 오직 목숨만 구하면 이긴다.

오 차장은 눈에 띄지 않는 일이라도 맡겨진 일은 제대로 끝내려 했다. 승진을 위해 누구 뒤에 서본 적 없다. 오히려 누군가의 뒷덜미를 잡아 쓰러뜨렸다. 자아가 배신당하지 않도록 노력했다. 그게 역설적으로 자아실현이다. 오 차장은 업무 태도를 드러냄으로써 회사의 정치와 거리를 두었다. 그것은 소박하지만 안정적으로 회사 생활을 하겠다는 의지이자, 게임을 제안하고자 하는 이들에게 보내는 경고 메시지였다.

전무가 지시하고 밀어붙이는 중국 아이템 때문에 그는 깊은 고민에 빠진다. '믿을 만한 사람'이 아니라 '그래도 될 만한 사람'으로 보인 것 때문에 기분이 찜찜하다. 그래도 될 만한 사람에게 주는 일이란 믿을 만한 사람에게 주는 일과는 분명히 다르다. 전무가 화투 쳐서 따는 자리는 아니라지만 이건 너무 심하다. 장그래까지 "무엇 때문인지 모를 전무님의 판단으로 '절'을 받아야 하는 우리 회사가 '인사'를 해야 하는 상황이 된 거군요"라며 들쑤신다.

바둑 고수는 잡지 않고 이긴다. 살(殺)의 바둑은 하수 몫이다. 막바지로 몰린 녜웨이핑에게는 이제 오직 잡는 길뿐이다. 《미생》 속 이야기와 절묘하게 겹친다. 조훈현의 흑 대마는 여전히 미생이다. 녜웨이핑은 문득 높은 파도가 수평선 가득 메우며 다가오는 것을 본다. 보지 못하는 묘수, 그것만이 유일한 두려움이다. 이 포위망 속에서 조훈현은 환한 꽃길처럼 거역할 수 없는 삶의 길을 보았다. 그는 안에서 밖으로 나가지 않고 밖에서 안으로 미는 착점을 한다. 조훈현은 삶을 넘어 죽음을 기획하는 중이다.

중국에서는 시작도 끝도 '인사'다. 전무는 그걸 배우며 쭉 성장한 사람이고 확신으로 똘똘 뭉쳐 있다. 하지만 자신이 바라보는 별과 땅의 채널을 잃어버린 임원은 추락하게 된다. 추락하는 것은 날개가 없고 임원은 계약직이다. 판단을 그르칠 때는 징후가 있다. 결국 감사팀이 뜨고 전무가 해온 업무 방식에는 '부주의' '자만'이라는 낙인이 찍힌다. 경력이 통째로 부정당한 것이다. 녜웨이핑처럼 패망을 예감한다.

"비정한 바둑판에서 삶과 죽음은 동의어나 다름없다. 한쪽의 삶은 다른 한쪽의 죽음과 닿아 있다"고 박치문은 해설한다. 제1회 응씨배 결승 5번기 제5국은 흑이 놓은 145수로 끝난다. 웬만한 고수라면 볼 수 있는 수다. 조훈현이 못 볼 리 없고 녜웨이핑도 못 볼 리 없다. 맥점으로 백 5점이 사망하며 대단원의 막이 내렸다. 녜웨이핑은 목을 늘어뜨렸고 조훈현은 그 목을 쳐줬다. 두 적수는 말을 잊은 듯 하염없이 판을 내려다본다.

2014년 한국은 여느 해와 달랐다. '대중=미생'이었다. 그들은 "보고 싶다"는 문자 하나를 지우기 위해 공간 이동과 시간 멈춤을 감행하는 〈별에서 온 그대〉의 판타지부터 300여 명이 숨지거나 실종된 세월호 비극, 1760만이 본 영화 〈명량〉 등 엄청난 진폭을 경험했다. 막말과 성추행으로도 시끄러운 한 해였다. 직장 상사의 말 한마디로 가슴에 멍이 드는 미생들은 대한항공 '땅콩 회항' 사건을 계기로 폭발했다.

국내 비정규직 근로자는 852만 명(45.4%)에 이른다. 그들의 77퍼센트는 다니던 회사를 2년 만에 떠나 구직 대열에 다시 매달린다. 대한항공이 시끌벅적하게 증명했듯이, 정규직도 심리적으로는 '미생'이다. '땅콩 회항' 사건에서 기장과 사무장은 대주주의 딸이 저지른 '갑(甲)질'에 속수무책 당했다. 미생들이 공분(公憤)을 터뜨렸다. 미국 CNN은 "한국에서 양극화가 심화되면서 재벌의 일탈과 비합리에 대한 분노가 커지고 있다"고 보도했다.

그해 한국프로야구 MVP는 서건창 선수였다. 구단에서 방출되었다가 현역으로 입대한 그는 입단 테스트를 거쳐 신고선수(야구계의 비정규직)로 다시 프로에 돌아왔다. 미래는 불 꺼진 터널처럼 어두웠다. 가진 것 없는 청년 장그래가 세상을 향해 던진 질문 "죽을 만큼 열심히 하면 나도 가능한 겁니까?"를 서건창도 숱하게 자문했을 것이다.

서건창은 한 인터뷰에서 드라마 〈미생〉을 몇 번 봤다고 말했다. 무명선수 시절 받은 모욕과 냉대를 발전의 토대로 삼았느냐는 질문에 대한 그의 답이 걸작이다. "난 한 번 방출되었던 선수다. 가장 밑바닥까지 가본 사람이다. 그런 사람이 누가 옆에서 말실수하거나 좋지 않은 대우를 받는다고 해서 흔들릴 것 같나. 정말 밑바닥까지 떨어지면 그런 말 듣고 고민하고 상처받을 여유조차 없다."

회사 안은 전쟁터지만 회사 밖은 지옥이다. 부모 세대가 그랬던 것처럼 우리 역시 많은 것을 희생하며 살아간다. 윤태호는 《미생》 서문에서 "야근을 마다하지 않고, 쉬는 날이면 아이들 체험학습을 위해 무거운 몸을 밖으로 내쫓고, 더 나아 보이는 동네를 꿈꾼다"며 "TV에서는 꿈대로 살라고 외치는데, 그렇게 못 사는 이들은 위로받지 못하고 그저 시민, 서민으로 퉁 쳐서 평가받는다"고 썼다. 그래서 바둑이 특별하게 보였다는 것이다. 패배를 어떻게 관리하는지, 지면서 얼마나 마음이 단단해지는지, 그 아이가 세상에 나와서 어떻게 살아가는지…….

"정답은 모르지만 해답을 아는 사람은 있어요. 장그래 씨처럼요."

드라마 《미생》에 나오는 대사다. 정답은 답 자체이고 해답은 풀이 과정과 답까지 포함한다. 9권짜리 만화책이 어떻게 밀리언셀러가 되었는지도 어렴풋이 알 것 같다. 2014년 말까지 230만 부 팔린 《미생》은 밀리언셀러의 새로운 해답을 보여준 셈이다. 5년을 투자했고 웹툰부터 드라마까지 여느 책과는 길 자체가 달랐다.

대한민국 독자는 누구인가

36.7세. 미혼 여성이고 회사에 다닌다. 온라인 서점에서 1년에 책을 17.7권 구매하고 소설·인문·자기계발 분야를 좋아한다. 책을 고를 때 중요한 것은 '내용'이 아니라 '메시지'다. 베스트셀러는 궁금한

데 사고 싶진 않다. 스마트폰 때문에 책 읽을 시간이 줄고 있지만, 독서는 여전히 전자책보다 종이책이 편하다.

한국 독자는 누구
교보문고 회원 1259명 설문조사

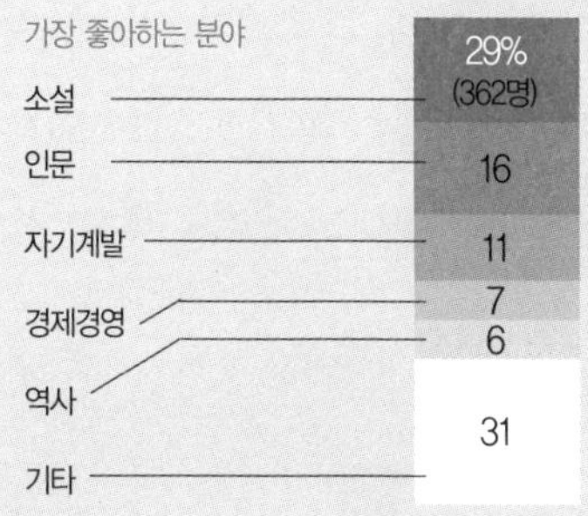

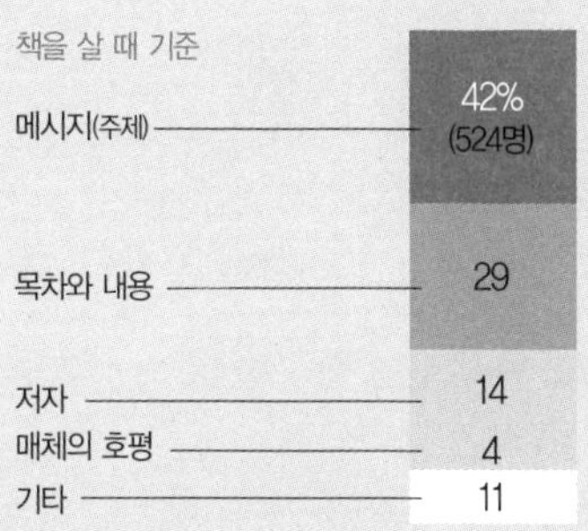

교보문고가 2014년 추출한 평균 독자의 프로필이다. 교보문고 북클럽 회원 1259명이 30개 문항을 담은 이메일 설문조사에 응답했다. 한국 평균 독자인 '그녀'가 누구이고 지금 어디에 살며 어떤 취향이고 뭐가 불만인지, 가장 넓은 단면이 드러났다.

핵심 독자는 '3말 4초(30대 후반~40대 초반)'라는 말처럼, 평균 36.7세였다. 연령대는 31~35세(226명, 18%)가 가장 많았고 26~30세

(207명, 16%), 41~45세(201명, 16%), 36~40세(176명, 14%) 순이었다. 여성이 55퍼센트, 미혼이 54퍼센트로 나타났다. 1년에 책값으로 20만~50만 원을 쓰고 있다.

응답자 주소를 보면 독자는 서울(539명)·경기(301명)·인천(68명)·대구(67명)·부산(61명)에 많이 살고 있었다. 서울에서는 송파(52명)·강남(31명)·관악(30명)·성북(28명)·영등포(27명)구에 많고 금천(10명)·용산(11명)·중(12명)·광진(13명)·동대문(13명)구에는 적었다.

소설을 가장 좋아했다. 소설(29%)·인문(16%)·자기계발(11%)·경제경영(7%)·역사문화(6%)를 선호하는 것으로 나타났다. 책을 선택할 때 가장 중요한 판단 기준으로는 '메시지(주제)'라는 응답이 42퍼센트(524명), '목차와 내용'이 29퍼센트(370명), '저자'가 14퍼센트(171명)로 조사됐다. '베스트셀러 여부'라고 말한 비율은 3퍼센트(33명)에 그쳤다. 주로 주말에 독서를 하고 책을 한번 잡으면 30~60분 동안 읽는다.

열혈 독자 사이에서 베스트셀러는 신뢰를 잃고 있었다. 베스트셀러에 대한 생각을 묻자 "궁금하긴 하지만 사고 싶지 않다"(486명, 39%) "마케팅으로 만들어낸 것이라 궁금하지도 않다"(415명, 33%)는 부정적 응답이 72퍼센트에 달했다. "얼른 사서 읽고 싶어진다"는 '대세 추종 독자'는 232명(18%)에 그쳤다. 독자가 아닌 마케팅과 서점의 선택이 중요해지면서 베스트셀러의 값어치가 떨어졌기 때문이라는 분석이다.

독서의 적(敵)은 뭘까? 책 읽는 시간이 줄어드는 까닭을 묻자 340명 (26%)이 '스마트폰 때문'이라고 했다. '인터넷에 정보가 넘쳐나서' (273명, 22%), '독서 행위 자체가 귀찮다'(68명, 5%)는 응답도 있었다. 책을 읽는 방식으로는 절대다수인 1201명(95%)이 종이책을 선호했다. 실제로 한국 출판 시장에서 전자책 점유율은 5퍼센트에 미치지 못한다.

책을 살 때 온라인 서점을 이용한다는 독자가 1046명(83%)으로 오프라인 서점(213명, 17%)을 압도했다. 온라인 서점은 '싸다'(47%), '언제 어디서든 클릭'(26%), '편한 배송'(21%)이 강점으로 나타났다. 반면 오프라인 서점은 '다양한 책을 만져보고 고를 수 있다'(78%), '책을 사러 갔다 들어오는 것 자체가 좋다'(9%), '책 향기와 넘기는 소리에 끌린다'(5%)는 응답이 나왔다.

박시백의
조선왕조실록

나이 마흔에 스무 살 무렵의 이상과 열정을 간직하고 사는 게 어디 쉬운 일인가. 정도전은 30대 중반에 정4품에 해당하는 벼슬에 오를 만큼 전도유망한 엘리트였지만 권세가들에게 찍혀 8년을 유랑했다. 이쯤 되면 머리를 숙여 잘나가는 옛 친구를 찾아가거나 초야에 묻혀 더러운 꼴 안 보며 살기 십상인데, 그는 달랐다. 역성혁명을 꿈꾼다. 권력은 칼끝에서 나오는 법인데 정도전에겐 그게 없다는 게 문제.《박시백의 조선왕조실록》(휴머니스트, 이하《조조록》) 속 정도전은 "없으면 빌리면 되지"라고 눙친다. 이 대목에서 작가는 즉흥극 한 토막을 삽입한다. 제목이 '칼'이다.

칼장수 1: "칼 사요, 칼! 식칼, 과도, 장검, 사시미칼, 일본도, 없는 게 없슴다. 카알~"

칼장수 2: "칼 갈아, 칼! 무딘 칼, 녹슨 칼, 이 빠진 칼, 부러진 칼, 모두 모두 예~리하게 바꿔줘. 카알~"

정도전: "칼 빌려요, 칼! 썩어빠진 세상을 두 동강 낼 칼 좀 빌립니다. 카알~"

칼장수들: "세상을 두 동강 낼 칼? 그런 칼도 있수? 글쎄, 첨 들어 보는데."

한 컷짜리 만평(漫評)이 때로는 원고지 10장 분량의 논설보다 더 날카로울 수 있다. 《조조록》은 조선 500년의 방대한 정사(正史)를 20권짜리 만화로 읽을 수 있다는 것 말고도 통렬한 풍자의 재미를 듬뿍 안겼다. 박시백은 신문사에서 만평을 그렸던 사람이다. 인물과 사회를 만화로 가로지르던 솜씨는 《조선왕조실록》이라는 역사 앞에서도 무뎌지지 않았다. 예리하고 경쾌하되 얕지 않다.

박시백은 1990년대 말 TV 사극에 빠져 조선사에 대한 책을 여럿 접했다. 《조조록》 머리말에 그가 썼듯이 "특히 정치사가 흥미진진했다"고 한다. 익숙한 역사적 인물들의 신념과 투쟁, 실패와 성공의 이야기, 극적인 드라마와 탁월한 처세. 만화로 그리면 재미있겠다고 생각한 그는 신문사를 그만두고 2001년 《조선왕조실록》 국역 CD를 구입해 작업에 들어갔다. 궁궐을 찾아 사진을 찍고 헌책방을 기웃거리며 콘티를 짰다. 머릿속에선 항상 그 시대 인물들이 이야기를 주고받다 다투곤 했다.

습작을 그리고 찢는 날들이 이어졌다. 콘티부터 그림과 채색까지 모든 공정을 혼자 감당했다. 아무 결과물 없이 1년이 흐르자 슬슬 근심이 고개를 들었다. 박시백은 '안 되겠다' 싶어 견본 100여 장을 만든 다음 퇴짜를 각오하고 출판사를 찾아가기로 했다. 휴머니스트가 이 원고를 받은 건 우연이었다. 길에서 동료 시사만화가(백무현)을 만났고, 그가 "이 원고는 무조건 휴머니스트로 가야 한다"고 고집했다는 것이다. 휴머니스트는 검토 하루 만에 출간을 결정했다. 당시 편집일기에 김학원 대표는 이렇게 적었다.

"두 가지 점에서 독보적이다. 첫째, 하루에 8시간 꼬박 읽어 4년이 걸리는 《조선왕조실록》을 과연 누가 완독하고 작품을 쓸 수 있겠는가. 둘째, 시대적 배경과 상황에 기초해 작가의 시각으로 진실을 재구성·재조명했다. 이 작업은 이전에도, 그리고 앞으로도 누군가 쉽게 시도할 수 있는 것이 아니다. 무조건 해야겠다."

2003년 7월 첫 책이 출간되었다. 웹툰도 없던 때라서 만화는 어린이가 본다는 정서가 강했다. 박시백은 일반인을 위한 역사교양만화를 그렸지만, 서점에서는 만화를 역사나 인문 분야에 론칭한 전례가 없었다. 《조조록》은 어린이 매대의 학습만화들 틈에 놓였다. 역사교양만화로 어린이 학습만화 시장을 열어보겠다는 출판사 의도가 있었다.

독자 리뷰는 "아이 주려고 샀다가 내가 더 재밌게 보았다" "새로운 권이 출간되면 가족끼리 서로 먼저 읽기 위해 다툰다" 등 어른이 봐도 유익한 책이라는 의견이 많았다. 역사를 가르치는 교사들, 역사 연구자들도 호평했다. "어른들끼리 권하기에도 자연스러운 판형과 표지라면 지하철에서도 스스럼없이 볼 수 있겠다"는 의견까지 나왔다. 휴머

니스트는《조조록》재고를 회수
하고 성인용으로 다시 내기로
결정했다. 2005년 4월 제1권이
나왔는데 전통적으로 40~60대
남성 독자가 강세인 단행본 역
사 분야에 만화가 깔린 최초의
사건이었다.

박시백은 야사를 배제하고 정사로 대하역사
만화라는 새로운 길을 개척했다.

개정판에 대한 독자와 시장
의 반응은 훨씬 좋았다. 6개월
에 한 권꼴로 출간되는 신간을
손꼽아 기다리는 대기 독자도
생기기 시작했다. 40대 부모들
이 초·중학생 자녀들과 함께
읽고, 40~50대 역사 독자층의 호평이 이어지면서 20~30대로 독자가
옮겨갔다. 근년에는 역사를 소재로 한 영화와 드라마의 인기에 힘입어
독자층이 더 넓고 단단해졌다. 김학원 대표는 "과거에 역사책 독자들
이 효창운동장에 모였다면《조조록》이후엔 잠실운동장에 모이는 효
과를 만든 셈"이라고 했다.

《조조록》은 준비 기간부터 2013년 7월 완간까지 13년이 걸렸다. 제
15권부터 완간까지 함께한 위원석 휴머니스트 주간은 "책의 구성 자
체에 만평가의 경험이 굳건하게 뿌리를 내리고 있다"며 "2077책 분량
의《조선왕조실록》중 의미 있는 것을 가려 뽑고, 분절된 사건과 인물

간의 연계성을 정리하고, 새로운 역사 해석을 끌어냈다"고 설명했다.

현대 정치사의 인물을 반영한 이미지들이 캐릭터에는 반영되어 있다. 고려 말 혼란기에 탁월한 정치 감각을 보여준 이인임에는 김종필 총재의 느낌이 담겨 있다. 2014년 드라마 〈정도전〉에서 "힘없는 자의 용기만큼 공허한 것도 없지요. 세상을 바꾸려거든 힘부터 기르세요. 고작 당신 정도가 떼를 쓴다고 바뀔 세상이었으면 난세라 부르지도 않습니다" 같은 대사로 회자된 인물이다.

조선의 인물과 현대의 인물을 견주면서 재미를 더하고 이해를 도왔다. 개경을 점령한 홍건적과 싸워 멋지게 데뷔전을 장식하고 연전연승으로 고려를 대표하는 명장 반열에 오른 이성계에 대해서는 "탁월한 전략가 히딩크와 야전사령관 홍명보, 해결사 안정환의 능력을 두루 갖

《박시백의 조선왕조실록》은 준비 기간부터 완간까지 13년이 걸린 대작이다.

춘 멀티플레이어"라고 썼다.

박시백은 시사만평가 이전에 기자였다. 기록을 바탕으로 그 속에 숨은 진실을 관찰하는 기자 정신과 압축적인 그림으로 표현해야 하는 만평가의 솜씨가 접목되어 《조조록》이 태어났다. 세종은 여종에게 출산휴가를 준 것은 물론 산모 남편도 쉬게 한 리더십을 가지고 있었고, 늘 공부하며 신하를 긴장시키는 끝장 토론의 달인이었다. 청렴한 사람은 아니었던 황희 정승을 비롯해 주요 인물의 알려지지 않은 사실과 맥락을 시대 배경 속에서 재구성했다. 절체절명의 위기에 빠진 조선을 구해낸 이순신이나 의병 활동에 대한 생생한 재조명처럼 민의의 흐름 또한 놓치지 않았다.

《조조록》은 한 임금의 재위 기간이 한 권으로 구성된 시리즈다. 1권부터 마지막 권까지 읽어나가는 독자도 있지만 제각각 독립적이다. 영화 〈광해〉가 관심을 모으면 '11권 광해군일기'가, 드라마 〈정도전〉이 전파를 탈 때는 '1권 개국'이, 영화 〈역린〉이 극장에 걸리면 '16권 정조실록'의 판매 부수가 올라갔다. 교보문고 통계로는 1권, 2권, 20권 순으로 많이 팔렸다.

《조조록》이 2013년 11월 드디어 밀리언셀러가 되었을 때 박시백의 반응은 '다행이다' '당연하다'였다고 한다. 그해 7월 완간된 이 시리즈는 완간 이전까지 60만 부가 나갔고 이후 4개월 동안 40만 부가 팔리며 탄력을 받았다. 2014년 7월 기준 150만 부를 넘어섰다. 첫 권이 나오고 10년 세월 동안 기다려준 독자들이 있어 작가도 출판사도 기죽지 않고 완간에 이르렀으니 행운도 따른 셈이다. 근년 들어 자기계발서에 대한 피로감과 더불어 환상에 휘둘리지 않겠다는 현실 감각이 생겼고, 뒤돌아보고 싶은 마음에 역사서를 찾는 독자가 늘고 있다.

《조조록》은 야사를 배제하고 정사로 대하역사만화라는 길을 개척해 상업적으로 성공했다. 《조선왕조실록》으로 가는 문턱을 낮추고 믿음직스러우면서 재미있는 만화로 구성해 입소문을 탔다. 역사 교사나 역사학자들의 호응 또한 신뢰도를 높이는 데 기여했다. 먼저 읽는 독자들의 환호와 공신력 있는 교사와 전문가들의 호평이 만나 확산의 기운이 형성된 것이다.

2013년 7월부터 1년간 방송된 팟캐스트야말로 신선한 시도였다. 책을 이미 읽고 있는 독자에게 애프터서비스(AS)를 한다는 뜻으로 시작했지만 홍보에도 톡톡히 한몫했다. 350만 다운로드를 기록했다. 이 밖에도 미니 다큐와 북트레일러를 만들고, 〈조조록 통문〉이라는 12면짜리 신문을 15만 부 찍어 배포했다. 13년 대장정을 마친 박시백은 강연, 팟캐스트 녹음, 방송 출연을 부지런히 소화했다.

《조조록》은 《조선왕조실록》 2077권을 노트 121권으로 요약해 4000쪽, 2만 5000컷에 담았다. 한 컷씩 한 줄로 세우면 어림잡아 7킬로미터에 이른다. 기존 드라마나 만화는 정사보다는 풍문이나 야사에 휩쓸려 있었다. 그러나 박시백은 철저히 정사(正史)에 기록된 사실을 바탕으로 하면서 읽는 재미까지 더했다. 역사만화의 대중화를 이끌었다는 평이다. 40~50대 중심이던 역사책 독자 연령층을 30대로 낮췄고, 남성 위주에서 여성·청소년까지 독자층을 넓혔다.

신병주 건국대 교수는 박시백을 '21세기 사관(史官)'이라고 부른다.

현대 독자가 조선을 읽는 새로운 길을 보여줬기 때문다. 《조조록》은 실록의 대중화를 붙잡고 밀리언셀러가 되었다. 박시백은 "스포츠 중계처럼 '역사를 중계하자'는 느낌으로 작업했다"고 술회한다. 실록에서 확인된 사실들로 흐름을 잡되, 스포츠 중계처럼 사건의 의미나 해설을 곁들여 재미를 주자는 전략은 그대로 들어맞았다. 휴머니스트는 언젠가 《조조록》 판매량이 1000만 부에 이를 것으로 기대하고 있다.

20권 안에 등장인물만 500명이 넘는다. 초상화조차 남아 있지 않은 인물이 많았다. 실록에 묘사된 특징, 말과 행동, 삶의 족적을 따라 상상하며 그림을 그렸다. 예컨대 태종은 박시백 만화에서 깡마르고 왜소하게 묘사된다. "양녕(태종의 큰아들)은 나와 달리 키도 크고 얼굴이 잘생겨 제왕의 모습을 타고났다"는 태종의 발언을 적은 실록에 근거한 것이다. "당시 사람들은 수염이 있어서 변화를 줄 수 있다는 게 다행이었다. 신문에 나오는 사람들, 심지어 학원 전단지에 등장하는 얼굴을 차용해 그리기도 했다."

역사는 이야기의 보물창고다. 국보 151호이자 유네스코 세계기록유산인 《조선왕조실록》은 왕이라 해도 당대에 볼 수 없었다. 정파적인 시각에 따른 해석도 많지만 팩트 자체는 그대로 기록되어 있다. 《조선왕조실록》은 무한한 콘텐츠의 원천 소스지만 일반 독자가 접근하기 어렵고 국역도 딱딱해 가독성이 떨어졌다. 조선 500년의 방대한 기록이 《조조록》을 통해 만화로 거듭나면서 재미있게 읽을 수 있는 국민 교양이 되었다. 휴머니스트는 영미권을 시작으로 《조조록》을 세계시장에 내놓을 계획이다.

역사는 과거와 현재의 대화다. 영욕이 있어도 어느 시절이든 공부가 된다. 부끄러운 것은 반복하지 말아야 하고 자랑스러운 것은 그 배경을 살펴 다시 시현해야 한다. 박시백은 "역사를 알면 오늘을 어떻게 살아야 하는가에 대한 답을 얻을 수 있다"며 "이 책이 《조선왕조실록》에 접근하는 '내비게이션' 구실을 했으면 좋겠다"고 했다. 실제로 독자가 이 책을 그렇게 믿음직스런 안내자로 받아들이지 않았다면 밀리언셀러가 되지 못했을 것이다.

팟캐스트 전성시대

책을 읽어주는 팟캐스트가 인기다. 위즈덤하우스가 만든 '이동진의 빨간책방'을 필두로 창비의 '라디오 책다방', 문학동네의 '문학 이야기' 등 출판사나 대형 서점이 운영하는 팟캐스트가 사랑을 받고 있다. 이동진, 김중혁, 김두식, 황정은, 신형철 같은 진행자의 입담과 호흡에 익숙해지면 누구라도 팬이 된다. 출판 팟캐스트는 독자와 책 이야기로 소통하면서 홍보와 판매는 물론 독서 문화에 대한 관심을 끌어내는 성과를 거두고 있다.

《박시백의 조선왕조실록》도 150만 부 중 50만 부가 팟캐스트를 진행하던 1년 동안 팔렸다. 조선사 전문 '역사 토크'를 내건 이 팟캐스트는 20권을 완간한 2013년부터 박시백 화백과 역사학자 신병주 교수,

번역가 남경태, 김학원 휴머니스트 대표 등이 아무 대본 없이 진행자로 나섰다. 2014년 7월 문을 닫기까지 1년 동안 85회 방송되었고 누적 다운로드 350만 회를 기록했다. 박시백은 "예상보다 훨씬 반향이 크고 새로운 경험이라는 생각이 들었다"고 했다.

출판 팟캐스트 분야 1위는 '이동진의 빨간책방(빨책)' 이다. 위즈덤하우스가 만든 '빨책'은 2014년 11월 26일 100회를 돌파했다. 2012년 5월 1회를 업로드한 뒤 2년 6개월 만이다. 매회 약 15만 회 다운로드를 기록하는 이 '책 라디오'는 다른 팟캐스트들의 연구 대상이다. "무한도전 100회 돌파만큼 대견하다"는 평을 들은 빨책의 흥행 요인은 뭘까. 늦가을에 녹음한 100회는 이렇게 감성적인 오프닝으로 시작되었다.

출판 팟캐스트 빨간책방

"서리가 내리고 얼기 시작하는 땅에는 비로소 뿌리를 내리는 몸들이 있습니다. 파와 마늘, 보리와 밀, 시금치 같은 것들이죠. 가장 쓸쓸한 시절에 가장 먼저 봄을 준비하는 일. 오늘은 그런 것들에 대해 생각해보게 됩니다. 한데서 겨울을 난 몸들이 유독 맵고 아리면서도 달고 환한 이유를 알 것도 같습니다. 만추의 파종처럼 풍경이 가장 쓸쓸해지는 이맘때가 실은 그 쓸쓸함의 힘으로 뭔가를 하기에 가장 좋은 때이기도 하지요."

진행을 맡은 영화평론가 이동진은 빼어난 교양 엔터테이너다. 빨책은 무엇보다 문학과 책을 좋아하는 사람들의 취향을 관리하는 데 성공했다. 골수팬을 실망시키지 않기란 말처럼 쉽지 않다. 원미선 21세기북스 인문실장은 "'취향의 공동체'를 관리하면서 외압에 흔들리지 않는 도서 선정과 테마 유지가 빨책의 성공 비결"이라고 분석했다.

《속죄》《무의미의 축제》《백석 평전》《칼의 노래》를 비롯해 그동안 다룬 책 80종은 신작이나 베스트셀러에 의존하지 않았다. 김은주 위즈덤하우스 분사장은 "좋은 책을 읽으면 이야기하고 싶어지고 남은 어떻게 읽었는지 궁금했는데 빨책이 그런 욕구를 채워준 것 같다"고 자평했다.

이동진과 작가 김중혁의 '케미(화학적 궁합)'는 다른 팟캐스트가 흠모하는 빨책만의 무기다. 그들은 대화의 방법과 묘미를 안다. 이동진이 분석적으로 이야기를 꺼내면 김중혁이 호응하면서 정리를 해준다. 또 김중혁이 전업 작가로서 내밀한 이야기를 꺼내면 이동진이 문학·영화·역사적 맥락으로 그것을 확장시키는 흐름이 돋보인다. 농담의

의외성과 수위도 적절해서 청취자와의 '밀당'을 돕는다.

빨책이 이언 매큐언의《속죄》를 소개하자 이 책이 갑자기 베스트셀러로 치솟았다. 많게는 1000부 안팎 판매량을 움직인다. 출판사들은 "빨책에 나오면 초판은 소진되고 재판을 찍는다"고 말한다. 빨책 100회는 오카자키 다케시가 쓴《장서의 괴로움》과 톰 라비의《어느 책 중독자의 고백》을 두고 이야기를 들려줬다. 이동진은 "나도 병자(책 중독자)는 아니지만 같은 지병을 앓고 있다는 걸 고백한다"며 다른 두 '환자' 김중혁과 이다혜〈씨네21〉기자를 맞이했다. 공개 녹음하는 날은 "국수라도 돌려야 할 것 같은" 잔치 분위기였다.

빨책의 인기로 2014년 6월 서울 합정역 근처에 '빨간책방 카페'가 문을 열었다. 이동진은 카페에 흐르는 음악도 선택하고 책에 한 줄 평을 달아 진열한다.《속죄》에는 "최상급의 테크닉과 깊이 있는 인간 탐구가 함께 담긴 이언 매큐언의 최고작"이라고 적었고 이성복 시집《뒹구는 돌은 언제 잠깨는가》에는 "모두 병들었는데 아무도 아프지 않은 세상에 아픔을 일깨워주기 위한 이성복의 시적 방법론"이라고 썼다.

《속죄》《참을 수 없는 존재의 가벼움》등 청취자 반응이 뜨거웠던 외국 소설 7편에 대한 이야기는《우리가 사랑한 소설들》이라는 책으로 묶여 출간되었다. 이동진과 김중혁이 나눈 대화의 묘미를 살리면서 작품 이해에 도움이 될 만한 정보를 덧붙였다.

정글만리

이 소설(전 3권, 해냄)이 보여주는 중국은 한마디로 '꽌시(關係, 관계)'다. 세계에서 가장 큰 시장이 된 중국, 그 냉정한 정글에서 살아남기 위해 붙잡아야 할 튼튼한 동아줄이다. 작가 조정래는 주인공 전대광의 입을 빌려 말한다. "상하이에 자리 잡은 기업 상사원들은 '꽌시' 맺기를 기독교인이 하느님 뵙기를 바라는 것만큼 갈망하고 있었다. 중국 천지에서 꽌시만큼 중요한 것이 없었다. (중략) 보물섬을 찾아가는 지도였고 안 될 일도 되게 하는 요술방망이였고 지옥에서 천국으로 가는 열쇠였다."

《태백산맥》(800만 부), 《아리랑》(380만 부), 《한강》(250만 부)을 쓴 조정래의 《정글만리》는 고정관념과 칸막이를 부수며 우리 소설이 운신할 폭을 넓혀줬다. 나라 밖 중국을 무대로 삼았고 이야기로서의 재미와 더불어 자기계발 효과를 선물했다. 스스로 '컴맹' '21세기 원시인'

이라는 조정래는 2013년 3월부터 108일간 네이버에서 이 소설을 연재했다. 조회 수 1287만, 네티즌 서평 1만 건이 달릴 만큼 반응은 뜨거웠다. 그해 7월 종이책으로 나온 《정글만리》는 크리스마스를 앞두고 밀리언셀러가 되었다. 5개월 만이었다. 2013년에 100만 부 이상 팔린 건 이 책밖에 없다. 송용석 해냄 대표는 "조정래는 술, 담배 안 하고 에너지를 다 쏟아 글을 쓰는 작가"라고 했다.

중국을 다룬 책은 해마다 늘어나고 있다. 한국 사회가 중국을 어떻게 바라보고 어떻게 공부하고 또 어떻게 소비하는지 독자는 궁금하다. 《정글만리》는 정확히 출간 148일째에 100만 부 고지에 올랐다. 하루 평균 7000부가 팔린 셈이다. 해냄은 《정글만리》 핸디북(100×150㎜)을 사은품으로 나눠 줬다.

중국에서는 숟가락 하나씩만 팔아도 벼락부자가 된다. 《정글만리》는 14억 명이 사는 나라를 배경으로 한국·중국·일본·미국·프랑스 등 5개국 비즈니스맨들이 벌이는 국경 없는 경제 전쟁을 뼈대로 삼았다. 제목은 약육강식과 적자생존의 '정글'과 만리장성의 '만리'에서 따왔다. 작가는 《아리랑》을 쓰려고 1980년대 중국 만주에 갔을 때 '왜 소련과 달리 중국은 무너지지 않았을까'라는 질문을 품게 되었다"면서 "중국이 곧 미국을 제치고 G1으로 올라설 수도 있는 상황에서 《정글만리》를 통해 우리의 갈 길을 모색해보고 싶었다"고 했다.

중국은 사실 알 것 같으면서도 이해하기 어려운 이웃이다. 우리에게는 고통스럽게 섬겨야 하는 나라였고, 20세기엔 남북통일을 방해한 적국(敵國)이었고, 이제는 미래를 쥐락펴락할 수 있는 최대 교역국이

조정래는 모든 에너지를 글을 쓰는 데 쏟아붇는 것으로 유명하다.

다. 중국은 2010년 일본을 걸어차고 G2 자리를 차지했다. '세계 공장'이었던 중국이 '세계 시장'으로 바뀐 것이다.《정글만리》는 중국이라는 큰 흐름에 올라탔다는 점에서 시대를 읽는 감각이 탁월했다. 세계로 비상하는 용(龍)을 '꽌시'로 삼은 셈이다. "중국이라는 미지의 대상을 거침없이 파고들어 독자에게 유용한 정보와 함께 커다란 지적 충족감을 안겨준다"(박철화 중앙대 교수)는 평을 받았다.

상하이에서 세관원인 샹신원을 꽌시로 얻어 승승장구해온 종합상사 부장 전대광은 그의 의뢰로 한국에서 실력 있는 성형외과 의사 서하원을 데려온다. 의료 사고로 큰 배상금을 물고 재기를 노리던 서하원은 밤낮으로 일하고 그 덕에 전대광과 샹신원의 꽌시는 더 단단해진다. 베이징대에서 경영학을 공부하던 송재형은 뒤늦게 역사학에 눈 뜨고, 엄마의 반대를 무릅쓰고 전공을 바꾸기 위해 삼촌인 전대광을 찾는다. 급속한 개발 바람 속에 건설업이 호황을 누리는 가운데, 상하이에 진출한 골드 그룹의 젊은 여회장 왕링링은 비즈니스맨들의 주목을 받는다. 베일에 가려진 골드 그룹이 벌이는 대형 건설 사업에 필요한 철강을 수주하기 위해 한국·일본·독일 철강업체가 각축전을 벌인다.

《정글만리》는 40~50대 남성 독자의 절대적인 지지로 밀리언셀러가 되었다. 2013년 3월부터 2014년 2월까지 교보문고 직장인 회원이 구매한 책을 조사해보니 《정글만리》는 40대 남성과 50대 남성에서 1위에 올랐다. 같은 기간 20대 남성과 30대 남성은 무

《정글만리》는 40~50대 남성 독자들의 지지에 힘입어 밀리언셀러 반열에 올랐다.

라카미 하루키의 《색채가 없는 다자키 쓰쿠루와 그가 순례를 떠난 해》를 더 많이 산 것으로 나타났다. 직장인 여성 사이에서는 세대를 막론하고 《꾸뻬 씨의 행복여행》이 1위였다.

《정글만리》를 펼치면 '만만디'라는 말부터 눈에 들어온다. 전대광은 서하원에게 "'만만디' 앞에서 '빨리빨리'는 백전백패"라고 말한다. 중국이 정한 게임의 룰에 따라야 한다는 것이다. 중국 하면 싼 인건비, 짝퉁, 불량식품만 생각하지 초고속 경제성장에 발맞추어 모든 분야의 기술이 세계적 수준에 도달해 있다고 여기는 한국 사람은 적다. "얕잡아 보는 선입관도 있고 발전이나 변화를 인정하고 싶지 않은 인간의 심사도 작용한다"는 전대광의 말에 수긍하게 된다.

해냄이 이 책을 펴내기로 결정한 것은 2010년이다. 조정래가 200자 원고지에 글을 써 오면 입력·교정을 거쳐 네이버에 전달했다. 연재 당시 조회 수의 34.8퍼센트는 모바일(스마트폰)을 통해 유입되었다. 종이책으로 내면 다시 읽힐까, 라는 의심이 없지 않았다. 당초 판매 목표는 각권 30만 부, 총 90만 부 이상으로 잡혔다. 마케팅 포인트는 '작가 조정래, 중국을 통해 우리의 미래를 이야기하다'였다.

2013년 7월 책이 출간되자 기다려온 독자와 서점은 폭발적으로 반응했다. 초도 배본으로 30만 부를 찍었는데 2주 만에 추가 제작에 돌입했다. 4주 만에 1권이 베스트셀러 종합 1위에 올랐고 2권과 3권도 5위 안에 드는 쏠림 현상이 일어났다. 《정글만리》1~3권은 2014년 3월까지도 10위권을 지켰다. 이진숙 해냄 편집장은 "독자들이 액정화면으로 긴 글을 읽는 데 익숙하지 않아서, 네이버 연재를 완독한 경우는 많지 않을 것"이라며 "중국이 궁금한데 어디부터 시작해야 할지 모르는 사람에게 요긴한 정보를 이야기 형식으로 담아냈기에 큰 인기를 모은 것 같다"고 말했다.

출판계에서는 공격적으로 진행한 《정글만리》 TV 광고가 화제가 되었다. "마케팅 비용이 많이 들어 해냄은 큰 재미를 못 보고 작가만 돈을 벌었다"는 소문도 돌았다. 해냄은 북트레일러를 기획하던 중 좀 더 대중에 노출시킬 방법을 고민하다 TV 광고를 결정했다. 이진숙 편집장은 "광고단가와 판매효과 등을 매달 꼼꼼히 고려해 TV 광고를 집행했고, 출판도 비즈니스이기 때문에 손익에 대해 철저하지 않을 수 없다"면서 "독자가 TV 광고를 직접 보지 않더라도 'TV 광고도 하는 책'

이라는 입소문이 퍼지고 언론에 소개되기도 하면서 추가 효과가 컸다"고 말했다. 한 방송사 PD는 "《정글만리》는 광고비용 대비 집행 시간을 효율적으로 잘 짜서 놀랐다"고 했다. 창업 서른 해를 넘긴 출판사의 관록이다.

중국 공산당은 2012년 11월 시진핑(習近平) 총서기를 중심으로 한 5세대 지도부를 출범시키면서 10년 만에 권력 교체를 단행했다. 시진핑 주석은 반(反)부패 드라이브를 강하게 걸어 2013년에만 장·차관급 10여 명을 낙마시켰다. 보시라이(薄熙來) 스캔들이 터져 중국 최고 권력층의 탐욕과 부패, 파워엘리트 사이의 갈등이 적나라하게 노출되었다. 시진핑 체제는 개혁·개방 정책을 심화하기로 결정했고 그해 12월에는 소련·미국에 이어 달에 탐사선을 착륙시켰다.

중국은 또 2013년 11월 23일 이어도와 댜오위다오(일본명 센카쿠)를 포함시킨 동중국해 방공식별구역을 일방적으로 선포해 동북아 세력 판도를 뒤흔들었다. 미국·일본은 해당 구역에 전투기를 출격시켜 중국을 압박했다. 일본은 미국과 손잡고 강하게 반발했고, 한국은 기존 방공식별구역을 확대했다. 조 바이든 미국 부통령의 한·중·일 순방으로 사태는 진정됐지만, 동북아에서 중국의 굴기(崛起)와 이에 맞선 미·일 협력 속에 한반도는 고립에 대한 우려가 높아졌다.

박근혜 대통령은 2013년 여름 중국 방문을 '심신지려(心信之旅, 마음과 믿음을 쌓아가는 여정)'라고 명명했다. 시진핑 주석과 만나 "한반도 통일이 중국과 동북아에 도움이 된다"는 점을 역설했고, 우리나라 대통령 중 처음으로 시안(西安)에 위치한 진시황릉 병마용갱을 둘러봤다.

시진핑 주석은 박 대통령에게 당나라 시인 왕지환의 시 〈등관작루(登鸛雀樓)〉를 옮겨 쓴 서예 작품을 선물했다. "천 리까지 멀리 내다보려면/ 한 층 더 올라가야겠네"란 구절이 한·중의 돈독한 앞날을 염원한 것이라는 해석이 나왔다. 미국도 중국에 장밋빛 메시지를 보냈다. 퍼스트레이디인 미셸 오바마 여사가 2014년 3월 중국 방문 중 붓글씨로 쓴 글자는 '永(영원할 영)'이었다.

조정래는 사회의식과 문학성이 조화된 작품을 써왔다. 그가 가장 좋아하는 작가도 《레미제라블》의 빅토르 위고다. 조정래는 "문학과 역사는 떼려야 뗄 수 없는 관계"라면서 "독자에게 '역사를 보는 눈이 달라졌다'는 말을 들을 때 가장 큰 보람을 느낀다"고 말했다. 《정글만리》는 중국을 통해 한국의 미래를 살폈다는 점에서 그런 작가 의식과 일맥상통한다.

'중국에서는 아버지도 가짜'라는 짝퉁 천국, 계획생육에 따라 1980년 이후 출생한 버링허우(八零後) 세대, 싸우지 않고 이기는 것이 가장 값진 승리라는 《손자병법》, 백사 전설이 있는 항저우의 시후(西湖), '나 빼고 3억 명은 없어져야 한다'는 뜻이 감춰져 있는 말 "런타이둬[人太多]!" 등 이 소설을 읽는 것만으로도 중국을 알 것 같은 기분이다. 소설이라기보다 자기계발서에 가깝다는 비판에 대해 해냄은 이렇게 설명했다.

"출간 당시 독자 모니터링을 했다. 《태백산맥》을 읽어본 40~50대 독자는 조정래 작품의 서사성에 주목했고, 20~30대 독자는 중국이나 비즈니스에 대한 지식이 많이 담겨 유익하다는 반응을 보였다. 요즘 독자는 실용적인 독서를 하는 경향이 있어 판매에 긍정적일 것으로 예상했다. 소설의 전체 맥락을 보면 자기계발서에 가깝다는 시각은 맞지 않는다고 생각한다."

국내 소설로 밀리언셀러는 신경숙의 《엄마를 부탁해》 이후 오랜만이다. 《정글만리》는 최근 원고지 400~800매로 급격히 짧아지고 있는 장편소설에서 3615매짜리 소설이 살아남을 수 있는가 하는 의구심도 가라앉혔다.

전대광은 진시황의 병마용에서 야만(野蠻)을 본다. 그 많은 병사와 말들은 황제의 저승길에 동행하기 위해 땅에 묻힌 것이다. "야만, 저 야만. 세계 최초로 화약을 발명해놓고도 그 좋은 걸 총이나 대포로 발전시키지 못하고 기껏해야 귀신 쫓는 데 써먹다가 어떻게 됐나. 그 바보짓 하다가 반식민지 상태로 몰락하는 굴욕을 당했다."

요즘 중국 부유층은 미국으로 이민 가고 싶어 한다. 가짜 먹을거리 범람과 공해, 자녀 교육 때문이다. 이 소설은 돈을 물 쓰듯 하는 중국 바오파우(졸부)의 전형적인 풍경, 내륙이 개발되면서 동부 연안의 제조업체에서 농민공 구하기 어려워진 현상도 짚었다. 소설은 송재형이 중국인 장인·장모에게 빨간 내의를 선물하는 장면으로 닫힌다. 거기엔 중국 사람들이 좋아하는 두 글자 '수(壽)' '복(福)'이 새겨져 있다.

소설 《정글만리》에는 책마다 도장이 쾅, 찍혀 있다. 인지(印紙)다. 저자가 종이책에 남긴 가장 아날로그적 흔적이다. 《정글만리》는 도장도 100만 번 넘게 눌러 찍은 셈이다. 하루 5000번씩 200일을 꼬박 작업해야 나오는 숫자다.

인지는 요즘처럼 전산화가 이뤄지기 전엔 책의 인쇄 부수를 확인하는 수단이었다. 출판사가 일정 부수의 책을 인쇄한 뒤 종이에 인쇄 부수만큼 칸을 그려서 보내면 저자가 칸마다 도장을 찍어 만들었다. 제본소에서 이 종이를 잘라 책에 붙였다. 베스트셀러 작가들은 도장 찍는 아르바이트생을 임시로 구하기도 했다. 책에 대한 애정을 표현하는 낭만이기도 해서 인지용 도장을 따로 만드는 작가들도 적지 않았다.

곽재구, 류시화, 이외수, 정호승, 조정래……. 이제 책에 인지를 붙이는 저자는 손으로 꼽을 만큼만 남아 있다. 인지는 20세기 초 독일에서 저자와 출판사의 계약으로 생겨났다. 발행 부수(판매 부수)에 따라 정확한 인세(저작권료)가 집행되었다. 하지만 인지는 1990년대 초부터 없어지기 시작해 "저자와의 협의로 인지를 생략합니다"라는 문구가 달렸다. 신뢰 사회가 되면서 요즘엔 그런 설명조차 없는 책이 절대다수다. 은행계좌를 열 때나 부동산 계약을 할 때도 도장이 필요 없는 시대에, 인지 '생략'에 저항하는 책들은 어떻게 생존하고 있을까.

진화론으로 보면 종이책에 붙은 인지는 사람 몸에서 퇴화한 꼬리뼈

정호승 이외수 류시화 조정래 인지(왼쪽부터)

와 같다. 또 일일이 오려서 책에 붙여야 하니, 여간 성가신 수공업이 아닐 수 없다. 정은숙 마음산책 대표는 "인지는 개당 인건비도 들고 반품·폐기될 때 떼어내 재활용하는 어려움이 있다"면서도 "발행 부수를 통제하면서 완결미를 추구하는 저자의 욕망, 한정품처럼 각별하게 느끼는 독자의 요구 때문에 살아남아 있다"고 말했다.

시인 정호승은 "어느 출판사에서 책을 내는가에 따라 달라질 수 있지만 나는 인지를 선호한다"고 말했다. 출판사를 믿더라도 인지가 있으면 책의 품위가 높아진다는 것이다. "인지는 책의 완성이고 아름다운 마침표다. 독자에 대한 예의이기도 하고, 없으면 허전하다."

소설가 조정래는 1991년 소설 《태백산맥》 때문에 한길사와 인지 파동을 겪은 적이 있다. 그는 인지에 대해 "'끝났어!' '완성품이야!' 하는 느낌도 있고 미학적으로도 인지가 붙어 있어야 좋다"며 고용 창출의 의미도 있다고 설명했다. "책이 1만~2만 부 나갈 때는 내가 직접 도장을 찍었는데 판매량이 늘어나면 그거 직접 못한다. 아주머니 서너 분 고용해서 인지를 만들고 있다."

2014년 봄 교보문고 광화문점 베스트셀러 코너에 놓인 책 100여 권 중 인지가 붙은 책은 조정래의 《정글만리》와 류시화의 《사랑하라

한 번도 사랑받지 않은 것처럼》뿐이었다. 도장을 찍는 방식만 있는 것
은 아니다. 정호승처럼 빨간 낙타를 그린 스티커를 따로 제작해 부착
하기도 한다.

오래 묵은 책이 아니면 인지를 발견하기 어려워졌다. 메이저 출판
사인 민음사·창비·문학동네 등에서는 인지가 사라진 지 오래다. 표
지에 두르는 띠지는 광고판 노릇을 하지만 인지는 그렇지도 않다. 번
거롭다. 제본소에서 책마다 인지를 붙이느라 시간과 비용이 더 든다.
쓸모없다고 여길 만하다. 하지만 한 독자는 블로그에 "생략이 일반화
됐지만 책에 인지가 붙어 있으면 저자의 취향이 보인다"면서 "어쩌다
인지를 보면 기쁘고, 취미로 모으기도 한다"고 썼다.

이외수 소설 《완전변태》에도 2.5×2.5센티 크기의 인지가 붙어 있
다. 이진숙 해냄출판사 편집장은 "판매량이 많았던 저자가 인지를 선
호하는데, 독자에 대한 예의도 있고 출판사도 투명한 신뢰 관계를 위
해 인지 부착을 권하고 있다"고 말했다. 인지를 붙이는 비용은 장당
25원. 숙련된 4명이 함께 작업하면 3000부에 부착할 때 약 한 시간이
걸린다. 강희진 전 열림원 부장은 "출판사 입장에서는 여러모로 부담
스러운 게 사실"이라고 했다.

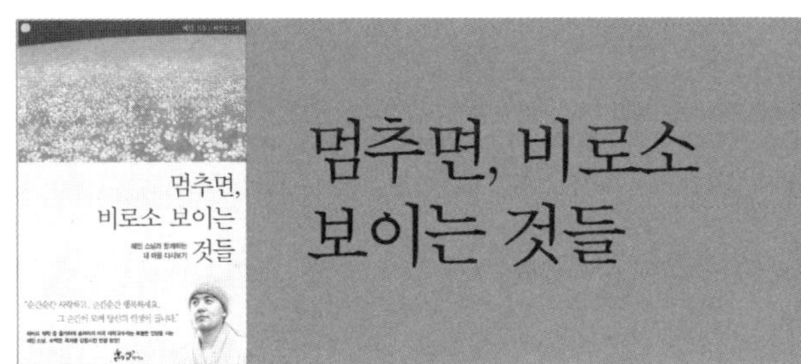

멈추면, 비로소 보이는 것들

"애들아 미안하다. 바보 같은 어른이라는 것이 미안하고, 살아 있다는 것이 미안하다. 온종일 마음은 진도 앞바다에서 너희와 함께 머문다. 정말로 미안해."

혜민 스님이 2014년 4월 세월호 침몰 사고에 대해 트위터(@haeminsunim)에 올린 글이다. 사흘 동안 4487회 리트윗(RT)됐고 974명이 관심글로 지정했다. 당시 그의 팔로어는 71만 9077명. 스님이 오늘 무슨 생각을 하고 어떤 글을 쓰는지 그들은 안다. 혼자만 아는 게 아니라 퍼 나르고 흩뿌린다. 이렇게 고요하면서 파워풀한 대중 설법이 또 있을까.

《멈추면, 비로소 보이는 것들》(쌤앤파커스)은 트위터라는 동아줄을 붙잡고 밀리언셀러가 됐다. 책은 2012년 1월 27일 출간됐고 7개월 만에 100만 부가 팔렸다. 김난도 서울대 교수의 《아프니까 청춘이다》가

세운 인문·교양 단행본 최단 기간 100만 부 돌파 기록을 한 달 앞당겼다. 출간 초기에는 스님의 트위터 팔로어(30대)를 중심으로 호응을 얻었지만, 꾸준한 입소문으로 트위터를 하지 않는 대중(50~60대)에게도 알려지면서 '패션'처럼 소비됐다.

미국 최고 명문대 석·박사학위를 지닌 스님은 젊고 미남이다. "얼떨떨하다. '산속 수행승' 이미지와 달라 새롭게 받아들여진 듯하다"고 말한다. 출판계에서는 "세속의 언어로 일상의 고통에 주목한 책" "시대적 갈증에 대한 진통제" 같은 분석이 나왔다. 친구나 오빠 같은 목소리, 말투가 책에서 받는 느낌과 꼭 닮아서, 강연에도 구름 청중이 몰렸다. 《멈추면……》 열풍은 한국 사회가 얼마나 '힐링'에 목말라 있는지 증명한 상징적 현상이었다.

프롤로그는 "트위터를 시작하게 된 것은 미국에서 영어를 사용하다 생긴 모국어에 대한 그리움 때문이었다"라는 문장으로 열린다. 일상 생활에서 떠오른 생각들을 트위터에 기록했고, 모국의 언어로 대화해주는 사람들과 소통하며 위안을 얻곤 했다는 고백이다.

그때나 지금이나 청년들은 고용 불안에 시달리고 있다. 이혼율과 자살률은 사람들이 관계 속에서 고통 받고 외로워하고 있다는 사실을 수치로 보여준다. 늘 초조하고 긴장 상태인 사람들을 향해, 아파하는 이들을 향해 스님은 말한다. "마음을 현재에 잠시 정지해놓고 가다듬을 수 있는 시간을 가져보세요. 삶의 지혜란 굳이 무언가를 많이 해서 쟁취하는 것이 아니고 오히려 편안한 멈춤 속에서 자연스럽게 드러납니다. 내 글에 위로받았다는 사람들에게 깊은 고마움을 표하고 싶습니다. 내겐 오히려 그들이 스승이었습니다. 그대들에게 이 책을 바치며 진정 행복하길 바랍니다.”

이 책은 ‘휴식’이라는 장(章), 구체적으론 “힘들면 한숨 쉬었다 가요”라는 문장으로 시작된다. 스님은 “나를 힘들게 하는 것들을 지금 노트에 쭉 적어보세요. 내가 하지 않으면 안 되는 것들도 쭉 적어보세요. 가장 쉽게 할 수 있는 것부터 차근차근 할 거다, 생각하시고 오늘 밤은 그냥 푹, 쉬세요”라고 어루만진다. “안티가 생긴다는 것은 내가 지금 하는 일이 잘 진행되고 있다는 방증이라는 위로”도 반갑다.

음악이 아름다운 이유는 음표와 음표 사이의 거리감, 쉼표 때문이라고 그는 말한다. 쉼 없이 달려온 사람은 급소를 들킨 듯 잠깐 멈칫할 것이다. 정신과 전문의 문요한은 《스스로 살아가는 힘》(더난출판)에서 그것을 ‘번아웃 증후군(Burnout Syndrome)’으로 진단했다. “개인이 더 많은 자유와 결정권을 쥔 시대가 됐지만 한편으론 다 책임져야 하는 짐을 진 셈이다. 무력감을 호소하는 환자들은 번아웃 증후군인 경우가 상당하다. 계기판에 연료 부족을 알리는 경고등이 켜져 있는데도 계속 달리다 멈춰선 자동차. 겉으로 보기엔 바쁘게 사는 것 같지만 사실은 자신을 몰아붙여 탈진 상태에 빠진 것이다.”

《멈추면……》은 그 자동차 뚜껑을 열고 속을 들여다보게 한다. 마음을 비추는 내시경이다. 세상 탓하기 좋아하는 사람들은 이 책을 혐오할 수밖에 없다. 문제의 원인은 세상이 아니라 자기 자신이라는 지적을 받아들일 수 없기 때문이다. 혜민 스님은 “몸이든 마음이든 비우면 편안해지고, 반대로 오래 간직하고 있으면 병이 난다”고 말한다.

"행복의 지름길은 첫째, 나와 남을 비교하는 일을 멈추세요. 둘째, 밖에서 찾으려 하지 말고 내 마음 안에서 찾으세요. 셋째, 당신은 그 자리에 있는 그대로 존귀하고도 온전한 사람입니다."

계약한 시점은 2011년 여름이다. 혜민 스님은 종교인 중 가장 많은 팔로어를 지녀 주목을 받았다. 당시 7만 명 정도였고, 2014년 5월 현재 그 10배를 넘었다. 미국 햄프셔대 종교학과 교수로 지내던 저자는 2011년 안식년에 서울대 규장각 연구원으로 활동하며 책을 준비할 수 있었다. 트위터 글을 고스란히 옮긴 것은 아니다. 반은 트위터 글, 반은 에세이로 책을 묶었다. 트위터에 올린 짧은 글이 사랑을 받긴 했지만 그것으로 해결되지 않는 이야기까지 담아낸 것이다.

"트위터 글이 책으로 엮이는 경우가 드물었기 때문에 작업 자체가 흥미로웠어요. 특히 스님의 트윗은 누군가의 고민이나 상담 요청에 대한 답글 형식일 때가 많아서 글의 진정성이 더 컸던 것 같습니다. (미래의) 독자들이 어떤 고민을 하고 있고, 어떤 문제를 힘들어하는지도 알 수 있어 책을 만드는 데 큰 도움이 되었습니다."

쌤앤파커스에서 편집을 맡았던 황은희 씨의 말이다. 이 출판사에서는 최종 원고를 대표를 비롯해 편집자, 마케터 등 직원 대부분이 리뷰한다. 당시 남녀·연령을 초월하여 만족할 만한 피드백을 받았기 때문에 큰 무리 없이 넘길 수 있었다. 다만, 제목을 결정하는 데 오랜 시간이 걸렸다고 한다. 바쁘고 소란한 세상 속에서 자신을 돌아보는 시간의 필요성을 메인 주제로 삼았다.

하지만 1차 제목 회의 결과 단순히 '쉬어가자' '멈추자' 라는 말로

는 바쁜 현대인에게 한가하게 들
릴 수 있으니 '멈춤 속에서' 혹
은 '멈춰야만' 얻을 수 있는 통
찰을 강조하자는 데 의견이 모아
졌다. 그런 취지로 출판사 내부
에서, 그리고 저자와 함께 의견
을 나눈 결과, 최종적으로 '멈추
면, 비로소 보이는 것들'이라는
제목이 탄생했다. 마지막엔 제목
사이에 '쉼표를 찍느냐 마느냐'
까지도 토론했을 정도다.

《멈추면, 비로소 보이는 것들》은 한국인들
이 얼마나 힐링에 목말라 있는지 보여주
었다.

공감을 불러일으키는 글과 트위터의 힘으로 이 책이 10만 부는 무
난히 나갈 것으로 출판사는 예상했다. 그러나 제목이 확정되고 책이
출간되자 박시형 대표는 '대박'을 예감하고 주요 일간지 등에 광고를
게재하라고 지시했다. 하지만 그때까지도 이 책이 이렇게 '굵고 길게'
갈 줄은 몰랐다.

마케팅 포인트는 무엇이었을까? 사전 리뷰를 진행했을 때 '공감의
힘, 텍스트의 힘'이 크다는 피드백이 많았다고 한다. 서로가 '이런 문
장, 이런 메시지가 자기에게 도움이 되었다'며 책상에 붙여놓기도 했
다. 짧은 글들을 트위터와 페이스북 등에 올리며 대중이 공유할 수 있
도록 했다. 이를테면 다음과 같은 글이다. "복권 대신 꽃을 사보세요./
사랑하는 가족을 위해, 그리고 나 자신을 위해,/ 꽃 두세 송이라도 사

서 모처럼 식탁 위에 놓아보면,/ 당첨 확률 백 퍼센트인 며칠간의 잔
잔한 행복을 얻을 수 있습니다." 광고도 자극적인 카피보다는 스님의
잠언을 싣는 방향으로 진행했다.

《멈추면……》은 출간 직후 교보문고 종합 24위에 안착했다. 《해를
품은 달》《주기자》 등 방송 혹은 정치적 배경을 둔 책들이 앞서거니 뒤
서거니 각축전을 벌이던 때라서, 바로 치고 올라가는 데 한계가 있었
다. 그 책들이 가라앉기를 기다리며 마케팅을 여유 있게 진행했다. 그
결과 출간 1개월 후 종합 6위, 2개월 후 종합 4위, 3위, 2위로 한 계단
씩 오르더니, 출간 3개월 만에(4월 셋째 주) 기어이 종합 1위를 차지했다.

《멈추면……》은 책과 저자가 시너지를 일으키며 상승 곡선을 탔다.
혜민 스님이라는 매력적인 저자의 캐릭터에 남녀노소를 불문하고 대
중의 공감과 지지를 얻은 책의 내용이 입소문을 타고 번지면서 막강한
힘을 발휘한 것이다. 출판사는 이런 믿음을 바탕으로 초기에 공격적인
마케팅 활동을 벌였다. 쌤앤파커스는 "100만 부를 돌파하는 데 7개월
이 걸린 것에 비해, 추가로 100만 부가 더 판매되는 데는 6개월이 걸
리지 않았다"며 "무명에 가까웠던 저자의 인지도가 크게 상승한 점과
30대 중심이었던 구매층이 10대, 60대로 확산됐다는 점에서 배경을
찾을 수 있다"고 했다.

이 책은 "진로를 고민하는 고3 딸에게 선물했다"는 어머니의 리뷰
와 "부모님께 선물했는데 밑줄까지 그으며 편안하게 읽는 모습이 보
기 좋았다"는 자녀의 리뷰를 함께 받았다. "기독교인이지만 스님 말씀
에 큰 힘을 얻었습니다"라는 글도 SNS에서 눈에 띄었고, 저자 사인회

때는 천주교 신자들이 찾아오기도 했다. 《멈추면……》이 독자들의 세대와 종교 간 장벽도 파괴한 셈이다. 한번 구매한 독자가 선물용으로 다시 책을 구입한 것도 최장기 밀리언셀러가 된 비결이다. 인터파크에서 집계한 '선물용으로 가장 많이 팔린 책' 1위가 《멈추면……》이었다.

이 책 영문판 판권은 2013년 세계 최대 출판그룹인 펭귄에 팔렸다. 《엄마를 부탁해》를 영어로 옮긴 김지영이 번역 중이다. 트위터를 통해 세속의 언어로 대중과 소통한 스님의 책은 2014년 말까지도 베스트셀러 종합 20위 안에 있었다. 지구력의 제왕이다.

영화에서 1000만 관객이라는 숫자는 이 세상에 대해, 거기 사는 사람에 대해 말해준다. 〈겨울왕국〉이 흥행한 배경 중에는 사회적 감정도 있지 않을까. 엘사는 "숨겨라(Conceal), 느끼려 하지 마라(Don't feel), 세상 사람들이 모르게 하라(Don't let them know)"는 강박에 짓눌려 있다. 감정노동이다. '렛 잇 고(Let It Go)'는 그것을 훌훌 털고 자유를 노래한다.

통계청 자료에 따르면 전체 고용인구 1600만 명 중 70퍼센트에 이르는 1200만 명이 서비스업 종사자다. 감정노동자는 600만 명으로 추산된다. 그들은 피로감이나 짜증을 감추고 친절을 베풀어야 한다. 감정과 표현을 억지로 분리하는 '감정 부조화'가 노동자를 소진시킨다. 자신의 감정으로부터 소외된다는 게 더 치명적이다.

타인의 시선으로 내 위신을 확인하려는 문화는 강하게 남아 있는 반면, 개인을 감싸주고 인정해주는 공동체는 급격히 붕괴됐다. 일상은 흉흉하다. 저마다 분노의 화약고를 가슴에 쟁여두었다가 신경질과 화풀이로 탕탕 쏘아대는 사회에 사람다움이 들어설 자리는 비좁다. 타인의 인격을 부정하는 풍토는 결국 자신의 존엄성도 훼손한다.

《멈추면……》은 세련된 문장도, 화려한 어휘를 구사하지도 않는다. 책상에 앉아 머리로 쓴 좋은 글이 아니고, 그때그때 정말 간절한 마음으로 건져낸 글이다. 혜민 스님은 "남에게 의존해 위안을 얻으려면 끝이 없어요. 위로하겠다는 마음을 내면 나도 위로받고 그들도 어루만질 수 있습니다"라고 말한다.

그는 2013년 4월 돌연 트위터와 강연을 중단했다. 묵언수행을 하며 성찰하고 마음을 밝히는 시간이 필요했다고 한다. 스님은 그해 10월 "봉암사에서 가을안거 잘 마치고 도반 스님과 만행 중입니다"라며 트위터로 돌아왔다.

책 자체의 힘 바깥에는 시대상도 있었다. 한 정권이 끝나는 무렵이었고, 사회가 답답함과 무력감에 차 있었고, 정치적 스트레스가 많던 시기였다. 출판 시장은 정치 화두를 담은 책으로 과열을 이루고 있었다. 개인은 개인대로, 사회는 사회대로 불안과 불만, 더 나아가 삶에 대한 회의가 팽배해 있었다. 이런 시대상과 시끄러운 세상에 대한 독자들의 염증에서 비롯한 욕구가 합쳐져 《멈추면……》에 긍정적인 영향을 끼쳤다는 분석이다. 황은희 씨는 "출판 시장은 스포츠, 선거, 드라마, 날씨에도 영향을 받는 예민한 분야"라면서 "전문가의 사후 분석처럼 힐링에 대한 열풍, 출구가 보이지 않는 사회 속 멘토에 대한 갈망이 이 책이 사랑받은 이유의 전부는 아니라고 생각한다"고 말했다. 공감의 힘은 시대를 초월한다는 것이다.

책에도 체력이 있다. 베스트셀러에 진입하기도 힘들지만 오래 버티기는 훨씬 더 어렵다. 《멈추면, 비로소 보이는 것들》은 지구력이 놀라운 책이다. 출간되고 3년 넘게 베스트셀러 종합 20위 안에 머물렀으니 에너자이저가 따로 없다.

대형 서점 신간 매대(책을 진열해놓은 탁자)에서는 날마다 '전쟁'이 벌어진다. 굴러온 새 책이 박혀 있던 책을 자리에서 밀어낸다. 경쟁에서 진 책은 매대에서 10미터쯤 떨어진 서가에 꽂힌다. 출생 신고와 사형 선고가 교차하는 순간이다. 출판사들은 "매대에서 1~2주 버티기도 어렵다"고 아우성이다.

교보문고 광화문점의 한 매대에 돋보기를 들이댄 적이 있다. 신간 에세이 코너였다. 관찰한 시점은 2012년 9월 어느 월요일부터 금요일까지. 매일 오전 11시 30분에 변화를 살폈다. 한 평도 안 되는 공간에서 신간들끼리 다툰 96시간의 기록이다.

월요일

한국 에세이 신간 매대(약칭 'J3')는 가로 14줄, 세로 4줄이다. 약 60종의 책이 0.6평($2m^2$)의 공간을 공유하는 셈이다. 매대는 평평하고 책들은 다닥다닥 붙은 채 누워 있지만 어느 쪽에 놓여 있느냐에 따라 '신분'이 갈린다. 눈에 잘 띄고 손을 타는 통로 쪽에 입주한 책이 더 잘 팔린다. 등산할 때 자주 잡히는 나무가 반질반질해지는 것과 같은 이치다.

당시 J3에서 그런 명당자리에는 수영 선수 박태환이 쓴 《프리스타일 히어로》, 만화가 박광수의 《광수생각》, 탤런트 송혜교의 《혜교의 시간》 등이 놓여 있었다. 교보문고 측은 "신간부터 통로 쪽에 놓는다"고 설명하지만 8월 29~31일 반입된 에세이 11종 중에 《아버지와 아들》 하나를 빼곤 전부 뒷줄로 밀려나 있었다.

그런데 김난도 교수가 펴낸 《천 번을 흔들려야 어른이 된다》가 없다. 알고 보니 엉뚱한 책이 뚜껑처럼 위에 얹혀 있었다. 제목은 《자신의 머리로 생각하라》. 우연일까, 방해 공작일까? 정치인 문재인의 아내 김정숙 씨가 쓴 《정숙 씨 세상과 바람나다》, 희귀병을 앓으면서도 서울대에 입학한 김찬기 씨의 《공부의 락》에는 사인회나 볼펜 증정 같은 안내문이 깃발처럼 꽂혀 있다.

화요일

어제 매대에 놓여 있던 《영혼을 위로하는 나이팅게일 메시지》 《옛사람의 향기가 나를 깨우다》 《울퉁불퉁한 날들》 《행복한 은퇴자》가 보이지 않는다. 《옛사람의 향기가 나를 깨우다》와 《행복한 은퇴자》는 출간된 지 1주일밖에 안 됐다. 대신 개그맨 김구라가 쓴 《독설 대신 진심으로》, 소설가 오정희의 《이야기 성서》 등 신간 4종이 새로 드러누웠다. 1열부터 4열까지 오르락내리락 자리바꿈도 많다. 작가 신현림이 쓴 《아무것도 하기 싫은 날》은 월요일엔 통로 쪽 1열에 있다가 화·수

대형 서점 매대는 온갖 책들이 치열한 경쟁을 벌이는 전장이다.

요일엔 2열로 밀렸고 목요일에는 사라졌다. 이런 손바뀜은 ① 실제 판매량 ② 출판사의 광고와 영업 ③ 북마스터의 취향과 관련이 있다. 매대에서 떠밀린 책들은 북마스터 자리의 뒤편 바닥에 처량하게 쌓여 있었다.

교보문고에 따르면 한 달 평균 102종의 신간 에세이가 반입된다. 판매가 잘되는 책이나 판매될 가능성이 높은 책 또는 '미는 책'이 아니면 매대에서 저 물량 공세를 당해낼 수 없다. A출판사 대표는 "대형 서점이 '밀겠다. 같이 팔아보자'고 하지 않으면 매대 위에서 두 번째 주를 맞기 어려운 게 현실"이라면서 "올해 펴낸 20종 중 '미는 책'으로 간택된 건 3종뿐"이라고 말했다. 타율로 치면 1할 5푼인데, 출판계 평균에 비하면 꽤 높은 수치라고 한다. 과거 출판사 영업부의 불만은 "책 좀 빨리 만들어달라"였지만 요즘은 "왜 책이 벌써 또 나오느냐. 지난번 것도 감당 안 되는데……"로 바뀌었다.

《돌아와 앉은 오후 4시》《인간의 기쁨》《어머니 공부》가 4열 귀퉁이에 모로 누워 있다. 이렇게 칼잠 자는 자세가 되면 책의 노출 면적은 10분의 1로 줄어든다. 곧 방을 빼야 한다는 적신호다. 목요일에는《청춘수필》《영어의 바다에는 상어가 산다》등이 더해져 모로 누운 책이 7종으로 늘었다. 금요일이 되자 이 책 중《인간의 기쁨》과《어머니 공부》가 서가로 나갔다.

신간이 매대에 체류하는 기간은 얼마나 될까? 교보문고 박미옥 문학파트장은 "최소 2주 진열이 원칙이고 평균 3주는 될 것"이라고 말했다. 하지만 신간이 몰릴 경우 그 기간은 짧아질 수밖에 없고 '1주일 단명(短命)'이 적지 않게 일어난다. 금요일 오전 매대에는 8월 마지막 주에 들어온 19종 중 8종이 이미 사라졌다. 박미옥 파트장은 "판매되는 에세이는 소수로 제한되어 있고 2주 동안 한 권도 안 팔리는 경우도 있다"면서 "어쩔 수 없이 매대에서 빼야 할 땐 미안한 마음"이라고 했다.

금요일

매대에서 살아남은 책들은 나온 지 하루에서 나흘 된 게 15종, 5~10일이 19종, 11~30일이 20종이다. 지난 한 달간 출판된 책들의 절반은 서가로 옮겨졌다. 서가에 꽂힐 때 "장사 지낸다"고 부른다. 책의 수명은 사실상 거기서 끝나기 때문이다. 과거에는 동네 서점도 많았고 책이 스스로 일어설 기회가 있었지만 이젠 속도전이다. 노출이 안 되면 시장 진입도 어려워진 것이다.

그래서 많은 출판사가 자릿값(광고비)을 내고 책을 눕힌다. 서점은 평당 매출액을 끌어올려야 하고 신간이 나오는 사이클(회전주기)은 짧아진다. 치고 빠지는 기획출판 전략으로 가면서 책의 수명과 더불어 다양성이 줄었다. 온라인 서점과 스마트폰의 비중이 높아지면서 마케팅 비용은 오르고 예측은 어려운 시장이 되어버린 것이다. 순위 경쟁에서 밀리는 순간 판매량은 수직 낙하한다. 트렌드에 편승해 책을 쉽게 쓰고 소비하는 '지식의 상품화'도 문제다. 지식 가운데는 영원하고 오래 곱씹어야 하는 것도 있는데 그런 지식은 매대에서 살아남기조차 어려운 상황이다. 인문서의 대중화도 우려스럽다는 지적이다.

정의란 무엇인가

"1만~2만 독자만 읽어줘도 좋겠다는 생각으로 찍은 책"이라고 박은주 전 김영사 대표는 말했다. 인문서는 한 해 3만 부 판매되면 '중박', 5만 부면 '대박'이다. 마이클 샌델 미국 하버드대 교수가 쓴 《정의란 무엇인가(*Justice : What's the Right Thing to Do?*)》는 2010년 5월 24일 출간돼 그해 74만 부 나갔고 이듬해 4월 100만 부를 돌파했다. 묵직한 인문서 중에서 밀리언셀러는 이 책 전에 없었고 후에도 아직 없다.

재러드 다이아몬드의 《총, 균, 쇠》와 비교하면 《정의란 무엇인가》의 펀치력을 가늠할 수 있다. 《총, 균, 쇠》는 몇 년째 서울대 도서관 대출 순위 1위를 기록하고 지식인 사회에서 회자되지만 한 해 10만 부도 나가지 않는다. 《정의란 무엇인가》의 밀리언셀러 등극은 그래서 신드롬(현상)으로 설명할 수밖에 없다. 인문서 출판인들은 "타이밍이 좋았다"고 입을 모은다. 사회에 대한 불만, 불공정에 대한 분노가 팽배해 있었다는 것이다. 이런 바람이 불 때는 작은 불씨만으로도 큰 불길이 일어선다.

2014년 2월 소치 동계올림픽 때 빅토르 안(한국명 안현수)의 쇼트트랙 남자 1000미터 금메달이 확정된 직후 네이버 검색어 1위는 '빙상연맹'이었다. 빙상연맹 홈페이지는 폭주하는 항의 글로 마비됐다. 안현수가 파벌 싸움과 갈등 때문에 귀화를 선택했다는 사실이 화제가 되면서 우리 대표팀 선수들을 꺾고 금메달을 차지한 그에겐 '변절자'라는 비난 대신 응원과 환호가 쏟아졌다.

부상과 견제로 '주변'으로 밀려난 안현수의 재기는 국가대표 선발이나 지원 시스템에 총체적 문제가 있었다는 사실을 들춰냈다. 이 '빅토르 안' 신드롬에 대해 전문가들은 "한국 사회를 '공정하지 못한 사회, 꿈을 이루기 어렵게 만드는 사회'로 생각하는 사람이 많다는 방증"이라며 "평소 느끼고 있던 불만이 안현수를 통해 분출돼 대리만족을 느끼는 것"이라고 설명했다. "자신이 저항하지 못한 거대 권력에 맞서 안현수가 승리했다고 여기는 것"(김석호 성균관대 사회학과 교수)이라는 분석이다.

1000만 관객을 모은 영화 〈인터스텔라〉는 황량한 지구에 딸을 두고 떠난 아버지와 우주로 딸을 보낸 아버지 사이의 사뭇 다른 관점을 보여준다. 생존을 향한 플랜 A와 플랜 B다. 해결책을 찾아 귀환하거나 아예 우주에서 살 길을 찾거나. 정의는 관점에 따라 상대적일 수 있다. 반드시 지구로 돌아와야 하는 자와 우주에서 살 길을 찾아야 하는 자는 숙명적으로 충돌할 수밖에 없다.

포스코 '라면 상무', 남양 욕쟁이 영업사원, 호텔 '빵 사장', 대한항공 '땅콩 회항' 사건까지 갑을(甲乙) 관계로 촉발된 화두는 2014년까지 정의란 무엇인가라는 질문을 던졌다. 사람은 누군가에게는 갑, 다른 누군가에게는 을도 된다. 샌델은 2013년 갑을 논쟁에 대해 "정부는 규제를 통해 중소기업과 소비자를 대기업의 힘으로부터 보호해야 한다"며 이렇게 덧붙였다.

"기업의 유일한 책임은 주주 가치의 극대화라는 견해는 기업의 책임을 너무 제한적으로 보는 것이다. 기업은 주주는 물론 직원, 협력업체, 소비자, 지역사회에 대해 책임이 있고 정부의 역할도 필요하다. 한국이 이제 경제성장 이후의 가치에 눈을 돌리고 있다는 점에서 반가운 신호다."

김영사는 2009년 4월에 《정의란 무엇인가》 판권을 계약했다. 많이 안 팔려도 사회적으로 필요한 책이 되겠다는 판단이었다. 편집자 김윤경 씨는 초벌 번역된 원고에 대해 "이론 중심인 기존 법철학서들과 달리 오늘의 삶과 사회의 문제를 생생한 언어로 풀어내 신선했고, 샌델 교수가 지닌 탄탄한 학자적 권위 외에도 대중과의 소통 능력에 놀랐다"고 했다. 그럼에도 판매 목표는 1만~2만 부였다. 결과는 100배 더 팔렸다.

출간 직전 한국사회에 어떤 일이 있었는지 살펴보자. 2009년 1월 19일 용산 참사가 일어났다. 용산 재개발 보상대책에 반발해 점거농성을 벌이던 철거민과 경찰이 대치하던 중 화재가 발생해 경찰관을 포함해 6명이 숨졌다. 철거민의 화염병 사용이 사고 원인이었지만 과잉

마이클 샌델의 《정의란 무엇인가》는 독자가 정의에 관한 자신의 견해를 비판적으로 고찰하게
하고, 왜 그렇게 생각하는지 고민하게 한다.

진압에도 비난의 화살이 쏟아졌다.

검찰 수사를 받던 노무현 전 대통령은 그해 5월 23일 스스로 목숨을 끊었다. 정국에 격랑이 일었다. 그는 '원망하지 마라. 운명이다'라는 유서를 남겼다. 장례는 국민장으로 치러졌고, 고향 봉하마을에 묘소가 만들어졌다. 여야(與野)는 세종시 수정, 4대강 사업을 놓고 소모전을 벌였다. "행정복합도시는 효율적이지 못하다. 수정되지 않을까 한다"는 정운찬 총리의 말을 시작으로 정치권은 세종시 수정 논란의 소용돌이에 빠져들었다.

'따는 사람만 있고 잃는 사람은 없는' 이상한 도박장과 같았던 아파트 투자는 2008년 미국발 금융 위기를 맞고 폭등세가 끝물에 도달했다. 투기적 과열 상태를 이어갈 연료 공급이 중단된 것이다. 양극화가 더 심해졌다.

2010년 3월 26일에는 백령도 인근 해역에서 천안함이 침몰, 승조원 46명이 사망했다. 이명박 정부는 "북한의 소형 잠수정이 쏜 어뢰 공격을 받고 침몰했다"고 발표했다. 하지만 야당과 진보 진영은 "북의 소행이라는 증거가 없다"며 의혹을 제기했다. 극심한 '남남(南南) 갈등'이 빚어졌다. 진실을 알 수 없는, 또는 정부에 불복하는 분위기가 흐르고 있었던 것이다.

《정의란 무엇인가》는 이런 사회적 공기 속에서 솟아난 밀리언셀러다. 6·2 지방선거를 앞두고 사회 정의와 방향에 대한 관심이 뜨겁게 분출되던 때였다. 김영사는 '하버드 마케팅'에 주력했다. '매년 1000여 명의 하버드대 학생들이 연속 수강하는 전설의 명강의' '전 세계 석학들은 왜 정의에 주목하는가' '하버드대 학생들은 정의를 어떻게 배우는가'를 홍보문구로 정했다. 모든 신문이 큼지막하게 서평으로 다뤘다.

하버드 대학에서 정치철학을 가르친 샌델은 학생들과 열띤 논쟁을 주고받는 교수였다. 그 분위기가 이 책에도 담겨 있다. 학생들과 같이 쓴 셈이라고도 할 수 있다. 책은 시작부터 질문을 던진다. 2004년 여름 멕시코 만에서 일어난 허리케인 찰리가 플로리다를 할퀴고 대서양으로 빠져나갔다. 22명이 사망하고 110억 달러에 이르는 손실이 발생한 다음 가격폭리 논쟁이 불거졌다. 주유소는 평소 2달러(약 3000원)에 팔던 얼음주머니를 10달러에 팔았고, 건설업자들은 지붕을 덮친 나무 두 그루를 치우는 데 2만 3000달러(약 3600만 원)를 요구했다.

플로리다 주민들은 바가지요금에 분통을 터뜨렸다. "폭풍 뒤에 찾아온 약탈자"라는 보도도 있었다. 남의 고통과 불행을 이용해 이익을 챙기는 행위는 옳은가? 샌델은 "그것은 탐욕도 뻔뻔스러움도 아니고 자유 사회에서 재화와 용역이 분배되는 방식일 수도 있다"고 말한다. 장사를 하도록 내버려 두는 편이 복구 속도를 빨라지게 할 수 있다는 것이다.

샌델은 도덕과 법에 관한 어려운 질문, 한마디로 정의를 묻는 질문을 계속 던진다.

《정의란 무엇인가》는 사회에 대한 불만과 불공정에 대한 분노가 팽배한 사회 분위기에 힘입어 밀리언셀러 반열에 올랐다.

구제금융을 둘러싼 분노도 그렇다. 2008~2009년 금융 위기 때 미국 정부는 금융기관을 구제하기 위해 의회에 구제금융 지원 승인을 요청했다. 그 덕에 살아난 보험회사 AIG는 위기를 초래한 부서 임원들에게 상여금으로 1억 6500만 달러를 지급했다. 대중은 분노했다. 바탕에는 도덕적 자격과 관련된 믿음이 깔려 있다. 그 상여금이 탐욕 또는 실패를 포상하는 것처럼 보인다는 게 문제였다.

그런데 대형 은행과 투자사의 최고경영자와 고위 임원들이 금융 위기를 초래한 장본인인가? 그들은 통제 불능의 '금융 쓰나미'에 희생됐다고 주장했다. 회사가 쓰러진 까닭은 거대한 경제적 힘 때문이지 자신의 결정 때문이 아니라는 것이다. 그 말이 사실이라면, 잘나갈 때 지나치게 많은 보상을 요구한 행위에도 문제를 제기할 수 있다. 샌델은 행복, 자유, 미덕의 관점으로 정의를 바라본다. 이 책은 독자가 정의에 관한 자신의 견해를 비판적으로 고찰하면서, 자신의 생각을 확인하고, 왜 그렇게 생각하는지 고민하게 만든다.

독자가 정의가 뭔지 정말 궁금해서 《정의란 무엇인가》를 산 것 같지는 않다. 철학적이라서 끝까지 읽기도 쉽지 않다. 따지고 보면 내용보다는 마케팅의 승리였다. 이 책을 사는 행위 자체가 "지금 우리 사회는 정의롭지 못하다"고 외치는 반항이었다. 어느 임계점을 넘은 뒤론 '너도 사니 나도 산다'는 식으로 분노가 패션(fashion)처럼 번진 것이다.

《정의란 무엇인가》는 자유민주주의사회에 사는 한국 독자에게 일상에서 부딪히는 어려운 질문을 어떻게 판단할 것인지, 사회가 나아가야 하는 바른 방향이 어디인지 등을 이념 편향 없이 정답을 제시하지 않고 던졌다. 보수와 진보 가릴 것 없이 지지를 받았다. 출간 한 달 만에 베스트셀러 2위에 올랐고 삼성경제연구소 추천도서로 선정됐다. 출간 45일 만인 7월 초 결국 베스트셀러 정상을 밟았다.

그해 8월 15일 이명박 대통령은 연설에서 '공정한 사회'를 만들겠다고 말했다. 200자 원고지 30매 분량의 연설문에 '공정'이라는 낱말이 10번 등장했다. 《정의란 무엇인가》가 30만 부를 돌파할 무렵이었다. 대통령의 휴가 도서 목록에 이 책이 들어 있다는 점 때문에도 화제가 됐다. 당시 청와대 비서관은 "직접 관련이 있진 않지만, 책이 잘 팔

려서 시대의 집단의식을 살피는 데 참고했다"고 말했다. 하지만 '공정
한 사회'는 공허한 구호에 그치고 말았다. 이명박 정부가 공정하지 않
다고 생각하는 대중이 많았고 낙하산 인사 등 공정성을 의심할 만한
일들이 벌어졌다. 2013년 갑을(甲乙) 논쟁이 증명하듯, 공정 사회로 가
는 길은 아직 멀다.

정부의 세종시 수정안은《정의란 무엇인가》출간 직후인 6월 29일
국회에서 부결됐다. 박근혜 전 한나라당 대표가 '원안 고수' 입장을
밝히면서 친박계 의원들이 가세했다. 정운찬 총리는 책임을 지고 사임
했다. 4대강 정비사업은 정부·여당이 "국토 균형발전 촉진을 위한 한
국형 뉴딜"이라며 밀어붙이는 가운데 야당과 종교계 일각, 진보 성향
시민단체는 "4대강 죽이기"라며 거세게 반대했다. 4대강 예산은 한나
라당 강행 처리로 골격을 대부분 유지했고 민주당은 장외투쟁을 선택
했다. 북한은 그해 11월 23일 연평도를 포격해 민간인을 포함한 4명
이 사망하고 16명이 부상했다. 김태영 국방장관이 경질됐다. 그해 12
월 3일에는 한미 FTA(자유무역협정) 재협상이 최종 타결됐다. 2007년
서명을 마치고 3년 넘게 잠자던 한미 FTA는 양국 국회의 비준 동의
절차만 남겨두게 됐다. 하지만 이익의 균형을 맞추지 못했다는 국내
반대 여론도 있어 향후 국회 비준 동의에 난항이 예상됐다.

샌델은 2010년 8월 방한해 '정의'를 주제로 강연했다. 처음엔 900명
규모를 예상했지만 폭발적 수강 신청으로 장소를 몇 번 옮긴 끝에 경
의대 평화의전당에서 독자 4000명을 만났다. 샌델은 "하버드대 제자
들보다 문제의식과 열의가 뛰어나다"면서 이날 독자들에게 A+학점을

줬다. 이 책은 불공정한 현실과 절묘하게 맞물리며 돌풍을 일으켰고 이러한 흐름은 그해 10월 출간된 장하준의 《그들이 말하지 않는 23가지》로 이어졌다.

2014년에 이 책을 냈다면 어떻게 됐을까. 편집자 김윤경 씨는 "우리 사회가 그렇게 오래 기다려주진 않을 것 같다"고 답했다. 정의와 공정에 대한 열망이 끓어 넘치던 시절의 열매라는 것이다. 그의 말마따나 밀리언셀러에는 시대와 타이밍이 있고 대중은 그 책을 읽으며 대리만족을 경험한다. 밀리언셀러가 됐다는 소식을 듣고 샌델은 이렇게 말했다. "한국이 공정 사회에 대한 국가 차원의 논의를 시작하게 됐다는 점에서 의미가 있다. 《정의란 무엇인가》가 토론을 촉발시키고 갈등보다 대화에 기여하는 불꽃이 됐으면 좋겠다."

명문대 마케팅

베스트셀러가 된 샌델의 《정의란 무엇인가》, 셸리 케이건의 《죽음이란 무엇인가》, 스튜어트 다이아몬드의 《어떻게 원하는 것을 얻는가》 사이에 공통점이 뭘까. 제목이 모두 질문형이라는 게 눈에 띈다. 하지만 그런 책이 전부 베스트셀러가 되지는 않는다. 정답은 하버드대·예일대 등 '명문대 후광'을 입었다는 사실이다.

하버드까지 갈 것도 없다. 서울대도 서점가에서 존재감이 막강한 키워드다. 재러드 다이아몬드 UCLA 교수가 쓴 《총, 균, 쇠》가 뚜렷한 증거다. 서울대 도서관이 연간 대출 순위를 발표하면 엘리베이터라도 탄 듯이 책이 베스트셀러 상위권으로 치솟았다. 안철수가 쓴 《안철수의 생각》, 김난도의 《아프니까 청춘이다》 등도 저자가 서울대 교수라는 사실이 베스트셀러가 되는 데 적지 않은 역할을 했다.

한국에서 《정의란 무엇인가》가 히트한 비결은 상당 부분 표지에 있다. 샌델 교수가 하버드대 강단에 올라 독야청청 수많은 청중과 문답하는 사진이다. 권위에 대한 동경과 소통에 대한 갈증을 동시에 충족시키면서, 현실에 대한 분노까지 풀어주는 표지라는 것이다. 하버드대가 아니었어도 그토록 매혹적일까.

김난도 서울대 교수의 《아프니까 청춘이다》도 그렇다. 인정하기 싫을지라도 한국인 대다수는 하버드대와 서울대를 강렬하게 동경한다. 동경의 이면이 좌절이다. 가고 싶은데 갈 수 없으니까, 끼고 싶은데 낄 수 없으니까, 그런 하버드대·서울대 교수가 내 좌절에 공감까지 해주니 폭발적으로 호응했다는 분석이다.

장하준 케임브리지대 교수가 쓴 《그들이 말하지 않는 23가지》《나쁜 사마리아인》도 각각 60만 부 넘게 팔렸다. 멘토에 대한 갈망이 큰 시절이긴 했다. 출판계에서 국내 교수들의 책은 내봤자 1000부도 팔기 힘들다는 속설이 있었다. 하지만 출판사가 먼저 기획하고 저자가 응한 《아프니까 청춘이다》의 성공을 기점으로 분위기가 180도 달라졌다. 과거에는 교수들이 원고를 써 오면 거의 손을 대지 않았지만, 최근엔 독자의 눈높이에 맞춘 책이 늘어나고 있다.

《정의란 무엇인가》는 하버드를 부각시킨 마케팅의 승리"라고 백원근 한국출판연구소 책임연구원은 말한다. 우리 사회의 문제를 우리 필자들의 눈을 통해 풀어주는 책은 여전히 드물다는 게 아쉬운 부분이다. 해외 유명 대학 교수의 명강의가 책으로 묶이고 잘 판매되면서 국내 강연이나 팟캐스트 등에서 검증된 콘텐츠가 출판 시장으로 들어오는 추세다. '듣기'에서 '읽기'로의 변형이자 확장이다. 한국 사회라는 구체적인 맥락 위에서 공동체 문제를 묵직하게 풀어내는 저자를 발굴하는 노력이 더 필요하다는 지적이 나온다.

2014년 11월《정의란 무엇인가》를 사러 서점에 간 독자는 깜짝 놀랐다. 표지와 번역자, 출판사가 모두 바뀌었기 때문이다. 이 인문서 판권이 김영사에서 와이즈베리로 넘어가면서 두 출판사는 감정싸움을 벌였다. 김영사가 5년 전 선인세 2만 달러에 계약한 이 책은 123만 부 판매되었고 샌델은 인세로 14억 7000만 원을 받았다. 계약 연장을 위해 선인세 20만 달러를 준비했지만 더 높은 액수를 제안한 와이즈베리가 판권을 따냈다. 제목과 번역, '200만 부 돌파' 과대광고가 논란이 됐지만, 샌델도 '돈이면 다 통한다(Money talks)'는 논리로 출판사를 갈아탄 것이다. 속사정은 알 수 없지만 '돈이란 무엇인가' 소리가 절로 나왔다. 와이즈베리로 옷을 갈아입은《정의란 무엇인가》에는 해설서가 부록으로 붙어 있고 영문 제목 'JUSTICE' 안에 샌델의 강연 사진을 넣었다. 이 출판사가 샌델의 또 다른 저작《돈으로 살 수 없는 것들》에 이어《정의란 무엇인가》판권까지 품에 넣으면서 이른바 '하버드 마케팅'에 탄력이 붙을 전망이다.

1Q84

무라카미 하루키는 그리스에서 쌍발 프로펠러 비행기를 탔다가 엔진이 멈추는 바람에 죽음에 가까이 갔던 적이 있다. 그때 공중에서 바라본 지상은 비현실적으로 아름답고 조용하며 아득했다. 세계가 이미 다 흩어졌으니 앞으로는 나와 무관하게 흘러가겠구나, 싶었다고 한다. 죽음의 감촉이 몸 안에 선명하게 남았다. 하루키는 산문집《저녁 무렵에 면도하기》에서 "실제로 그때 나의 일부는 죽어버렸다고 생각할 때도 있다"고 고백했다.

"우리는 평소 죽음에 대해 생각하지 않고 살아간다. 그러다 어느 순간, 목덜미에서 죽음의 숨결을 느낀다. '그래, 우리는 점심으로 오야코돈(닭고기계란덮밥)을 먹고 농담을 하고 웃지만, 사소한 변화로도 간단히 소멸해버릴 수 있는 덧없는 존재다'라는 걸 실감한다. 그와 동시에 주변 세계의 풍경이 일시적으로나마 완전히 달라진다."

1960년대에 10대였던 그는 데뷔부터 해산까지 비틀스를 동시대에 체험했다. 고등학교 때는 재즈와 클래식에 빠졌다. '후렴이 없는 음악'을 들으면 지친다는 하루키는 사람도 '후렴이 있는 사람'을 좋아한다. 후렴이 없는 사람은 말 한마디 한마디는 얼핏 옳아 보이는데 전체적으로 전개에 깊이가 없고 뫼비우스의 띠처럼 출구가 보이지 않는다는 것이다. 그는 소설을 쓸 때도 골격을 세심하게 살핀다. 어느 대목에 어떻게 후렴을 넣을지 고민하는 것 같다.

하루키는 또 '실험'을 즐긴다. 어느 전기면도기 브랜드가 출근길 샐러리맨을 붙잡고 길거리에서 면도를 해주는 광고를 했다. 깎여 나온 자기 수염을 보면서 "좀 전에 면도를 하고 나왔는데 그래도 이렇게 남아 있군요" 하고 놀라는 식이었다. 하루키는 거꾸로 전기면도기로 수염을 깎고 잠시 후 일반 면도기로 한 번 더 깎아봤다고 한다. 왜? 첫째, 한가해서. 둘째, 호기심에서. 그런데 결과는 마찬가지였다. 하루키는 이렇게 정리한다. "광고는 일면의 진실이 있지만 다른 일면의 진실에 대해서는 언급하지 않는다"고.

《1Q84》(전 3권, 문학동네)는 진실의 두 얼굴에 대한 실험이다. 이 소설은 1984년 일본 도쿄, 고속도로에서 정체에 말려든 택시부터 보여준다. 스포츠클럽 강사이자 살인청부업자인 아오마메(靑豆, '푸른 콩'이라는 뜻)는 일(?)을 하러 가는 중이다. 택시 안에 야나체크의 교향곡 〈신포니에타〉가 흐른다. 관악기의 축제 같은 합주가 낭랑하다. 원래 한 스포츠대회를 위한 팡파르로 만들어진 곡이다.

아오마메는 교묘하게 몸을 숨기는 곤충을 닮았다. 배경 속에 숨어

들고, 눈에 띄지 않고, 기억되지 않는 것을 추구한다. 택시에서 내린 아오마메는 지상으로 통하는 비상계단을 내려가며 〈빌리 진〉의 멜로디를 귀로 더듬는다. 고가도로 아래의 세상은 자신이 살던 일본과는 다른 또 하나의 세계임을 그녀는 깨닫게 된다.

덴고는 수학 강사로 일하면서 소설을 쓰고 있다. 거부하기 어려운 대필(代筆) 제안이 들어온다. 열일곱 살 소녀 후카에리의 거칠지만 황홀한 소설《공기 번데기》를 다듬어달라는 것이다. 둘을 합체해 새로운 작가를 만드는 것과 같다. 수학은 물처럼 높은 곳에서 낮은 곳으로 최단거리를 택해 흐르지만 인생은 아니다. 문학의 세계에서는 좋든 싫든 돈을 초월한 어떤 동기가 일을 굴러가게 한다. 덴고는 후카에리의 눈으로 세상을 보면서 그녀의 세계와 현실세계를 잇는 작업에 들어간다.

아오마메는 가정폭력을 휘두른 남자를 살해한 직후 들어간 호텔 바에서 냇 킹 콜의 〈이츠 온리 어 페이퍼 문(It's Only A Paper Moon)〉을 듣게 된다. "여기는 구경거리의 세계/ 처음부터 끝까지 꾸며낸 것/ 하지만 네가 믿어준다면/ 모두 진짜가 될 거야……." 가짜의 세계를 진짜로 만드는 사랑의 힘을 노래한 곡이다.

덴고에게 일요일은 캄캄한 뒷면만을 보여주는 일그러진 달 같은 것이었다. 아버지는 NHK 직원이었고 일요일마다 어린 그를 데리고 수금을 다녔다. 아버지와 아들은 저마다 깊고 어두운 비밀을 껴안고 있었다.

아오마메는 헝클어진 기억을 정돈하려고 신문을 열람하다 '이상이 발생한 건 내가 아니라 이 세계'라는 생각에 이른다. 정체에 휘말린 택시에서 〈신포니에타〉를 듣던 때를 떠올린다. 그것은 몸의 뒤틀림 같은 감각, 몸의 구조가 걸레처럼 쥐어짜이는 느낌이었다. 택시 기사의 말이 겹쳐진다. "그런 일을 하고 나면 그다음의 일상 풍경이 평소와는 조금 다르게 보일지도 모릅니다. 하지만 겉모습에 속지 마세요. 현실은 언제나 단 하나뿐입니다."

이 소설은 '당신의 하늘에는 몇 개의 달이 떠 있습니까?'라고 묻는다. 퍼즐 같은 신호에 홀린 독자는 이것저것 검색을 하게 된다. 유튜브에서 야나체크의 〈신포니에타〉를 검색하면 다국적 코멘트를 만날 수 있다. 브라질, 캐나다, 인도네시아, 태국, 필리핀, 이탈리아, 한국, 인도, 싱가포르, 브루나이, 라트비아, 이스라엘, 미국, 폴란드, 콜롬비아, 터키, 러시아, 프랑스……. 다들 《1Q84》를 이야기한다. 어떤 사람이 영문을 몰라 대체 이게 무슨 뜻이냐고 묻자 "《1Q84》는 하루키 소설이고 〈신포니에타〉는 테마곡"이라는 설명이 달린다.

노벨문학상이 가와바타 야스나리(1968), 오에 겐자부로(1994)에 이어 언젠가 또 일본 작가를 호명한다면 하루키일 가능성이 높다. 소설과 가장 멀리 있을 것 같은 도박업체마저 일찌감치 그를 수상자로 '찜'했다. 하루키는 해마다 10월이면 뉴스에 등장하는 영국 도박업체 래드브록스(Ladbrokes)가 예측하는 단골 후보다. 2013년에는 1위, 2014년엔 2위를 했지만 수상에는 실패했다. 그동안 래드브록스 목록에 올랐던 작가들이 여럿 노벨문학상을 차지한 전례를 보면 머지않아 하루키의 차례가 올 것이다.

그의 문학성은 논란거리다. '문학의 탈을 쓴 패스트푸드'라는 공격

도 받았다. 그럼에도 하루키
는 세계에서 가장 많이 읽히
는 생존 작가 중 한 명이다. 판
매량은 작가의 중량을 가늠하
는 여러 지표 중 하나일 뿐이
라는 점 또한 부인할 수 없다.
〈뉴욕타임스〉는 2014년 10월
7일 '노벨상 기다리기 게임 –
승산 없는 것을 위한 1년'이라
는 제목의 기사에서 하루키의
노벨문학상 수상 전망을 낮게
점쳤다.

세계에서 가장 많이 읽히는 생존 작가 중 한 명인 하루키는 국내에서도 폭넓은 독자층을 확보하고 있다.

스웨덴 한림원이 실적(판매량)을 달가워하지 않기 때문이란다. 오히려 정치적으로 얼마나 진보적이고 핍박받았는지가 훨씬 더 중요하다. 아프리카 케냐 작가로 투옥 생활을 한 응구기 와 시옹오, 우크라아나 출신으로 강제 추방당한 적이 있는 스베틀라나 알렉시예비치가 하루키보다 앞서 있다는 것이다.

래드브룩스는 2005년부터 해마다 유력 후보 순위를 배당률에 따라 발표해왔다. 2006년 오르한 파무크, 2014년 파트리크 모디아노를 비롯해 여러 차례에 걸쳐 수상자를 맞혀왔다. 2011~2013년엔 발표 직전까지 2위를 기록하던 작가가 실제로 노벨문학상을 차지했다. 래드브룩스 노벨문학상 담당자가 '문학 현장과의 접촉, 인터넷의 문학 포럼과 트위터 검색'을 통해 유력 후보 명단을 뽑는 것으로 알려져 있다.

이 도박업체는 2014년 노벨문학상 배팅에 몰린 판돈이 처음보다 5배 늘어났다고 했지만 액수는 밝히지 않았다. 한림원 사이트와 래드브룩스를 넘나들며 경우의 수를 따져야 하는 기자들은 '문학이란 무엇인가'라는 질문과 맞닥뜨리게 된다.

소설에도 달리기가 있다면 하루키는 100미터 달리기(단편)부터 마라톤(장편)까지 출전하면서 늘 메달을 노릴 만한 선수다. 장편《1Q84》는 마라톤을 빼닮았다. 2009년 8월 25일 제1권이, 9월 8일 제2권이 번역 출간되었고 이듬해 4월 말 1·2권 합쳐 100만 부(당시 일본에서는 250만 부)를 돌파했다. 2010년 7월 국내에 나온 제3권까지 합치면 2014년까지 200만 부 넘게 판매되었다.

《1Q84》 1~3권을 합치면 2000쪽에 달한다. 장편은 5년 만이었다. 이 소설은 덴고의 세계와 아오마메의 세계가 번갈아 펼쳐지는 구성부터 독특하다. 덴고의 다음 이야기를 읽으려면 아오마메를 읽어야 하고, 아오마메의 다음 이야기를 만나려면 덴고부터 만나야 한다.

하루키는 소설 내용을 구상하지 않은 상태에서 '1Q84'라는 제목부터 정했다. 2010년 〈문학동네〉 가을호가 전한 일본 계간지와의 인터뷰를 그대로 옮기면 그는 "내 경우에는 제목부터 시작하는 소설과 나중에 제목을 붙이느라 고생하는 소설이 있는데《1Q84》는 처음엔 제목밖에 없었던 경우"라고 했다.

"소설《1984》 이듬해의 이야기를 조지 오웰과는 전혀 다르게 '1985'라는 제목 아래 쓰고 싶었다. 영화 〈1984〉를 만든 마이클 래드

퍼드 감독이 일본에 왔을 때 그렇게 전했더니 그가 '하루키, 그건 좀 별로네. 앤서니 버지스가 이미 썼어' 했다. 안 되겠다 싶어 궁리를 하다가 '1Q84'라는 제목을 생각해냈다."

하루키는 또 "아오마메와 덴고를 비롯해 상처 입은 사람들은 극단적이고 과장되기는 했지만 모두 나 자신의 투영"이라고 고백했다. 그렇기 때문에 리얼한 이야기를 리얼하게 쓸 수 있었다는 것이다. 당시는 《1Q84》 3권이 나온 직후였는데 4권 출간 여부에 대해서는 "지금 단계에서는 나도 모른다. 다음 권을 쓸 가능성이 전혀 없다고는 말할 수 없다는 뜻"이라며 그다운 화법으로 여지를 남겼다.

《1Q84》는 예약판매만 3만 부에 이를 만큼 대기수요가 많았다. 출간 3개월도 안 되어 62만 부(1권 35만 부, 2권 27만 부)를 찍었다. 10개월 만에 100만 부를 돌파한 신경숙의 《엄마를 부탁해》를 앞지르는 판매 속도였다. 고액 선인세(8000만 엔, 당시 환율로 약 10억 원) 논란을 불렀지만 손익분기점으로 추정되는 50만 부 능선을 가뿐히 넘었다.

《1Q84》에는 현실과 환상을 오가는 구조, 남녀 주인공의 사랑, 청부살인, 사이비 종교집단 등 하루키가 추구해온 소설의 특징이 두루 담겨 있다. 독자는 하루키의 핵심인 20~30대 여성뿐만 아니라 10~50대로 고른 데다 남성이 여성을 앞지른 것으로 나타났다. 문학동네는 "하루키의 출세작 《상실의 시대》를 읽은 40~50대에게 향수를 불러일으키면서 대중적 소비 코드를 넣어 20~30대 젊은 독자의 감성을 자극했기 때문"이라고 분석했다.

일본은 본래 창조자라기보다 수용자였다. 인류학자 클로드 레비스

《1Q84》에는 하루키가 추구해온 소설의 특징이 두루 담겨 있다.

트로스는 저서 《달의 이면》(문학과지성사)에서 로마 시대부터 유럽 세계의 역사가 '달의 표면'이고 일본을 비롯한 동양의 역사는 '달의 이면'이라고 말한다. "서구에서는 기록을 사실성을 중시해 신화와 역사를 엄밀히 구분하지만 일본에서는 그 둘이 내적으로 긴밀하게 연결된다. 일본의 특수성은 늘 독창적인 무엇을 만들기 위해 다른 데서 많은 요소를 가져와 정교하게 다듬을 줄 안다는 것이다."

서구 문화의 영향을 받은 하루키는 이제 거꾸로 서구 문화에도 영향을 미치는 작가로 성장했다. "《1Q84》는 소설의 기술적 측면에서 하루키가 장인의 경지에 올랐다는 걸 보여준다. 하루키가 초기에는 무국적성을 드러낸다는 비판을 받았지만 지금은 어느 나라 독자들이나 다 자기들의 얘기로 공감할 수 있는 세계적 보편성을 획득하고 있다"(문학평론가 신형철)는 평이다.

번역가 양윤옥은 "밑도 끝도 없는 이야기가 하루키 소설의 특징"이라면서 "독자가 '물음표의 풀장'에서 허우적거리면서 상상을 펼치게 하는 것이 하루키의 매력"이라고 요약했다. 하루키 소설은 독자가 처한 상황이나 감상 능력에 따라 무한 변환될 가능성을 지녔다는 것이다. 교묘하게 얽힌 연애소설 같기도 하고 이쪽 세계와 저쪽 세계가 뫼비우스의 띠처럼 연결된 SF적 소설로도 읽힌다.

하루키는 《1Q84》에서 "말을 안 해서 이해하지 못하는 건 말을 해줘도 모른다"라는 명언을 남겼다. 하루키의 세계로 몰입한다는 것도 어쩌면 그렇다. 좋아하는 독자는 오랫동안 충성도가 매우 높고, 싫어하는 독자는 "정나미 떨어진다"며 돌아선다. 이 소설에 빠진 사람들은 "숱한 은유와 알레고리, 하나가 풀리면 또 하나가 등장하는 불안 속에서도 다음 장을 넘기고 싶은 설렘이 있다"고 입을 모은다.

《1Q84》가 밀리언셀러가 된 배후에는 읽는 재미를 느끼게 해주는 독창적인 파워와 더불어 '하루키 소설이라면 읽어야 한다'는 의무감도 암묵적으로 작용했다. 하루키 신작을 읽지 않으면 당대의 패션 또는 음악을 놓치는 셈이고 대화에서 소외될 각오를 해야 한다. 그런 뜻에서 그는 어느 작가보다도 높은 지위를 누리고 있다.

다시 《1Q84》로 돌아가자. 아오마메는 1984년과 함께 존재하는 또 다른 세계를 《1Q84》년이라 이름 붙인다. Q는 question mark의 Q. 의문을 안고 있는 것이다. "좋든 싫든 나는 지금 이 1Q84년에 몸을 두고 있다. 이 물음표 딸린 세계의 존재양식에 되도록 빨리 적응하지 않으면 안 된다." 그녀는 일주일 뒤면 서른 살이 된다. '서른 번째 생일을 이런 영문 모를 세계에서 맞게 되다니'라고 아오마메는 푸념한다.

한편 덴고는 《공기 번데기》를 고쳐 쓴다. 어디까지 현실이고 어디서부터 환상인지 불분명해진다. 덴고는 지금 자기가 어떤 세계에 있는 것인지 자신할 수 없다.

그날 밤도 달은 두 개다. 아오마메는 풀리지 않는 퍼즐을 바라보듯이 그 크고 작은 한 쌍의 달을 오래도록 바라본다. 달은 누구보다 오래 지구의 모습을 근거리에서 보아왔다. 달은 한없이 차갑게, 적확하게, 무거운 과거를 품어 안고 있을 뿐이다. 아오마메는 달을 향해 잔을 치커든다. "요즘 누군가와 껴안고 자본 적 있어?" 아오마메는 달에게 묻는다. 달은 대답하지 않는다. "친구는 있어?" 달은 대답하지 않는다. "그렇게 쿨하게 살아가는 거, 이따금 피곤하지 않아?" 달은 대답하지 않는다.

이 소설에서 둘인 건 달뿐만이 아니다. 남녀 주인공 덴고와 아오마메는 저마다 직업이 두 개다. 어린 시절 서로에게 '100%의 소년' '100%의 소녀'였다가 헤어져 20년 동안 만나지 못하고 그리워하기만 한 그들은 2권까지는 한없이 평행선을 달릴 것만 같았다. 하지만 3권은 시작부터 '보이는 것에만 현혹되어 존재 그 너머의 울림을 외면할 것인가'를 물으며 방향을 튼다. 아오마메를 향한 덴고의 사랑이 결국 '두 개의 달이 뜨는 세계'로 그녀를 불러낸다. 〈이츠 온리 어 페이퍼 문〉이 일러준 믿음의 힘과도 같다. "사랑이 없는 세계는 가짜일 뿐"이라며 아오마메가 세계관을 바꾸는 순간 그녀는 덴고에게 닿는다.

등장인물들이 무기력하게 맥주나 마시고 재즈를 듣는 냉소주의자가 아니라 적극적으로 소통하고 협력하면서 현실에 참여한다는 점도 《1Q84》의 특징이다. 덴고와 아오마메를 추적하는 제3의 인물이 등장하며 숨 가쁘게 진행되는 3권에서 하루키는 마지막에 순수함을 극대화했다. 열 살 무렵 손을 한 번 잡는 것에서 움튼 아오마메와 덴고의 사랑은 1~2권에서 겉돌다 3권에서 겹쳐지고 해소된다. 과거의 하루키를 감안하면 이렇게 정갈한 완성은 뜻밖이다. 그래서 3권은 재미있다는 서평과 실망했다는 극과 극의 서평을 받았다.

《1Q84》는 종이로 만든 사운드트랙(OST)이다. 글을 따라 음악이 흐른다. 야나체크 〈신포니에타〉, 마이클 잭슨 〈빌리진〉, 냇 킹 콜 〈이츠 온리 어 페이퍼 문〉, 버르토크 〈관현악을 위한 협주곡〉, 뮤지컬 〈사운드 오브 뮤직〉, 바흐 〈마태 수난곡〉, 하이든 〈첼로 콘체르토〉, 루이 암스트롱 〈애틀랜타 블루스〉, 롤링 스톤스 〈마더스 리틀 헬퍼〉……

하루키는 글 쓰는 법을 음악에서 배웠다. 음악을 들으면서 글 솜씨가 좋아졌고 글 솜씨가 좋아지면서 음악을 더 잘 들을 수 있게 되었다. 지휘자 오자와 세이지와 나눈 대담을 묶은 《오자와 세이지 씨와 음악을 이야기하다》에서 하루키는 "글에서 가장 중요한 것은 리듬"이라며 이렇게 덧붙였다. "독자를 앞으로, 앞으로 보내는 내재적 율동감이랄까요. 소설에 리듬이 없으면 다음 문장이 나오지 않습니다. 그럼 이야기도 진전이 안 됩니다."

〈이츠 온리 어 페이퍼 문〉을 재생한다. 1권에서 아오마메가 일을 끝내고 듣는 노래다. 어떤 중년 남자와 커티삭을 넣은 칵테일을 주문해 마시는 동안 흘러나온다.

"이건 그저 마분지/ 바다를 항해하는 종이 달(paper moon)이라 말해주오/ 하지만 당신이 날 믿어준다면/ 꾸며낸 것만은 아닐 거예요/ 그래요, 이건 그저 모슬린 나무에 걸린 캔버스 하늘일 뿐이에요/ 하지만 당신이 날 믿어준다면/ 상상의 이야기만은 아닐 거예요/ 당신의 사랑 없이는/ 그저 시골의 싸구려 행렬일 뿐/ 당신의 사랑 없이는/ 그저 싸구려 무대에서 연주되는 멜로디일 뿐이에요.”

스타일리시한 암살자 아오마메, 천재적 문학성을 지닌 소녀 후카에리, 기묘한 사건에 휘말리는 작가 지망생 덴고 앞에 그 세상이 있다. “여기는 구경거리의 세계이고 처음부터 끝까지 모두 꾸며낸 것이다”라는 문장이 귓바퀴에 맴돈다. 하루키의 소설이 그렇다. 당신(독자)이 믿어준다면 모두 다 진짜가 된다. 모두 다 진짜가 된다.

유명 저자들의 선인세

저자는 보통 책값의 10퍼센트를 인세로 받는다. 선인세(先印稅)란 출판사가 출간 계약과 동시에 저자에게 미리 주는 인세를 가리킨다. 계약금 또는 착수금과 같다. 해외 저자는 에이전시를 통해 판권 계약이 진행되는데 예상 판매량이 많을수록 선인세가 높아진다. 판권을 따고 싶어 하는 출판사들이 경쟁하면서 수요공급의 논리에 따라 치솟는 것이다.

하루키의 책들은 1989년 문학사상사가 번역해 소개한 《상실의 시대》《노르웨이의 숲》)가 밀리언셀러가 된 이후 ‘로또’로 불렸다. 흥행 걱정은 붙들어 맬 수 있었다. 거액의 선인세를 주더라도 충분히 남는 장사였던 것이다. 《태엽 감는 새》《해변의 카프카》 등이 국내에 번역되자마자 베스트셀러 목록에 올랐다. 책장이 바삐 넘어가는 페이지터너(page-turner)다웠다.

하루키 작품의 선인세는 20년 사이에 가파르게 올랐다. 1990년대 말까지도 수백만 원에서 1000만 원대였는데 2000년대 들어 '1장(1억 원)'으로 몸값이 수직 상승했다. 《해변의 카프카》 때는 약 5억 원까지 뛴 것으로 알려져 있다. 이 책은 80만 부 넘게 팔렸다.

《1Q84》는 대기 독자가 많은 하루키가 5년 만에 낸 장편이라서 판권 경쟁이 더 치열했다. 국내 출간은 선인세부터 화제가 되었다. 문학동네는 《1Q84》 1·2권에 60만~70만 부(권당 30만~35만 부) 판매를 가정해 8800만 엔대(당시 10억 원대) 선인세를 지급했다. 문학동네는 3권 역시 1·2권과 같은 값에 계약했다. 염현숙 문학동네 국장은 "책이 워낙 두꺼웠고 당시 소설 책값으로는 만만치 않은 정가라서 당초 기대는 권당 30만 부 정도였다"며 "두 배 넘게 나간 셈"이라고 말했다.

하루키가 2013년 4월 《색채가 없는 다자키 쓰쿠루와 그의 순례의 해》를 발표했을 때도 경쟁은 과열로 치달았다. 이 장편은 일본에서 출간 6일 만에 발행 부수 100만 부를 돌파했다. 하루키 저작권 거래를 대행하는 사카이 에이전시가 입찰을 공지하자 국내 출판사들이 바빠졌다. 선인세를 얼마로 책정할지, 제안서에 뭘 담을지 등 '눈치작전'이 벌어졌다. 제안서 마감은 5월 20일. 하루키 판권은 늘 1라운드에서 결정된다. 민음사는 "선인세를 크게 부르는 게 흥이 되지 않을 분위기"라고 했고, 문학동네에서는 "이번 소설은 기대에 못 미친다"는 품평이 흘러나왔다.

유명 저자 선인세

말은 무성한데 정보인지 역정보인지 불분명했다. 게임의 법칙이다. 책 동네에선 이 큰 장(場)을 '레이스(race)'라 부른다. 이럴 땐 독자가 냉정하다. 일본 아마존 서평에 눈길이 갔다. "고독을 깊이 공감할 독자는 적을 것 같고 '재탕'한 느낌도 들지만 서술이 아름답고 술술 읽힌다" "거들떠도 안 보는 사람도 있고 눈물을 흘리는 사람도 있을 것이다" "재미없어 돈이 아까웠다"……

하루키를 향한 이 구애 레이스의 승자는 민음사였다. 출판계에 떠도는 소문대로라면 16억 원 이상을 주고 '번역 출간할 권리'를 가져온 것이다. 《색채가 없는……》이 7월에 번역되어 나오자 독자가 뜨겁게 반응했지만 하루키 바람은 가을로 접어들며 식어버렸다. 그해 연말까지 판매는 40만 부에 그쳤다. 출판계는 광고비까지 감안해 이 책의 손익분기점을 최소 50만 부로 어림한다.

학습효과일까. 2014년 하루키 소설집 《여자 없는 남자들》 판권 계약 때는 "이번엔 지르지 말고 자중하자"는 의견이 대세였다. 문학동네 · 민음사 · 문학사상 등이 입찰에 참여했고 결국 문학동네가 품에 안았다. 선인세는 약 2억 5000만 원으로 알려졌다. 장편이 아닌 소설집이라도 "최소한 '한 장(1억 엔, 당시 약 10억 원)'은 줘야 한다"는 말이 돌았던 것을 감안하면 거품이 많이 꺼진 셈이다.

김용택 시선집 《시가 내게로 왔다》, 김정운의 인문서 《에디톨로지》, 김연수의 《청춘의 문장들+》 등은 선인세가 '0원'이었다. 근년 들어 선인세 없이 계약하는 유명 저자는 거의 없다. 박신규 창비 문학부장은 "원고가 나오기도 전에 계약서를 쓰는 것을 '글빚'으로 여겨 싫어하는 작가들이 있다"며 "반대로 형편이 어려우면 '인세를 먼저 얼마나 줄 수 있느냐' 묻기도 한다"고 말했다.

저자가 받는 인세는 보통 책값의 10퍼센트다. 베스트셀러 저자는 높은 선인세를 요구할 수 있다. 《1만 시간의 법칙》을 설파한 말콤 글래드웰은 한국으로 초청하는 데만 하루에 10만 달러(시간당 4167달러)가 든다. "계약 전에는 저자가 우위에 있지만 계약 후에는 출판사가 닦달할 수 있다. 규모의 경제가 지배하는 시장에서 선인세는 저자의 자존심이나 명예로 여기는 세태도 있다"(한미화 출판평론가)는 진단이다. 김정운 교수는 선인세 없이 계약한 까닭을 묻자 "돈이 필요하면 받기도 하는데 요즘은 궁하지 않아서"라고 답했다.

《나라 없는 사람》의 미국 소설가 커트 보네거트는 선인세에 대해 이런 말을 남겼다. "선인세는 살림살이를 나아지게 하기는커녕 사람을 얽어맬 뿐이다. 나는 작가들이 선인세를 받고 나서 글쓰기를 중지하거나 집필 속도가 떨어지는 것을 자주 보았다. 계약서를 썼으니 다 끝났다는 느낌이 창조성을 방해한다. 선인세를 받지 말고 일을 마저 하라고, 오도된 느낌에 사로잡히지 말라고 충고하고 싶다."

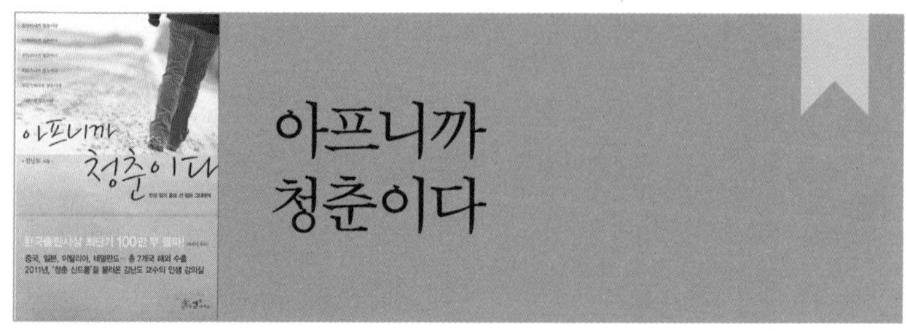

《아프니까 청춘이다》(쌤앤파커스)라는 제목을 처음 들었을 때 솔직히 시큰둥했다. 하나 마나 한 얘기 같았다. 청춘이 아프지 않은 적 있었나? 인생의 봄이라는 사춘기부터 대학 입학, 취업, 결혼까지 만만한 게 없다. 연극 개막 30분 전 무대 뒤에서 대사를 중얼거리는 배우처럼, 걱정은 태산이고 미래는 불투명하다. 젊은이에게는 확신이 없다. 둔감하기는커녕 가장 예민할 때니 아픈 게 당연하다.《아프니까 청춘이다》라고 발음할 때 느껴지는 첫맛은 그렇게 시금털털했다.

힐링 서적은 어쩌면 '할머니 손은 약손'과 다르지 않다.《아프니까 청춘이다》를 읽고 위로받아 상처가 아문다는 말은 할머니가 손으로 배를 문질러주는 것만으로 통증이 가라앉았다는 말처럼 들렸다. 몇몇 출판인은 거리낌 없이 그것을 '속임수'라고 못 박았다. 읽는 순간은 약간 저릿하고 약간 나른한 기운이 퍼지는 듯하지만 약효라곤 사실상 없는 깡통 책. 일시적으로 플라세보(placebo, 위약)효과를 얻을 수는 있지만 결과는 둘 중 하나다. 또 다른 힐링이 필요해지거나 더 큰 절망에 빠지거나.

그런데 《아프니까 청춘이다》는 보란 듯이 예상을 비웃었다. 2011년 8월엔 밀리언셀러가 되었다. 출간 8개월 만에 초고속으로 100만 부 고지를 점령한 것이다. 독자를 몰랐다는 점에서 나로서는 완패다.

그제야 책을 펼쳤다. 뻔하지 않은 대목들에 눈길이 붙잡혔다. 《아프니까 청춘이다》는 "사람이 태어나서 죽을 때까지를 하루에 비유한다면 그대는 지금 몇 시쯤을 살고 있는 것 같은가?"라는 물음('인생시계')으로 시작된다. 김난도 서울대 교수는 인생 80을 24시간에 빗대기 좋아한다. 대학을 스물넷에 졸업한다 치고, 평균 수명이 80세쯤 된다면 24세는 아침 7시 12분과 같다. 잠자리에서 일어나거나 집을 막 나서려는 시각이다. 은퇴하고 노년을 준비하는 60세는 저녁 6시다. 이 또한 퇴근을 준비할 시각이니 참으로 절묘하다.

《아프니까 청춘이다》는 저자가 아니라 출판사가 제안해 만들어진 책이다. 쌤앤파커스는 2009년 초 빅뱅의 《세상에 너를 소리쳐》를 출간하면서 젊은 독자를 겨냥한 에세이를 기획하기 시작했다. 《세상에 너를 소리쳐》는 단순한 스타 화보집이 아니라 자기계발서 콘셉트를 얹어 큰 성공을 거뒀다. 20대는 책을 안 읽는다는 선입견을 깬 것이다.

2010년 서점에서 20대 독자 앞에 놓인 선택지는 크게 둘 중 하나였다. 재테크에 미치거나 짱돌을 들거나. 쌤앤파커스는 '20대부터 무조건 돈을 벌어야 한다'고 설파하는 자기계발서나 세상과 싸우라는

《아프니까 청춘이다》는 김난도 교수가 청춘의 통증에 공감하며 던지는 조언이다.

《88만 원 세대》의 메시지는 희망을 주지 못한다고 판단했다. 미래를 불안해하는 20대에겐 우선 공감과 위로가 필요하다고 보고, 그런 이야기를 들려줄 필자를 물색한 것이다. 김난도 교수가 쓴 〈슬럼프〉라는 글이 편집팀의 레이더에 포착되었다. 요약하면 이렇다.

"그래, 자네가 요즘 슬럼프라고? 나태의 늪에서 좀처럼 헤어나가기가 어렵다고? 우선 하나 말해둘게. 난 슬럼프라는 말을 쓰지 않아. 대신 '게으름'이라고 하지. 슬럼프라고 하면 왠지 자신을 속이는 것 같아서. 교수라는 직업은 밖에서 점검해주는 사람이 없기 때문에 슬럼프, 아니 나태에 훨씬 쉽게 그리고 훨씬 깊게 빠져. 난 나태란 '관성의 문제'라고 생각해. 자전거는 올라타서 첫 페달을 밟을 때까지가 제일 힘들지. 그런데 문제는 말이야, 슬럼프에서 벗어나고 싶다고 말하면서도, 실은 그 게으른 일상에 익숙해져서 그걸 즐기고 있단 말이지. (중략) 아무리 독한 슬픔과 슬럼프 속에서라도, 여전히 너는 너야. 조금 구겨졌다고 만 원이 천 원 되겠어? 자학하지 마, 그 어떤 경우에도, 절대로."

슬럼프에 빠진 제자가 이메일로 고민을 털어놓았는데, 교수의 답장

94

은 감성적인 문장을 사용하면서도 따끔한 지적을 회피하지 않고 있었다. 적임자였다. 에세이스트가 아닌 김난도 교수는 쌤앤파커스로부터 집필 제안을 받고 주저했다. 고사(苦辭)와 설득이 이어졌는데 좀 엉뚱하게 물꼬가 터졌다. 김 교수 아들이 그때 고3이었다고 한다. 2009년 4월에 출간 계약을 했다. 김 교수는 "아들이 대학생이 되면 이렇게 살았으면 좋겠다, 하는 심정으로 소박하게 써내려간 책"이라고 말한다.

당시 편집을 맡았던 쌤앤파커스 권정희 씨는 "원고의 완성도는 훌륭했고, 모든 직원이 모니터링을 했는데 반응이 한결같이 좋았다"고 했다. 20대가 아닌 30~40대도 "위로를 받았다"고 입을 모았다. 경영진은 그때부터 밀리언셀러 가능성을 점치고 있었다. '인생시계'는 샘플 원고 때부터 무조건 첫 꼭지로 낙점한 터였다. 김 교수는 본디 소비자 트렌드 전문가다. 메시지를 전달하는 감성적 능력과 타깃 독자에 대한 이성적 분석력이 잘 조화되어 있었다.

원고에서 잠재력을 발견하고 "타깃 독자를 대학생이 아닌 20대로 넓히자" 제안했는데, 저자는 '과녁은 좁고 선명할수록 좋다'는 마케팅 원칙을 들며 처음엔 난색을 표했다. 며칠 뒤 김 교수가 받아들이며 했다는 말이 재미있다. "청담동 1급 헤어드레서에게 머리 손질을 부탁했다면 그냥 믿고 맡겨야겠죠."

얼떨결에 1급 헤어드레서가 된 편집자는 어떤 기분이었을까. '잘 만들어야 한다'는 부담감이 몇 배 커졌지만 기분은 좋았다고 한다. 쌤앤파커스가 걱정한 이 책의 리스크는 뜻밖에도 '서울대'라는 간판이었다. '잘난 학생들을 가르치는 잘난 교수'의 글 묶음으로 치부될 위험 말이다. 현실과 동떨어진 책이 되지 않으려면 다양한 젊은이들의 목소리를 담아야 했다. 저자는 제자들에게 "다른 대학 친구 4명을 데려오면 저녁을 사준다"는 공약을 해 그들의 고민에 귀를 기울였다.

다음은 제목. 김난도 교수가 초고에 붙여 온 제목은 '젊은 그대들에게'였다. 밋밋했다. 젊은이들의 어려움을 드러내면서 긍정성을 내포한 제목, 예쁘기만 하고 모호한 제목이 아니라 메시지가 분명한 제목을 뽑기로 했다. 하지만 지지부진하게 한 달이 흘렀다. 편집자는 시집을 들추다 "울지 마라/ 외로우니까 사람이다/ 살아간다는 것은 외로움을 견디는 일이다"로 시작하는 정호승의 시 〈수선화에게〉를 발견했다. 거기서 "흔들리니까 젊음이다"라는 문장을 만들어 다듬어나갔다. 흔들리고 불안하고 두렵고……. 뭉뚱그리면 아픈 것이었다.

《아프니까 청춘이다》는 그렇게 나왔다. "청춘은 좀 낡은 낱말 아니냐"는 반대가 있었지만, 독자층인 20대와 선물용으로 구매할 50대에게 설문조사를 해보니 그렇지만은 않았다. 권정희 씨는 "책이 퍼지는 데 제목이 미치는 영향은 다른 어떤 요소보다 크다. 제목 자체가 위로의 메시지이자 핵심 개념이라서, 제목만 보고 책을 집는 독자들이 꽤 있었다고 생각한다"고 말했다.

마케팅은 당시 막 활성화되기 시작한 SNS에 주목했다. SNS를 신뢰하는 젊은 독자들의 입소문에 힘을 실어보자는 판단이었다. 'SNS 피로감'이라는 말이 생기기 전의 일이다. 책의 좋은 구절을 따서 트위터에 올리게 하고, 그걸 읽은 지인들이 리트윗(RT)하도록 했는데, 반응이 무척 뜨거웠다. 인터넷 카페나 블로그에 아포리즘 형식의 이미지를 만들어 올리기도 했다. 2010년 12월에 출간된 터라 연말연시, 졸업 · 입학 선물용 책으로 홍보했다.

매화, 벚꽃, 해바라기, 국화, 동백……. 《아프니까 청춘이다》는 이 중에 가장 훌륭하다고 생각하는 꽃이 뭔지 묻는다. 가장 훌륭한 꽃은 없다. 저마다 훌륭하다. 나름의 이유가 있어서 제가 피어날 철에 만개하는 것인데, 청춘들은 대부분 가장 일찍 꽃을 피우는 '매화'가 되려고만 한다. 인생에 관한 한, 우리는 지독한 근시(近視)다. 왜 그대들은 하나같이 초봄에 피어나지 못해 안달인가, 라는 질문 앞에 숙연해진다. 김난도 교수는 "다소 늦더라도 그대의 계절이 오면 여느 꽃 못지않게 화려한 기개를 뽐내게 될 것이다. 그러므로 고개를 들라. 그대의 계절을 준비하라"고 격려한다.

미국 아메리칸발레시어터(ABT)에서 활약하는 발레리나 서희가 떠올랐다. 수석 무용수가 되기 훨씬 전인 2008년 인터뷰에서 그녀는 15~16세 때 러시아 키로프발레학교 스승에게 들었다는 말을 들려줬다. 마음먹은 대로 춤이 안 나오면 울어버리곤 했는데 늘 다독여주시던 선생님이 하루는 연습실 밖으로 그녀를 쫓아냈다. 그러고는 이렇게 말했단다. "발레리나는 한 송이 꽃과 같다. 꽃은 피어나기 전 꽃망울일 때도 아름답다. 넌 당장 활짝 피고 싶겠지만 난 지금의 네가 아름답다."

《아프니까 청춘이다》는 청춘의 통증에 공감하며 던지는 조언이라 독자에게 더 깊이 닿았다. 실수가 자산이니 거기에서 무엇인가를 끊임없이 배워나가라, 인생에서 본질적인 기쁨을 주는 것은 소비가 아니라 일이다, 재테크를 시작하지 말고 꿈을 이룰 역량에 투자하라, 그대들에게 부족한 것은 스펙이나 학점이 아니라 자신에 대한 성찰이다, 밑짐이 든든한 배가 풍랑에도 흔들림 없이 나아가듯 열등감을 인생의 밑짐으로 삼고 살아라, 고용시장은 그대의 잠재력(미래)보다 경력(과거)을 보려 하니까 대기업만 바라보지 말고 작은 회사에서 경험을 쌓아라…….

이 책은 '20대가 만든 밀리언셀러'다. 예스24 자료를 보면 구매자는 여성이 62퍼센트, 연령별로는 20대(40%)·30대(25%)·40대(21%) 순으로 나타났다. 2010년 12월 3만 5000부를 시작으로 2011년 1월부터 7월까지는 매달 11만 부 넘게 팔렸다. 그해 8월에 14만 5000부 판매되며 100만 부를 돌파했다. 자발적으로 트위터에 글을 올리는 독자가 많았고 확산 속도도 빨랐다. "오늘 내 타임라인을 도배한 이 책은 뭐냐"는 트윗이 올라왔고, 어떤 중년 독자는 "아들과 소통하는 법을 알게 해준 책"이라며 고마워했다.

소비자학이 전공인 김 교수는 평소에도 학교 안팎에서 20대를 계속 만나왔다. 권정희 씨는 《아프니까 청춘이다》가 밀리언셀러가 된 배경으로 "조언을 하더라도 일방적인 잔소리로 들리지 않도록 자신의 어려웠던 이야기를 담는 등 공감의 글쓰기를 한 점이 주효한 것 같다"고 말했다. 이 책은 사회적으로 멘토링 붐을 일으켰다. 마침 MBC 〈위대한 탄생〉에서 가수 김태원이 멘토로 떠오를 때였다. 권정희 씨는 "20대들이 현실적인 고민을 해결하기 위해 읽을 책이 거의 없었다"며 "멘토의 위로와 격려를 바라는 독자가 그만큼 많았던 것"이라고 덧붙였다.

이 책이 밀리언셀러가 된 2011년은 무상 급식 논쟁으로 시끄러웠다. 민주당이 70퍼센트를 장악한 서울시의회는 1월 6일 무상급식조례를 공포했다. 한나라당 오세훈 서울시장이 이에 반발해 찬반을 묻는 주민투표를 추진하면서 이 문제는 복지 논쟁을 상징하는 이슈로 떠올랐다. 그해 8월 24일 실시된 주민투표는 야당의 투표 거부 운동으로 유효 투표율(33.3%)에 미치지 못하는 25.7퍼센트의 투표율을 기록하는 바람에 개표를 하지 못했고 오 시장은 사퇴했다.

《아프니까 청춘이다》는 우리 사회에 멘토링 붐을 일으켰다.

정치권은 안철수 서울대 융합기술대학원장이 10 · 26 서울시장 보궐선거에 출마를 검토하면서 격랑에 휩싸였다. 그는 단숨에 여론조사 1위에 올라섰고 박원순 현 시장에게 양보한 뒤에는 대선주자급으로 부상했다. 여야는 '안철수 현상'이 기성정치에 대한 불신에서 비롯됐다는 점을 자인했다.

그해에는 또 수십만 저축은행 예금자가 울었다. 모두 16곳의 저축은행이 영업정지되면서 금융시장에 큰 혼란이 생겼다. 예금이 묶인 수십만 고객이 발을 동동 굴렀고 5000만 원 초과 예금자나 후순위채 투자자는 손실을 감수해야 했다. 부산저축은행 한 곳의 부실 규모만 9조 원에 달해 사상 최대 규모의 금융 비리 사건으로 남게 됐다. 여름에는 서울 강남 우면산을 할퀸 100년 만의 폭우로 토사가 아파트와 주택가를 덮치면서 16명이 사망했다. 서초구청 직원들이 사고 전 산림청 경고 문자메시지를 간과하는 등 인재(人災)라는 지적이 나왔다.

이런 사회 상황이 《아프니까 청춘이다》의 판매에 영향을 미쳤다는 뚜렷한 단서는 보이지 않는다. 단발적 이슈보다는 오랜 세월 동안 점점 심화되는 문제, 취업에 대한 두려움과 대안 없는 스펙 경쟁에서 오는 피로와 불안이 더 중요하게 작용했다. 사회에 비판적인 독자는 "사회적 문제를 개인의 것으로 치환해버린다"며 이 책에 대해서도 비판적이었다.

청춘은 사실 고색창연한 낱말이다. 그런데 강한 자기장과 함께 부활했다. 20대에게 형성되어 있던 '자기 연민' 코드가 그 배경으로 꼽힌다. '우리만큼 불쌍한 세대는 없었다'는 정서 말이다. "서울대 교수인 나도 젊은 시절 연거푸 좌절했다. 너희(20대) 마음, 내가 안다. 세상이 나쁘지만 바꾸기도 쉽지 않다. 그래도 견디면 좋은 날이 올지 모른다"라는 메시지가 호소력을 얻었다. 88만 원 세대는 "더 노력하라"는 닦달 대신 "겪어봐서 나도 안다"는 위로를 듣고 싶어 했다.

내일모레면 나이가 '계란 한 판(서른)'인데 제대로 이뤄놓은 것 하나 없고, 앞으로 어떻게 할지 딱 부러지게 구체적인 계획조차 세우지 못했다는 청춘이 많다. 불안한 30대도 《아프니까 청춘이다》에 공감했다. 외환위기 이후 사회에 진출한 그들은 386세대와 달리 경쟁에 익숙하고, 저항한 경험보다 순응한 기억이 많다. 그런데 지나보니 보상 없는 순응이었다. 애들은 크는데 집은 못 샀고 미래는 불투명하고 마흔이 목전이다. 심리적으로는 여전히 아픈 청춘이자 '미생(未生)'으로 살고 있는 것이다.

멘토의 실종

'멘토'가 실종됐다.

2014년 10월 예스24를 통해 멘토 관련서를 조사했다. 2009년 38종, 2010년 71종, 2011년 74종, 2012년 110종으로 늘어나다가 2013년 81종, 2014년(9월까지) 34종으로 급감하고 있는 것으로 나타났다. 멘토에 대한 신뢰도도 추락했고 독자들이 더 이상 멘토를 찾지 않는다는 분석이 나온다.

예스24 김성광 MD는 "위로와 공감만 줄 뿐 해결책이 없는 책들에 피로감을 느낀 것"이라며 "2013년 초 김미경 씨 논문 사건이 터졌고 안철수 의원은 현실정치에서 이미지가 실추되는 등 믿었던 멘토들의 추락을 목격한 것이 독자에게 영향을 미친 것으로 보인다"고 말했다.

김미경은 주력 분야였던 자기계발서에서 벗어나 에세이 쪽에서 신간을 냈고, 또 다른 스타 작가인 이지성·박경철도 자기계발서 신간이 뚝 끊겼다. 예스24는 "멘토라고 할 수 있는 저자들의 판매량도 많이 떨어졌다"고 했다.

멘토 관련서는 김난도 서울대 교수가 쓴 《아프니까 청춘이다》, 혜민 스님의 《멈추면, 비로소 보이는 것들》, 안철수의 《안철수의 생각》 등이 인기를 끈 2012년에 최고점을 찍었다. 하지만 자기계발서 시장은 2014년까지 계속 오그라들었다. 멘토라는 낱말도 "당연히 아픈 거니 계속 참으라는 거냐?" "그래서 해결책이 뭐냐?" 같은 부정적인 반응이 늘어나면서 '한물간 패션'으로 전락한 모양새다.

멘토 열풍은 2011년 시작되었다. MBC TV의 〈위대한 탄생〉에 가수 김태원·김윤아·신승훈·이은미, 작곡가 겸 프로듀서 방시혁 등 다섯 명의 멘토가 등장하면서부터다. 10~20대 젊은이들 사이에서는 "김태원을 멘토로 삼은 애들만 살아남았다"라는 말도 나왔다.

2012년 20~30대 직장인이 꼽은 최고의 멘토는 안철수였다. 그해 7월 출간된 《안철수의 생각》이 서점에 진열하기 무섭게 팔려나가는 품귀 현상을 빚은 이후 두 달 동안 제목에 '안철수'를 박고 나온 책이 25종에 이르렀다. 정치·사회·에세이로 분야를 좁히고 글쓴이가 《안철수의 생각》을 읽고 쓴 책만 헤아려도 11종이나 되었다. 잠재적 대통령 후보를 향해 이토록 다양한 주석(註釋)이 달린 적은 없었다.

컴퓨터바이러스 백신 V3로 기억되는 안철수는 의사로 출발해 보안업체 최고경영자가 되었고 경영학을 공부해 MBA를 땄다. 젊은이들은 현실에 안주하지 않고 도전하며 미래를 개척해온 그의 진취적이고 깨끗한 이미지에 열광했다. 대학생들에게는 일찌감치 인기 강사 1순위였다. 그는 결국 정치에 뛰어들었지만 2년이 지난 2014년에는 거의 만신창이가 되었다. 자기계발 대표 저자로 꼽히는 김미경은 논문 문제로 '낙마'하고 말았다.

자기계발서는 시장 자체가 내리막길로 접어들었다. 이제 신간에 '멘토'라는 낱말을 붙이지 않고 광고문구로도 거의 보이지 않는다. 출판계에서는 트렌드에서 밀려나 사어(死語)가 된 것이다. 한 출판인은 "자기계발서에 대한 독자의 피로감이 커 출간 기획도 절반 이상 줄었다"면서 "과거 같으면 자기계발로 분류할 책도 인문서로 포장해 낸다"고 했다.

멘토로 상징되는 자기계발서가 점점 덜 읽힌다는 사실은 시사하는 바가 있다. 정은숙 마음산책 대표는 "개인의 힘으로는 성장·약진이 더 이상 어렵다는 자조(自嘲)이자 자기계발서의 환상에 휘둘리지 않으려는 현실 감각의 반영"이라고 해석했다. 자기계발서가 제공하는 정보를 SNS 매체 공유로 해결하고 있다는 점도 판매 부진의 원인으로 꼽힌다.

개인이 구체적으로 처한 상황과 비교하면 멘토의 조언이라는 게 현실 적합성이 그다지 없는 것으로 드러난 셈이다. 2008년 미국에서 시작된 글로벌 금융 위기로 고통스러웠을 때 사람들이 멘토를 찾고 힐링을 원했는데 이제 그 담론이 시효를 다한 것이라는 해석도 있다.

출판평론가 표정훈 한양대 교수는 "최고의 멘토였던 안철수 의원은 이제 그 자신이 누군가의 멘토링을 받아야 하는 상황이 되었다"며 "성공 담론의 끝이 이명박 전 대통령의 국민성공시대, 행복 담론의 끝이 박근혜 대통령의 국민행복시대였다면 독자는 이제 새로운 키워드를 찾아가는 중"이라고 했다.

한때 멘토로 불렸던 김정운 전 명지대 교수는 "내가 엮여 들어가긴 했지만 난 누구한테 배워본 적도 없고 누구를 가르칠 수도 없다"며 "지금은 계몽이 필요한 시대가 아니다"고 잘라 말했다. 멘토 신드롬은 대중이 잠시 착각에 빠졌던 것이라는 얘기다.

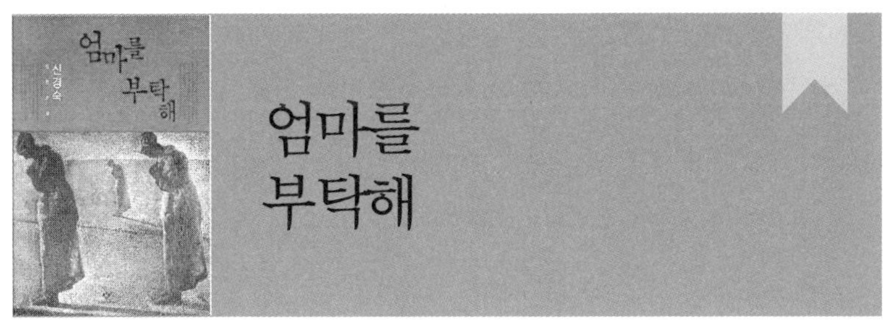

신경숙 소설 《엄마를 부탁해》를 낭독으로 들을 기회가 두 번 있었다. 첫 번째는 2009년 봄, 《엄마를 부탁해》가 나온 지 6개월쯤 지났을 때다. 청중은 청각장애인·시각장애인·지체장애인 등 몸이 불편한 사람이 많았다. "엄마를 잃어버린 지 일주일째다……." 낭독자로 나선 배우 이항나가 소설의 첫 문장을 소리 내 읽었다. 세 걸음 옆에 서 있는 수화통역사의 두 손과 표정이 바빠졌다.

청각장애인 아주머니는 수화(手話)통역을 뚫어져라 바라보았다. 젊은 여성 시각장애인은 왼손 검지로 점자책을 읽고 있었다. 백발이 성성한 할아버지는 눈을 감고 귀를 기울였다. 의지하는 감각기관은 저마다 달랐지만 이들은 모두 《엄마를 부탁해》에 빠져들고 있었다.

엄지로 코 옆을 쓸어내리면서 새끼손가락을 펴 보이면 수화로 '엄마'였다. 신경숙은 "어느 점자도서관에서 내 소설의 점자책을 처음 보았는데 내가 쓴 글을 단 한 줄도 읽을 수 없어 아득하고 슬펐다. 그 막막함이 '엄마를 찾는 소설을 써야겠다'고 마음먹은 동기가 되었다"고 말했다. "우리에게 엄마란 너무 가까이 있어 잊어버리기 쉬운 존재"라고 작가는 덧붙였다.

그해 가을 두 번째 낭독회에서는 신경숙이 직접 소설 한 대목을 읽어주었다. 행방불명된 엄마를 찾지 못한 딸이 여행을 떠나는 장면이었다. "태어난 기쁨도, 소녀 시절도 꿈도 잊은 채 초경이 시작되기도 전에 결혼을 해 다섯 아이를 낳고 그 자식들이 성장하는 동안 점점 사라진 여인. 일생이 희생으로 점철되다 실종당한 여인. 너는 엄마와 너를 견주어보았다⋯⋯." 작가는 "한 여자가 엄마가 되면 '나'라고 말할 수 있는 시간이 거의 없어진다. 이 소설은 작가인 내가 세상의 모든 엄마들께 드릴 수 있는 최고의 헌사"라고 말했다. 청중은 작가의 말에 수긍하듯 고개를 끄덕였다.

큰아들의 잠든 얼굴을 바라보며 엄마는 "너의 모든 게 나한티는 새 세상인디. 너는 내게 뭐든 처음 해보게 했잖어. 배가 그리 부른 것도 처음이었구, 젖도 처음 물려봤구"라고 혼잣말을 한다. 진행을 하던 박경림 씨가 "엄마한테 잘해 드려야 하는데⋯⋯"라며 말을 잇지 못했다. 누군가의 딸이고, 엄마일 관객들도 눈가를 닦아냈다. 신경숙은 "글을 쓸 때는 몰랐다. 낭독을 하니 소설 속 상황이 바로 내 곁에서 벌어지고 있는 것처럼 생생하다"고 했다.

소설 《엄마를 부탁해》는 2007년 겨울부터 2008년 여름까지 계간 〈창작과비평〉에 연재되었다. 창비는 2008년 11월에 초판을 5만 부나

신경숙은 《엄마를 부탁해》에서 사실과 허구가 융합된 스토리로 독자들에게 감동을 줬다.

인쇄했다. 신경숙 작가는 늘 그런 것일까, 아니면 출판사만 아는 어떤 셈법 때문일까. 박신규 창비 문학부장은 "《엄마를 부탁해》의 경우 확신이 있어서 고민 없이 5만 부를 찍었다"고 말했다. 자주 발생하지는 않지만 초판을 3만 부 또는 5만 부씩 찍는 작품들이 있다. 이른바 베스트셀러 기대작이다. 박신규 부장은 "그 또한 작품에 대한 신뢰, 확신이 있을 때만 가능하다"고 했다.

《엄마를 부탁해》는 이듬해 출간 10개월 만에 100만 부를 돌파했다. 2014년 9월까지 누적 판매량은 210만 부다. 창비는 이런 성공의 배경으로 크게 두 가지를 꼽았다. 첫째는 존재의 근원에 자리한 가족애와 모성이라는 가장 소중하면서도 보편적인 감성과 주제를 잘 전달해 모두가 공감하게 했다는 점, 둘째는 이 작품이 다른 대중소설과 달리 그러한 주제를 가장 효과적으로 전달하면서도 문학적인 완성도를 담보해냈다는 점이었다.

다른 책과 달리 특별히 진행한 마케팅 툴이 있었을까. 창비는 작품에 대한 확신으로 사전 독자 반응을 체크하고, 광고나 작가 행사 등을 미리미리 기획하고 준비한 게 주효했던 것 같다고 설명했다. '원 북 원 시티(한 도시 한 책)' 등 다른 이슈와 계기가 발생하는 대로 적극적인 홍보·마케팅을 진행했다. 쉽지 않은 수많은 행사들을 소화해낸 작가의 노력도 큰 몫으로 작용했다.

이 소설은 출판저작권을 중개하는 KL매니지먼트를 통해 2014년 6월까지 세계 35개국에 판권이 팔렸다. 수출 역사에서 이만큼 사랑받은 한국문학은 없다. 박신규 부장은 "국내에서와 마찬가지로 가장 보편적인 감성과 주제를 형상화해내고 문학성과 완성도까지 겸비한 작품의 힘이 가장 컸다"면서 그다음 이유로 "번역의 질이 빼어났다"고 말했다. 영문판 번역자는《마당을 나온 암탉》의 김지영 씨다.

신경숙은《엄마를 부탁해》로 2012년 '아시아의 부커상'이라 불리는 '맨아시아 문학상'을 받았다. 한국인으로는 첫 수상자다. 예심에서는 하루키의 장편《1Q84》를 눌렀다. "믿을 수 없을 만큼 감동적인 초상이다. 또 엄마와 가족의 전통적 의미와 현대적 의미를 생각해볼 수 있는 걸작"이라는 심사평을 받았다. 신경숙은 상금으로 미화 3만 달러, 영문판 번역자 김지영 씨도 5000달러를 받았다.

글을 쓰는 사람이니 문안 작성은 네가 해라, 오빠가 너를 지명했다. 글을 쓰는 사람, 너는 해서는 안 될 일을 하다가 들킨 것처럼 귀밑이 붉어졌다. 과연 네가 구사하는 어느 문장이 잃어버린 엄마를 찾는 데 도움이 될까. 1938년 7월 24일생이라고 엄마의 생년월일을 적는데 아버지가 엄마는 1936년생이라고 했다.

'이름: 박소녀, 생년월일: 1938년 7월 24일생(만 69세), 용모: 흰머리가 많이 섞인 짧은 파마머리, 광대뼈 튀어나옴. 하늘색 셔츠에 흰 재킷, 베이지색 주름치마를 입었음. 잃어버린 장소: 지하철 서울역, 사례금: 오백만 원'. 너의 가족들은 서로에게 엄마를 잃어버린 책임을 물으며 스스로들 상처를 입었다.

한 인간에 대한 기억은 어디까지일까. 엄마에 대한 기억은? 너의 엄마가 지하철 서울역에서 아버지의 손을 놓친 그때 너는 중국에 있었다. 북경에서 열린 북페어에 동료 작가들과 함께 있었다. 아버지가 지하철을 타고 보니 엄마가 없었다고 했다. 하필 번잡한 토요일 오후였다. 엄마의 가방은 아버지가 들고 있었으므로 너의 엄마가 빈손으로 지하철역에 혼자 남았을 때 너는 북페어에서 나와서 천안문광장으로 가고 있었다. 사람들은 너희 엄마로 추정되는 한 늙은 여인이 아주 천천히 걷고 있는 걸, 간혹 주저앉아 있는 걸, 에스컬레이터 앞에서 하염없이 서 있는 걸 보았다고 했다.

엄마가 글을 읽을 줄 모른다는 것을 너는 언제 알았을까. 네가 처음 쓴 편지는 엄마가 도시로 나간 큰오빠에게 전하고 싶은 말을 받아 적는 것에서부터 비롯되었다. 지난가을까지만 해도 너는 너의 엄마를

《엄마를 부탁해》는 출판계뿐만 아니라 연극, 영화 등 문화계에 엄마 신드롬을 일으켰다.

잘 안다고 생각했다. 어쩌면 너는 그보다 더 오래전 엄마가 너를 도시로 데려다준 뒤부터 엄마에게 손님이 되었는지도 모른다. 너의 엄마는 너를 도시로 보낸 뒤로는 너를 혼내지 않았다. 어느 해 추운 겨울날 우물에서 제사상에 오를 홍어 껍질을 벗기다가 엄마는 칼을 든 채로 "너는 공부를 많이 해야 한다. 그래야 다른 세상으로 갈 수 있다"고 했다.

이 소설은 시선이 다원적이다. 이야기를 전하는 화자가 딸(1장)로 시작되어 큰아들(2장), 아버지·남편(3장), 어머니·아내(4장)를 거쳐 딸(에필로그)로 마무리된다. 엄마의 삶을 다양한 시점에서 추리 기법으로 재구성한 것이다. 각자의 내면에 자리 잡은 어머니(아내), 잃어버리고 나서 기억하는 어머니(아내), 잘 모르거나 짐짓 무시했던 어머니(아내)가 서로 스며들면서 한 편의 모자이크로 완성된다.

난생처음 서울로 올라온 어머니는 아들의 동사무소 숙직실에서 "너는 내가 낳은 첫애 아니냐. 너의 모든 게 나한티는 세세상인디. 너 아니믄 이 서울에 내가 언제 와보겠냐"고 말한다. 엄마는 자식들이 자라는 동안 점점 사라진 여인이다. 그럼에도 엄마는 하나의 세계였다.

엄마를 잃어버리고 나서야 가족은 그 사실을 깨닫는다.

《엄마를 부탁해》는 2008년 말 '올해의 책'으로 꼽혔다. 문학적 품격뿐만 아니라 대중적 호응도 뜨거웠다. 신경숙의 진솔한 고백을 바탕으로 사실과 허구가 융합된 스토리가 감동을 줬다. 가족을 위해 헌신만 요구당했던 전통적 어머니들에게 '엄마' 이전에 여자로서의 개인성을 되돌려주자고 작가는 호소했다. 가수 이적은 "세상 모든 자식들의 원죄에 대한 이야기"라고 감상평을 남겼다.

"우리는 엄마가 처음부터 엄마라는 존재로 태어난 것으로 안다. 그러나 그렇지 않다. 엄마에게도 태어난 시절, 소녀 시절이 있었고, 엄마는 가정을 통해 엄마가 된 것"이라고 신경숙은 말했다. 자식들을 만나러 서울에 왔다가 지하철역에서 실종된 어머니는 3살 때 아버지를 잃고 학교 문턱에도 가보지 못해 글을 읽지 못한 여인이다.

2009년 5월에는 《엄마를 부탁해》로 불어닥친 엄마 신드롬을 실감할 수 있었다. 소설이 판매 60만 부를 돌파한 때였다. 〈손숙의 어머니〉 〈친정엄마와 2박 3일〉 〈엄마는 오십에 바다를 발견했다〉 같은 연극은 물론 김혜자 주연의 영화 〈마더〉까지 온 세상이 엄마를 불러댔다. 팔려가듯 시집가서 전쟁 통에 자식 잃고 고생을 하다 저승길로 가는 엄마, 마흔을 바라보는 딸에게 여전히 바리바리 싸주고 싶어 하며 "너도 꼭 너 닮은 딸을 낳아보라"며 소리 지르는 엄마, 그런 엄마가 세상을 떠나면 자식들은 영원히 외톨이로 남는다.

성공한 소설은 연극과 뮤지컬로도 관객을 만난다. 2011년에 배우 손숙과 김성녀를 한자리에서 인터뷰했다. 각각 연극 〈엄마를 부탁해〉,

뮤지컬 〈엄마를 부탁해〉로 무대는 달랐지만 배역은 똑같이 엄마였다. 딸이자 엄마인 그녀들이 꺼내놓을 엄마 이야기가 궁금했다.

김성녀: "흘러가다 늙는 엄마는 해봤지만 이렇게 본격적인 엄마 역할은 처음이에요."

손숙: "난 근래 치매 든 엄마만 한다. 〈침향〉〈드라이빙 미스 데이지〉에 이것까지."

김: "기승전결이 있는 드라마가 아니잖아요. 심판대에 선 기분이에요."

손: "난 '엄마의 남자'가 나오는 대목에서 뻥 뚫리는 느낌이었어. 엄마도 여자구나, 뭔가 붙들고 살 게 있어야지……."

김: "언닌 없어? 난 소문만 안 나면 연애도 해보고 싶어."

손: "없어. 지금은 참아. 배우가 그 생각도 없으면 그게 배우냐? 그런데 요즘 엄마를 너무 팔아먹어."

김: "언니, 곧 '친정엄마와 시어머니'도 나와요. 아마 '친정엄마와 사돈어른'도 나올 거야."

손: "내가 연극 〈어머니〉로 러시아를 갔는데 거기 관객들도 울더라. '마마(엄마)는 세계 공통'이라는 거야."

김: "우리 아버지가 바람둥이였어요. (손숙이 '우리 아버지랑 한번 겨뤄볼까?' 한다.) 난 엄마에게 강해져야 한다고만 했어. '엄마 얼마나 속상하겠어, 참 그랬겠다' 이래야 했는데. 자식이 6남매인데 '돌아가시기 전에 뭐 하고 싶으시냐' 했더니 아버지가 보고 싶대.

바람피운 아버지 하나 못 당하니……."

손: "효자가 악처만 못하다잖아. 아버지가 20년 만에 집에 오셨는데 엄마가 미장원 다녀오시더라. 그땐 그게 왜 그렇게 밉고 신경질 났던지."

김: "자식은 엄마를 몰라요."

손: "딸과 엄마는 애증의 관계지. 딸 셋이 다 호주에 사는데 이것들이 전화를 안 해. 그래도 내가 엄마한테 한 걸 생각하면 혼을 못 내겠어. 자식은 힘들 때만 전화하지."

김: "연습하면서 눈물 때문에 힘들어요. '밥 잘 챙겨 먹고 늘 차조심하거라~'로 노래해야 하는데 목이 메서. 눈물 다 빼고 무뎌진 다음 무대에 올라가야 할 것 같아요."

손: "연극은 남자들도 많이 울어. 남자들도 엄마는 다 있으니까."

5년마다 소설의 해가 돌아온다는 '5년 주기설'이 있다.《엄마를 부탁해》는 2009년 교보문고에서 베스트셀러 종합 1위를 차지했다. 소설이 정상을 밟기는 2004년 코엘료의《연금술사》에 이어 5년 만이었다.《엄마를 부탁해》이후 다시 소설이 왕좌에 오른 건 요나스 요나손의《창문 넘어 도망친 100세 노인》이 출간된 2014년으로 또 5년이 지난 후였다.

2008년에는 미국에서 시작된 금융 위기로 향후 경제가 더 나빠질 것이라는 비관이 출판 시장을 지배했다. 불황기에는 문학작품이 뜬다는 속설이 있다. IMF 외환위기가 닥친 1997년에는 김정현의《아버지》

를 비롯해 부정(父情)을 일깨워준 도서들이 인기를 끌어 '아버지 신드롬'으로 이어졌다. 반면 2008년의 키워드는 '어머니'였다. 신경숙의 《엄마를 부탁해》와 공지영의 《네가 어떤 삶을 살든 나는 너를 응원한다》 등 어머니를 다룬 작품이 독자를 파고들었다. 단권으로 200만 부를 넘은 한국 소설은 《아버지》《가시고기》《엄마를 부탁해》 등으로 모두 아버지나 어머니를 다뤘다는 점도 흥미롭다.

2004년 국내 초연부터 빅히트한 뮤지컬 〈맘마미아!〉, 2009년 100만 부 고지에 오른 《엄마를 부탁해》를 비롯해 한동안 엄마 이야기가 문화계를 지배했다. 2014년에 이르러 흥행 이야기의 주인공은 어머니에서 아버지로 뒤집혔다. 1997~2000년 밀리언셀러가 된 김정현 소설 《아버지》는 조창인 소설 《가시고기》 이후 14년 만에 폭발한 아버지 서사(敍事)였다.

2014년 아버지 이야기는 영화 〈명량〉이 1750만 관객을 모으고 다시 〈국제시장〉이 흥행하면서 또 한 번 무대 한복판에서 스포트라이트를 받았다. 1000만 관객이 본 영화 〈인터스텔라〉도 우주로부터 아버지의 귀향을 그린 오디세이로 읽혔다. 아버지 서사의 범람과 인기에 대해 "리더의 권위가 추락한 세월호 비극의 반작용"이라거나 "은퇴하는 베이비붐 세대(1955~1963년생)를 위한 위로"라는 해석이 나왔다.

아빠 또는 엄마의 부재(不在)를 다룬 이야기는 영화, 뮤지컬에도 많다. 〈맘마미아!〉는 미혼모 도나와 딸 소피가 살아가는 이야기이고, 〈빌리 엘리어트〉는 억센 광부인 아빠와 발레를 꿈꾸는 아들 빌리의 갈등으로 마음을 흔든다. 두 작품은 각각 살아 있지만 누구인지 모르는 아빠, 이미 세상을 떠나 곁에 없는 엄마처럼 부모 중 한 명의 부재와 결핍으로 소용돌이친다는 공통점이 있다. 〈맘마미아!〉는 존재감 없는 아빠가 딸에게, 〈빌리 엘리어트〉는 없지만 꿈의 형태로 나타나는 엄마가 아들에게 띄우는 편지이기도 하다.

미국 아마존은 2011년 4월 《엄마를 부탁해》를 이달의 소설로 선정했다. 잭스 토머스 2014년 영국 런던도서전 조직위원장은 "급변하는 사회에서 부모 자식 간 관계를 조명한 《엄마를 부탁해》는 보편적인 정서로 읽히는 소설"이라며 "세계 3대 문학상인 맨부커상의 아시아판인 '맨아시아 문학상'을 수상하면서 한국문학에 대한 관심이 높아졌다"고 말했다. 《엄마를 부탁해》는 한국문학이 콧대 높은 영미권 출판계의 문을 열고 시장을 확보하는 존재 증명을 했다는 것이다. 엄마는 그렇게 힘이 세다.

번역을 부탁해

번역에도 야구처럼 '타율'이 있다면 김지영은 영미권에서 가장 믿음직한 타자다. 신경숙이 쓴 《엄마를 부탁해》를 영어로 옮겨 미국 아마존 베스트셀러에 올렸고 2014년 영국 런던도서전에서 화제가 된 황선미의 《마당을 나온 암탉》, 이정명의 《별을 스치는 바람》에도 Chi-Young Kim이라는 이름이 새겨져 있다. 미국 로스앤젤레스에 사는 이 번역가는 그해 여름엔 혜민 스님 에세이 《멈추면, 비로소 보이는 것들》을 붙들고 있었다. 한국 베스트셀러들이 영미권 출판 시장으로 진출하기 위해 너나없이 그녀의 집 현관문을 두드리는 것 같다.

김지영은 2013년에서 2014년으로 넘어가는 겨울에 '수고했다'라는 단어와 씨름했다. 윤동주 시(詩)를 불태운 일본인 교도관의 죽음에 얽힌 미스터리를 추적한 《별을 스치는 바람》 때문이다. 당직을 교대할 때 '수고했다'라는 말조차 하지 않는 교도관을 묘사하는 대목이 나오는데, 'Thank you'나 'Good job'으로는 그런 맥락과 정서를 담을 수 없었다. 고심 끝에 번역가는 'Get some rest'를 골랐다. 김지영은 서면 인터뷰에서 "그렇게 한국적인 단어나 표현과 맞닥뜨릴 때마다 모험을 하는 것처럼 자못 흥분된다"면서 "번역할 수 없는 것을 번역하는 것'이야말로 가장 가슴 뛰는 일"이라고 했다. 변호사 출신인 그녀는 로펌을 그만두고 LA카운티 미술관에서 외부에 기금을 요청하는 일을 하며 틈틈이 번역을 하고 있다.

– 변호사의 언어와 기금 요청자의 언어는 다를 것 같다.

"큰 차이는 없다. 둘 다 상대를 설득해야 한다. 번역도 다른 언어나 문화를 가진 독자를 향해 어떤 책의 말투(tone)와 분위기를 전하는 일이라 비슷한 측면이 많다."

– 한국 작가에게 번역은 '두 번째 언어'를 얻는 것이다. 당신 손을 거친 책이 잇달아 성공을 거두면서 일감이 몰린다고 들었다.

"혜민 스님이 쓴 《멈추면, 비로소 보이는 것들》을 번역하고 있다.

《엄마를 부탁해》를 번역한 김지영은 가장 신뢰받는 영미권 번역가다.

바쁜 삶을 사는 현대인에게 뜻깊은 조언을 주는 작품인 것 같다. 정이현의 《너는 모른다》는 번역 완료 후 출판사를 찾고 있다."

– 문학 번역의 생명은?

"말투(tone)와 흐름(flow)이다. 저자의 의도와 목소리를 붙잡고 그의 세계 속으로 독자를 데려가는 게 내 임무다. 말투와 흐름을 놓치면 독자는 음악 CD를 듣듯이 중간중간 이야기 밖으로 새나간다. 번역은 '최적의 착륙 지점'을 찾는 것과 같다. 그 지점은 작가마다, 작품마다 다르다."

– 당신만의 방법이 있다면.

"의뢰받은 작품이 풍자적이고 포스트 모던한 소설이라면 영문학에서 그런 것을 찾아 읽는다. 내겐 '의례(ritual)'다. 그것이 번역에 곧장 영감을 주진 않지만 나를 북돋운다. 사람들이 조깅할 때 경쾌한 음악을 듣는 것처럼."

– 번역 과정에 적극적으로 개입한다는데.

"한국 독자가 번역서를 읽는 것과 같은 방식으로 어떤 책을 영미권 독자가 경험하게 해야 한다. 때로는 작가에게 원고 수정을 요청하고 영미권 독자가 품을 만한 질문도 던진다. 물론 최종 결정은 작가의 몫이다. 작가가 수정을 반대하면 나도 미국 측 편집자에게 '바꾸지 않을 것'이라고 그를 변호한다."

– '김지영 번역'의 장단점을 꼽는다면.

"출판사 마감일을 넘겨본 적 없고 양쪽 언어를 비슷한 수준으로 하며 책을 손에서 놓지 않는다. 나는 A형 기질이라 적어도 마감 두 달 전에 초고를 완성하고 문장을 다듬는다. 약점은 아직 30대 초반이라 연륜이 더 붙어야 좋은 작품이 나올 것 같다."

– 번역가로서 가장 찬란했던 순간은?

"번역 같지 않고 매끄럽게 읽힌다는 평을 받을 때, 가끔 팬레터를 받을 때 고맙고 긍지를 느낀다. 한편으론 한국문학번역원에서 의뢰받아 샘플 번역을 여럿 했는데 아직 출판사를 못 찾은 작품이 꽤 있어 가슴이 아프다."

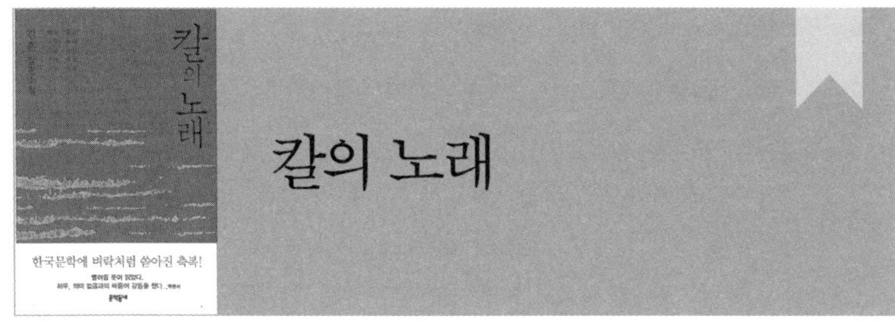

칼의 노래

책이 정치와 얽힐 때는 대체로 실패작이 된다. 정치가 잠시 독자를 홀릴 수는 있다. 그러나 그런 책은 기둥이 허약해서 바깥 기운의 소멸과 함께 운명을 같이한다. 김훈이 쓴 소설 《칼의 노래》는 정반대라서 특별하다. 정치판에서 끊임없이 호명한 책이지만 그 삼각파도에 휩쓸리지 않고 살아남았다.

2001년에 출간된 《칼의 노래》는 바깥 기운을 타고 났다. 이른바 '대통령이 흔든 책'이다. 김훈에게 동인문학상을 안긴 이 소설은 아무 사심 없이 독자가 붙어 2007년 마침내 밀리언셀러가 되었다. 문학성과 대중성을 한꺼번에 거머쥔 셈이다.

거기서 끝일 줄 알았는데 그게 아니었다. 누명을 쓰고 파직당했다가 삼도수군통제사로 재임명된 이순신(최민식)이 12척의 배를 이끌고 명량 바다를 향해 나서는 대목을 그린 영화 〈명량〉이 2014년 여름 개봉하자 《칼의 노래》가 베스트셀러 10위 안으로 치솟았다. 〈명량〉이 1760만 명의 사랑을 받는 동안 이 소설을 구매하거나 다시 읽은 독자가 많았다. 대통령도 그렇지만 영화도 당초 출판사 기획안에는 없던 횡재수였다.

《칼의 노래》를 쓸 때 김훈은 세상을 등졌다. 철저히 외로웠고 밖으로 향하기보다는 안으로 침잠했다. 어쩌면 그래서 더 넓고 깊게, 무엇보다 오랫동안 독자와 닿을 수 있었던 것 같다.

책 서문은 "2000년 가을에 나는 초야로 돌아왔다"로 열린다. 작가는 이 소설을 쓰며 그해 겨울을 났다. 눈이 녹은 뒤 충남 아산 현충사, 이순신 장군의 사당에 여러 번 갔다. 거기에 장군의 큰 칼이 걸려 있었다. 차가운 칼이었다. 혼자서 하루 종일 장군의 칼을 들여다보다가 저물어서 돌아갔다고 한다.

경남 김해에는 노량해전에서 전사한 이순신을 모신 사당 '이락사(李落祠)'가 있다. 김훈은 해마다 이순신의 기일이 되면 이락사를 찾아가 소주를 올린다. 2009년 〈조선일보〉 인터뷰에서 그는 "나는 '이순신이 떨어진 바다'라는 그 사당 이름과 같은 문장을 제일 좋아한다"면서 "충렬이나 충무라는 말과 달리 그 문장에는 이데올로기가 들어 있지 않다"고 말했다.

《칼의 노래》를 쓰기 전부터 김훈은 매력적인 글쟁이였다. 그러나 시장에서 대중성은 좀 부족했다. 박광성 전 생각의나무 대표는 "당시는 아직 소수가 그를 좋아했지만 다수가 좋아할 작품을 쓸 수 있다"고 생각했다. 김훈은 〈시사저널〉에 근무할 때 이 출판사에서 《자전거 여

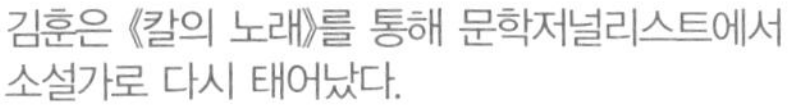

김훈은 《칼의 노래》를 통해 문학저널리스트에서 소설가로 다시 태어났다.

《칼의 노래》는 21세기 우리 문학의 첫 번째 고전이 되었다.

행》을 냈다. 여행산문집 최초로 올컬러를 시도했고 독자가 움직였다.

작가에게 인터뷰가 쇄도했다. 설화(舌禍)를 입은 것도 그 무렵이다. 〈한겨레21〉과의 인터뷰에서 세상만사에 대해 "보수주의자의 입장에서 나는 여성주의자가 아니고 당신네 편이 아니고 노동자의 편도 아니다"라는 이야기를 했는데 시쳇말로 찍혔다. 김훈은 한마디 변명 없이 불명예를 짊어졌다. 언론계를 떠나고 싶어 했다. 김훈이 학창 시절부터 이순신에 관심이 많았다는 것을 알고 있던 박광성 전 대표는 "이 참에 이순신에 대한 글을 쓰라"고 권했다.

김훈은 지금도 연필을 온몸으로 밀면서 글을 쓴다. 원고 생산량에 절대적 제한이 있다. 작가는 이 집필 방식으로 5주 만에 《칼의 노래》

를 탈고했다. 1138.8매 분량. 칩거한 지 약 5개월 만의 일이었다. 출판사는 책 말미에 등장인물에 대한 해설과 역사 연보를 첨부했다. 독자에게 소설을 통한 역사, 역사적 사실로서의 역사를 일러주고 싶었기 때문이다.

"버려진 섬마다 꽃이 피었다"로 열려 "마지막 고비를 넘기는 싸움이 시작되고 있었다. 선창 너머로 문득 싸움은 고요해 보였다"는 문장을 끝으로 사방으로 흩어지는 《칼의 노래》는 2001년 5월 이렇게 세상에 나왔다. '문학 저널리스트 김훈'은 '소설가 김훈'으로 다시 태어났다. 《칼의 노래》는 그해 연말에 "한국문학에 벼락처럼 쏟아진 축복"(동인문학상)이라는 평을 받으며 21세기 우리 문학의 첫 번째 고전이 되었다.

바다에서는 늘 먼 섬이 먼저 소멸하고 먼 섬이 먼저 떠오른다. 목측(目測)으로는 가늠할 수 없는 수평선 너머 캄캄한 물마루 쪽 바다로부터 산더미 같은 총포와 창검으로 무장한 적의 함대가 몰려오고 있다. 《칼의 노래》에서 김훈은 이렇게 썼다. "나는 적의 적의(敵意)의 근거를 알 수 없었고 적 또한 내 적의의 떨림과 깊이를 알 수 없을 것이었다. 서로 알지 못하는 적의가 바다 가득히 팽팽했으나 지금 나에게는 적의만이 있고 함대는 없다."

이순신은 정유년(1597) 4월 초하룻날 서울 의금부에서 풀려났다. 그가 받은 문초의 내용은 무의미했다. 심문은 결국 아무것도 묻고 있지 않았다. 장군은 헛것의 내용 없음과 눈앞에 절벽을 몰아세우는 매의 고통 사이에서 여러 번 실신했다. 이순신은 출옥 후 한 달 만에 순천에

당도했다. 백의종군(白衣從軍)의 시작이었다. 한산, 거제, 고성 쪽에서 불어오는 동풍에는 꽃 핀 숲의 향기 속에 인육이 썩어가는 고린내가 스며 있었다.

"조선 수군은 적의 머리를 잘랐고 일본 수군은 적의 코를 베었다. 그 머리와 코의 숫자로 양측 지휘관들이 승진했고, 장려한 수사로 넘치는 교서를 받았다. 죽은 자는 죽어서 그 자신의 전쟁을 끝낸 것처럼 보였다. 이 끝없는 전쟁은 결국은 무의미한 장난이며, 이 세계도 마침내 무의미한 곳인가. 내 몸 깊은 곳에서 징징징 칼이 울어대는 울음이 들리는 듯했다."

이순신은 왜적과 전투를 벌이지 않는 동안에도 쉴 새 없이 싸운다. 교서만 내려보내는 임금, 목을 노리는 조정 대신들, 군령을 어기는 부하들, 울며 매달리는 백성들과 싸운다. 무엇보다 자기 마음속 지옥과 싸운다. 소설가 박완서는 "허무, 의미 없음과의 싸움이 감동을 줬다"고 평했다. 전라우수영에 군사는 120명이고 전선은 12척뿐이었다.

《칼의 노래》를 읽는 독자는 생과 사의 기로가 한없이 포개지고 갈라져 나가는 것을 보았다. "선창 너머로 싸움은 문득 고요해 보였다……"는 문장으로 소설은 끝난다. 이순신 장군이 노량해전에서 전사하는 마지막 순간, 책 읽는 사람의 머릿속에 일렁이던 노량의 사나운 물결도 잦아드는 것 같다. 김훈은 죽을 수도 없고 살 수도 없는 상황에 집중하는 이야기를 한 편 더 썼다. 《남한산성》이다. "서울을 버려야 서울로 돌아올 수 있다는 말은 그럴듯하게 들렸다"로 시작되는 이 소설은 1638년 병자년의 겨울을 배경으로 갇힌 성 안에서 한 덩어리로 뒤엉키는 삶과 죽음, 치욕과 자존을 그렸다.

동인문학상을 받은 이듬해 김훈은 〈월간조선〉과 길게 인터뷰를 했다. "《칼의 노래》를 끝냈을 때 '아무도 하지 못한 얘기를 내가 하고야 말았구나' 하는 자신이 있었다"고 그는 말했다. 문체는 완전히 작가가 새로 만든 것이었다. "전에는 진양조 같은 24박짜리 문체를 썼는데 이 소설에선 완전히 두 박자입니다. 주어와 동사만 가지고 썼으니까. 문장을 뼈다귀만 가지고 쓴 거죠. 살은 다 빼버리고. 내가 생각해도 엄청나요!"

영웅의 내면을 그린 《칼의 노래》는 그 영웅이 가지는 중세적 가치를 그로부터 제거해버렸다. 적나라한 실존적 내면만 남겨놓은 것이다. 이순신 장군은 모함을 받고 40일 동안 갇혀서 매를 맞고 혐의가 없어서 풀려 나왔는데 나오던 날 일기에는 그냥 '몇 월 며칠 맑음. 오늘 옥문을 나왔다. 어느 집에서 잤다'라고 써놓았다. 딱 한 줄뿐이다. 정치적 부당함에 대해 한마디도 하지 않은 것이다. 김훈은 그런 걸 보면서 이순신이 오직 충효 사상에 의지해 전쟁을 수행한 것은 아니라고 생각하면서 그의 내면으로 파고들었다.

하지만 작가의 자부심이나 문학상 수상과 밀리언셀러는 아무 관계가 없다. 100만 부 고지(高地)는 쉽게 곁을 허락하지 않는다. 언론의 호평과 마니아의 입소문은 잔잔한 열기를 지핀 수준이었다. 그런데 정치권이 《칼의 노래》를 호명했다. 출간 직후 강금실 법무장관이 〈대한변협신문〉에 서평을 기고했고, 2003년에는 노무현 대통령이 MBC 〈느낌표〉에 출연해 청소년에게 추천했다. 노 대통령이 2004년 탄핵 심판

기간에 《칼의 노래》를 탐독한다는 사실이 알려지자 출간 3년 만에 소설 부문 1위에 오르는 기염을 토했다.

이순신 장군은 2004년 내내 바빴다. 장군은 그해 9월부터 방영된 KBS 드라마 〈불멸의 이순신〉이 히트하기 전부터 정치권에서 분주한 일정을 보냈다. 대통령 탄핵, 4월 총선, 한나라당 전당대회 등 정치적 고비마다 여야(與野) 가릴 것 없이 충남 아산 현충사에 새겨진 '사즉생(死卽生, 죽고자 하면 살 것이다)'을 가져다 붙였다. 박근혜 당시 한나라당 대표는 탄핵 역풍을 맞은 상황에서 "아직 12척의 배가 남아 있다"는 충무공의 말로 출사표를 던졌다.

이 소설은 6년 7개월 만인 2007년 12월에 밀리언셀러가 되었다. 회색 양복에 붉은색 넥타이를 매고 기념식에 나온 김훈은 "집필할 때 이렇게 희망도 없고 신경질이 가득한 글을 누가 읽을까 싶었다"면서 "이제 100만이라는 많은 독자와 더불어 어디로 가야 하나, 그들에게 무엇을 제시해야 하나, 두려운 마음이 든다"고 소감을 밝혔다. "난방도 되지 않는 지하 작업실에서 《칼의 노래》를 쓰던 6년 전 겨울이 생각난다"고도 했다.

그리고 2014년에 다시 '그분'이 오셨다. 그해 7월 대형 서점에서 날아온 메일 제목이 '다시 한 번 칼의 노래를 읽어야 할 여름'이었다. 김호경 소설 《명량》이 서점에 나왔고 김탁환 소설 《불멸의 이순신》은 옷을 갈아입고 재출간됐다. 7월 30일 개봉하는 영화 〈명량〉 때문이었다. 재보선도 겹쳤다. 어느 후보는 캠프 홈페이지에 "투표하고 〈명량〉 보러 가세요"라며 티저 영상을 올렸다.

큰 칼 옆에 차고 광화문을 지키는 이순신 장군은 힘이 세다. 기(氣)를 받기 위해 현충사를 찾는 것은 대선주자들만이 아니다. 외가가 있는 충남 아산의 아산성웅이순신축제와 생가 터로 알려진 서울 중구의 충무공축제를 비롯해 경남 거제, 전남 해남, 전남 여수, 경남 남해, 경남 고성, 경남 통영 등에서 해마다 그를 기리는 축제가 숨 가쁘게 굴러간다. 온 나라가 충무공을 부르는 셈이다.

우리 역사에서 이순신만큼 소비된 영웅도 없지만 고전이 그렇듯이 영웅은 재발견된다. 영화와 소설·뮤지컬은 공생 관계. 민음사는 2012년 영화 〈레미제라블〉 개봉을 앞두고 소설 《레미제라블》을 5권(2556쪽)으로 다시 냈다. "장 발장 이야기가 이런 장편인 줄 몰랐다" "어떻게 다 읽느냐"는 반응도 있었지만 2개월 만에 10만 부가 팔렸다. 영화 〈오페라의 유령〉 〈맘마미아!〉가 개봉하고 나서 원작 뮤지컬을 보는 관객이 20퍼센트 늘었다는 통계도 있다.

문학동네가 《칼의 노래》를 재출간한 시점은 2012년 1월. 2014년 8월 14일까지 7만 부가 팔렸는데 〈명량〉 개봉 이후 2주 동안에만 2만 부가 나갔다. 《에드워드 툴레인의 신기한 여행》《내가 사랑한 유럽 TOP 10》《겨울왕국》 등에 이어 그해 출판 시장의 키워드였던 '미디어 셀러(media seller)'가 또 하나 탄생한 것이다.

그런데 2014년에 왜 이순신이 다시 불려 나왔을까. 극작가 이수진 씨는 "세월호 사건으로 국가가 국민을 안 지켜준다는 무력감이 팽배한 상황에서 400년 전에 몸을 던져 외롭게 싸운 이순신에 대한 향수가 커진다"고 말했다. 자존감이 무너지고 세월이 하도 어수선하니 영웅을 기대한다는 해석도 있다. 김수영 한양여대 교수는 "난세를 구해낼 영웅을 역사 속에 이미 가지고 있었다는 점에서 이순신은 대중적 매력이 충분하다"며 "우리의 이 엉망인 꼬라지도 누군가 나타나 극복하지 않을까 하는 기대를 자아낸다"고 했다.

고도성장이 끝나고 저출산·고령화가 진행되는 사회에서는 변화에 마음 설레는 일이 줄어들 수밖에 없다. 《살아야 하는 이유》《사랑할 것》을 쓴 재일교포 정치학자 강상중은 2014년 7월 인터뷰에서 "이런 시대에 사고나 재난으로 갑자기 죽음이 찾아오면 떠들썩함은 숨을 죽이고 숙연하게 삶의 의미나 방식에 대해 생각하게 된다"면서 "세월호 사건으로 상중(喪中)인 한국이 지금 그런 시기"라고 진단했다.

3·11 대지진이 일본을 덮쳤고 강상중도 아들이 스스로 목숨을 끊는 비극을 겪었다. 그는 그럼에도 "비극이 희극보다 위대하다"고 말했다. "쓸데없는 잡담이나 억지스러운 이론, 거창한 말을 모두 봉쇄하기 때문이다. 시대의 병이라고밖에 말할 수 없는 것이 홀연히 삶을 죽음으로 만들 때 우리는 그저 침묵하고 옷깃을 여밀 수밖에 없다."

《칼의 노래》에는 시련과 눈물이 늘 동행하는 것 같다. '바다가 운다'고 해서 명량(鳴梁)이다. 이순신은 전남 해남과 진도 사이 울돌목에서 12척의 배로 일자진(一字陳)을 펼쳐 적선 330척과 맞섰다. 진도 앞바다에 침몰한 세월호 사건의 슬픔, 일본 아베 정권의 역주행에 대한 분노도 '이순신 신드롬'의 배경이 되었다. 《칼의 노래》도 그렇게 부활했다.

　제임스 본드는 1952년 1월 자메이카의 골든아이에서 태어났다. 기자와 스파이 이력을 거친 마흔세 살의 이언 플레밍은 6만 2000개 단어로 이루어진 액션 소설《카지노 로열》을 7주 만에 완성한다. 주인공 제임스 본드는 그가 좋아하던 조류학 개론서의 저자 이름이었다. 플레밍은 영광과 부를 꿈꿨지만 이 책은 물론 이듬해 나온《죽느냐 사느냐》, 1955년《문레이커》까지 단 한 권도 판매 1만 2000부 고지(高地)에 오르지 못했다.

　1961년 3월 풍향이 바뀐다. 존 F. 케네디가 대담에서 "1957년 출간된《007 위기일발》이 모든 시대, 모든 장르를 통틀어 가장 좋아하는 10권의 책 중 하나"라고 말했기 때문이다. 케네디가 그 소설을 읽는 장면까지 방송을 타자 '벼락 축복'이 쏟아졌다. 그해 8월 플레밍의 최신작《살인번호》는 영화로 건너갔다. 숀 코너리라는 이름을 가진 스코틀랜드 출신 전직 트럭 운전수가 본드 역을 맡았다. 제임스 본드 시리즈는 1964년까지 4000만 부 이상 팔렸다.

　프레데리크 루빌리아가 쓴 책《베스트셀러의 역사》에는 '책과 이미지의 결혼'이라는 장(章)이 있다. 19세기 말 서점 주인들과 발행인들은 자전거가 유행하는 바람에 책이 안 팔린다고 불평했다. 얼마 후 그들은 자동차, 야구, 영화에 대해서도 불을 뿜었다. 하지만 제임스 본드 시리즈가 증명하듯, 영화는 출판 시장을 잠식하기는커녕 확장시켰다.

미국 대통령이 여름휴가 때 책을 읽는 것은 이제 일종의 의례가 되었다. 리더의 독서 목록에 대중부터 정적(政敵)까지 관심을 기울인다. 때론 대통령의 선택을 받았다는 이유로 베스트셀러에 오르기도 한다. 구글에서 'president'와 'summer reading' 또는 'vacation reading'을 넣어 검색하면 숱하게 많은 문서가 뜨는데, '대통령의 휴가 독서 목록을 훔치라'거나 '독서 목록이 대통령에

대통령이 추천하거나 대통령이 읽는다고 소문이 난 책은 주문이 폭증한다.

대해 말해주는 것' 같은 제목이 붙어 있다. 휴가가 아니어도 이따금 동네 서점을 방문한 오바마 대통령에게는 친근한 다독가의 이미지가 따라다닌다. 한국 출판인들은 대통령이 특정 책에 대해 언급하는 것을 '흔들기'라고 부른다. 국민이 검증한 최고의 리더가 검증해준 책이라는 뜻이다. 이미 시장에서 반응이 있는 책이라면 강력한 모멘텀으로 작용한다. 한 출판인은 "여름휴가철을 앞두고 청와대와 정부 부처, 대기업 비서실에 책을 보내는 게 출판계의 관행"이라며 "리더의 눈에 들어오길 바랄 뿐"이라고 했다.

21세기 들어 대통령의 후광을 입은 책으로는 《칼의 노래》을 비롯해 《대한민국은 혁신 중》《역사를 바꾸는 리더십》《넛지》 등이 있다. 노무

현 전 대통령이 탄핵으로 직무 정지 상태에 있을 때 《칼의 노래》를 읽었다는 소식이 전해지자 이튿날부터 주문이 5~10배 폭증했다. 《대한민국은 혁신 중》은 노 전 대통령 집무실에서 자주 카메라에 찍혀 바람을 탄 경영서다. 이명박 전 대통령이 당선인 시절 추천한 《역사를 바꾸는 리더십》은 하루 최고 3000부씩 주문이 밀려왔다. 《넛지》는 이 전 대통령이 2009년 7월 말 청와대 직원에게 선물하는 책으로 꼽혀 다음 달 매출이 두 배로 늘었다. 그게 끝이 아니었다. 그해 11~12월에는 환경부와 공모전까지 성사되면서 한 번 더 바람몰이를 했다.

2013년 7월 "펑유란의 《중국 철학사》는 어려운 시절 나에게 등대와 같은 존재였다"는 박근혜 대통령의 중국 CCTV 기고문 내용이 알려지자 서점에서 그 책이 품절됐다. 하지만 2014년에는 '대통령의 책 흔들기'가 없었다. 박 대통령은 그해 지난 7월 28일부터 8월 1일까지 청와대 경내에서 '조용한 여름휴가'를 보냈다. 휴가가 끝나고 영화관을 찾아 〈명량〉을 봤을 뿐이다.

박 대통령은 옷이나 액세서리도 제조업체를 숨긴다. 미국이나 영국·프랑스에서는 상상하기 어려운 일이다. "경영이 어려운 출판사가 많은데 골고루 안배하기도 마땅찮아서 아예 책 목록을 공개하지 않기로 했다"고 청와대는 설명한다. 책에 대한 대통령의 언급이 시장과 국민 독서 습관에 영향을 미친다는 점을 생각하면 근시안적이다. 책임질 일을 피할 게 아니라 앞장서서 짊어져야 한다. 대중은 신중하면서도 쫀쫀하지 않은, 대범한 리더를 그리워하고 있다. 〈명량〉의 이순신 장군이 사랑받은 것도 그런 까닭이다.

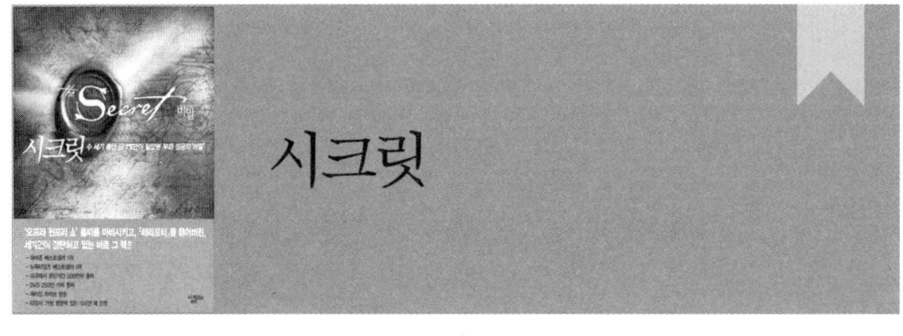

시크릿

아이작 뉴턴은 자연계뿐 아니라 연금술과 《성서》까지 연구했다. 혜성(彗星, comet)의 움직임을 수학적으로 규명한 그는 여느 점성술사처럼 혜성을 신(神)의 중개자로 여겼다. 《우리 혜성 이야기》(사이언스북스)를 쓴 천문학자 안상현 씨는 "혜성은 대체로 불운의 조짐으로 여겨져 왔다"면서도 "뉴턴의 만유인력을 검증해준 천체이고, 생명의 기본 물질인 아미노산과 물을 지구로 가져다준 고마운 존재"라고 했다.

유럽우주국이 쏘아올린 우주탐사선 로제타호(號)가 2014년 말 사상 처음으로 혜성에 착륙했다. 10년 8개월간 64억 킬로미터를 날아가 작은 혜성 67P에 내려앉은 것이다. 로제타호는 발사 후 지구와 화성을 네 번 타원궤도로 길게 돌고 나서 혜성과 랑데부를 했다. 지구와 화성의 중력이 각각 탐사선을 끌어당기는 힘을 이용해 연료를 적게 쓰면서 혜성에 다가갈 수 있었다.

그해 최고의 판타지 멜로드라마는 〈별에서 온 그대〉였다. 도민준(김수현)은 400년 전 이 낯선 별(지구)에 온 뒤 원칙을 하나 세웠다. 잃어버릴 때 힘든 것은 갖지 말자. 물건이든 사람이든 소유하지도 사랑하지도 말자. 그런데 마지막 3개월, 모든 게 무너져버렸다. 언제인지 모를 시점부터 천송이(전지현)가 좋았고 갖고 싶었고 잃어버릴까 두려웠다. 방송은 "난 이 운명을 이길 수 있을까?" 물으면서 시작된다.

마지막 회에서 천송이는 말한다. "서울 하늘에 별이 가득하다니, 400년 만의 우주 쇼가 맞긴 맞나 봐." 혜성 딥사우스가 빠른 속도로 지구에 접근하는 중이라는 뉴스가 들린다. 많은 유성이 떨어진다는 예보. 정말 별똥별들이 획을 그으며 땅으로 떨어진다. 사람들은 사진 찍으랴 기도하랴 난리고, 천송이도 "우리 소원 빌까?"라고 말한다. 떨어지는 별똥별 속에는 UFO가 섞여 있고, 도민준은 손끝부터 몸이 사라지고 있다. 기도 같은 당부가 이어진다.

"천송이, 내가 사랑하는 천송이, 추운데 여기저기 파인 거 입지 마. 넌 가릴수록 예뻐. 키스신, 백허그신, 이딴 거 찍지 마. 아프지 말고 악플 보지 말고 혼자 청승맞게 노래 부르며 울지 마. 술 먹고 아무 데나 들어가지 말고. (천송이는 울고 있다.) 밤에 괜히 하늘 보면서 이 별인가 저 별인가 찾는 짓도 하지 마. 여기서 보이는 곳이 아냐. 그렇지만 난 매일 볼 거야. 니가 있는 이곳을 바라볼 거야. 매일 돌아가려고 노력할 거야. 내가 돌아오지 못하면 다 잊어버려."

그렇게 도민준은 떠났다. 400년 전 출발한 그 별로 마침내 돌아갔다. 천송이의 남동생은 도민준이 남기고 간 망원경으로 소행성을 발견하고 '도민준 별'이라고 이름 붙인다. 천송이는 "언제 갈지 모르니 더 사랑할 수 있었다"고 말한다. 사람은 언제 죽을지 모른다. 그 사실을 잊고 사는 것뿐이다. 도민준이 다른 별로 가는 것처럼 우리도 언젠가 죽어 우주에 묻힐 운명이다.

우리는 사실 죽은 별들의 유물이다. 피에 든 철, 뼛속의 칼슘, 허파를 채우는 산소는 별들이 소멸할 때 우주 공간으로 흩어진 것이다. 우주를 탄생시킨 150억 년 전 사건들이 몸을 구성하는 아주 작은 원소들을 통해 우리와 연결돼 있는 셈이다. 인간이 거스를 수 없는 어떤 거대한 힘이 있을지 모른다는 상상을 해보라. "무언가를 간절히 원할 때 온 우주는 당신이 소망이 실현되도록 도와준다"는 《연금술사》의 문장도 떠오른다.

2007년 봄 살림출판사 외서 담당은 당시 아마존 종합 베스트셀러 1위의 한국 판권이 살아 있다는 것을 확인했다. 2006년 나온 영문판 제목은 '시크릿(Secret)'이었다. 출판사 내부 반응이 호의적이지만은 않았다. "아무리 미국에서 베스트셀러 1위여도 한국에서 흥행할지 확신할 수 없다"는 반대 목소리가 있었다. 하지만 심만수 대표는 "여기서도 반드시 된다"며 강하게 밀어붙였다. 한국 사회의 흐름에 대한 '촉'이 작동했던 것일까.

저자 론다 번이 이 책에서 들려주는 핵심은 '끌어당김의 법칙(Law of Attraction)'이다. '일체유심조(一切唯心造, 모든 것은 오로지 마음이 지어낸다)'라는 불교 용어와 상당 부분 겹친다. 어찌 보면 제목처럼 비밀이랄 것도 없다. 살림출판사가 그럼에도 판권을 산 것은 당시 한국 독자에게 던지는 메시지가 있다고 판단했기 때문이다.

"'콜럼부스의 달걀(최초의 발상 전환)' 같은 게 아닐까 한다. 비슷한 능력을 가진 사람이 똑같은 과제를 부여받았을 때, '할 수 있다'고 생각하고 즐겁게 임하는 사람과 '내가 이걸 어떻게 해'라며 두려워하는 사람이 있다. 둘의 결과물은 하늘과 땅 차이만큼이나 크다. 당시 세계는 중국이 세계의 공장 역할을 하고 있었다. 사람들에게도 '용기 있게 도전하면 원하는 것을 얻을 수 있다'는 막연한 믿음이 있었던 것 같다."

강심호 살림 편집국장의 말이다. 《시크릿》이 독자들의 설명하기 어려운 믿음을 단순하고 강력한 메시지로 붙잡아줬다는 것이다. 신화나 종교도 그런 구석이 있다. 사회에 어떤 공기가 지배적일 때 대중의 마음을 대변해주는 것은 밀리언셀러의 조건이기도 하다. 이 책에서 그 메시지는 '간절히 원하면 이루어진다'였다. 코엘료는 《연금술사》에서 우화, 즉 허구의 형태로 그것을 이야기했지만 《시크릿》은 실제 성공한 사람들의 증언으로 뭉쳐져 있다.

《시크릿》은 그해 7월 번역 출간되었다. 제목이며 표지 디자인부터 사뭇 종교적인 느낌이 감돈다. 읽다가 '끌어당김의 법칙'을 믿을 것인지 말 것인지 묻는 대목에서 잠시 숨을 고르게 된다. 믿어서 손해 볼 게 뭔가, 라는 생각도 든다. 그런데 살림에서는 원고를 처음 마주했을 때 '끌어당김의 법칙'이 '진인사대천명(盡人事待天命)'처럼 다가왔다고 한다.

"독자들이 '간절히 바라기만 하면 노력 여하와는 상관없이 원하는 것을 얻게 될 것이다'로 해석하지는 않을 거라고 생각했다. 대신 일상에서 열심히 노력하며 사는 사람들이, 즉 '진인사'한 사람들이 행복하게 결과를 상상하게 될 거라고 예상했다. '대천명'하되 매우 긍정적으로 결과를 기다릴 수 있게 된 것이다. 그래서 첫인상이 좋았다.”

살림은 판권을 계약할 때 《시크릿》이 국내에서 10만 부는 판매될 것으로 보았다. 그런데 번역된 원고에서 더 큰 잠재력을 읽었고 목표를 올려 잡는다. 마침 세계적으로 '시크릿 열풍'이 일고 있었다. 출간 당시 마케팅 포인트를 강 국장은 이렇게 설명했다. “《시크릿》은 읽기 편하고 메시지가 단순하다. 전형적인 대중 베스트셀러 스타일이었다. 그래서 매스 커뮤니케이션에 집중했다. 많은 사람들이 출간 소식을 접할 수 있게 한다는 거였다. 자연스럽게 신문광고, 라디오광고, 버스광고 같은 마케팅 툴을 선택했다.”

서점과 독자 반응은 폭발적이었다. 재미있는 일화가 있다. 《시크릿》이 인쇄소에서 책으로 만들어지고 있을 때였는데, 언제 서점에 나오는지 묻는 독자 전화가 10여 통이나 걸려왔다고 한다. 아마존에서 인기 있는 책이 한국 어느 출판사에서 출간되는지를 알아내 문의해온 것이다. 10~20년에 한 번 일어날까 말까 한 드문 일이었다. 《시크릿》이 크게 터지겠구나, 라는 강력한 신호였다. 제본된 책을 받아보기도 전에 살림 내부에서 '끌어당김의 법칙'이 작동하고 있었던 셈이다.

물체와 물체 사이에는 끌어당기는 힘이 작용한다. 왜 사과는 항상 수직으로 땅에 추락할까. 왜 옆이나 위로 떨어지지 않고 지구의 중심으로만 향하는 것일까. 뉴턴은 사과를 끌어당기는 지구의 힘을 중력(重力)이라고 불렀다. 지구가 사과를 잡아당기는 힘은 하늘로도 계속 뻗

론다 번은 《시크릿》에서 우리 인생에 나타나는 모든 현상은 우리가 마음과 생각으로 끌어당긴 것이라는 '끌어당김의 법칙'을 설파한다.

어나가 달이나 태양까지 끌어당길 것이다. 밀물과 썰물로 나타나듯이, 태양과 달도 지구를 잡아당긴다.

호주 PD인 론다 번은 아버지를 잃고 일에 치이며 사람들과의 관계도 헝클어졌을 때 삶의 비밀('끌어당김의 법칙')을 어렴풋이 보게 되었다고 이 책에서 고백한다. 플라톤, 셰익스피어, 베토벤, 아인슈타인 등 위대한 인물들은 그것을 알고 있었다. 번은 그 비밀을 아는 현대인을 찾기 시작했다. 책에는 '비밀의 달인' 스물네 명이 등장한다. 미국 전역에서 각기 다른 시간에 만났다는데 그들의 이야기는 일맥상통했다.

자신을 자석(磁石)이라고 상상하면 '끌어당김의 법칙'을 이해하기 쉬워진다. 자석은 물체를 끌어당긴다. 마음에 들지 않는 어떤 일을 생각하면 할수록 상황이 점점 나빠지고, 거꾸로 어떤 음악은 한번 몰입하면 좀처럼 머리에서 떠나지 않는다. 부정적인 것이든 긍정적인 것이든 뭔가에 몰입하면 그것을 손에 쥐게 되는 셈이다. 우리 인생에 나타나는 모든 현상은 우리가 마음과 생각으로 끌어당긴 것이라고 이 법칙은 말한다. 딱 세 마디로 요약할 수 있다. '생각이 현실이 된다.'

우리는 이를테면 '인간 송신탑'이다. 내가 보내는 전파가 내 인생과 이 세상을 만들어낸다. 우리가 전송한 생각의 결과로 돌아오는 그림은 텔레비전 화면이 아니라 우리의 인생에 펼쳐진다. 삶을 바꾸고 싶다면 생각을 바꿔서 주파수와 채널을 바꾸라고 《시크릿》은 주문한다. 끌어당김의 법칙은 좋고 나쁜 것을 가리지 않는다. 그저 우리 생각에 응답할 뿐이다. 이 책은 주문을 걸듯 거듭 반복한다. 잠들기 전에는 좋은 생각을 하라고. 생각이 삶을 만든다고. 인생을 창조할 힘을 '지금' 사용할 수 있다고.

끌어당김의 법칙은 자연법칙이다. 중력처럼 누구에게나 공평하다. 그런데 딴지를 걸고 싶어진다. 여객기가 추락해 승객과 승무원이 모두 사망했다면 그들이 제각각 그 재앙을 끌어당겼다는 말인가? 이런 도발에 대한 론다 번의 답은 명료하지 않고 호소력도 부족하다. 다만 이렇게 반문할 뿐이다. "당신은 지금 선택할 수 있다. 자신이 환경을 제어할 수 없다고 믿고 싶은가? 아니면 인생이 자기 손에 달려 있고, 좋은 생각만 하면 좋은 일이 일어날 것이라고 믿고 싶은가?"

과학자들은 사람이 하루에 6000가지 생각을 한다고 말한다. 모든 생각을 감시하기란 불가능하다. 다행히도 감정을 보면 자신이 뭘 생각하는지 알 수 있다. 지금 기분이 좋다면 잘 하고 있는 것이라고 이 책은 설명한다. 감정만 바꾸면 하루 전체를, 심지어 인생까지 바꿀 수 있다는 것이다. 《시크릿》은 "알라딘의 요술램프를 떠올려보라. 당신에게는 우주 전체가 지니다. 지니에게 명령만 내리면 된다"면서 두 가지 강력한 도구를 일러준다. '감사하기'와 '그림 그리기'다.

감사해야 할 목록을 작성하면 에너지가 바뀌어 사고방식도 바뀌기 시작한다. 《영혼을 위한 닭고기 수프》의 저자 마시 시모프는 "감사하기는 삶을 더 풍요롭게 해주는 확실한 방법"이라고 말했다. 《화성에서 온 남자 금성에서 온 여자》의 저자 존 그레이는 "사소한 행동에 아내가 정말로 고마워한다면, 남편은 아내에게 어떻게 해주고 싶어질까. 더 잘 해주고 싶어진다"며 "언제나 '감사하기'가 관건"이라고 했다. 감사하면 모든 것이 끌려온다는 것이다.

원하는 것을 얻는 모습을 마음속에 그리는 '그림 그리기'도 요긴하다. 그럼 그것이 이미 당신에게 있다는 생각과 느낌을 발생시킨다. 생각이 집중된 만큼 강력한 감정이 동반된다. 끌어당김의 법칙이 강하게 작동한다. 마음이 가 있는 곳에 몸도 가 있게 마련이다. 아인슈타인도 "상상은 삶의 핵심이고 다가올 미래의 시사회"라고 했다.

2007년에는 은행 적금을 깨 펀드에 가입하는 '펀드 열풍'이 전국을 휩쓸었다. 높은 수익률을 노리고 펀드로 몰려든 돈 덕분에 코스피 지수는 '꿈의 지수'라던 2000을 돌파했으며, 열풍은 차이나 펀드 등 해외로까지 이어졌다. 총 펀드 규모는 300조 원을 넘어섰다. 그해 우리나라는 대구, 인천, 여수 등 3곳이 지구촌의 굵직한 축제를 유치하는 데 성공했다. 대구가 2011년 세계육상선수권대회를, 인천이 2014년 하계 아시안게임 개최권을, 여수는 2012년 세계박람회 유치권을 따냈다. 낙관이 지배하던 해였다.

《시크릿》은 출간 후 힘이 붙었을 때는 한 달에 10만 부 넘게 팔렸고 결국 2007년 교보문고 베스트셀러 종합 1위에 올랐다. 그해 교보문고 결산자료를 보면 이 책의 핵심 고객은 20대(40%)와 30대(33.4%)였다. 성별로는 여성이 56퍼센트였는데, 특히 20대(70%)와 10대(68%)에서 여성 비율이 높게 나타났다.

《시크릿》은 여성 독자를 겨냥한 자기계발서는 아니다. 하지만 10~30대 여성이 핵심 독자라는 사실은 사회적 성공에 대한 여성의 기대치, 자아

《시크릿》이 밀리언셀러가 된 배경에는 적은 노력으로 바라는 결과를 얻을 수 있다는 달콤한 유혹에 이끌리는 대중의 심리가 숨어 있다.

실현에 대한 욕망을 반영한다고 해석할 수 있다. 《시크릿》 말고도 《이기는 습관》《생각의 탄생》 등 불투명한 미래를 앞둔 이들에게 활로를 제시하거나 위안을 주는 책들이 사랑받았다.

《시크릿》은 2008년에도 여성 독자의 전폭적 지지를 받으며 교보문고에서 2년 연속 종합 1위를 차지했다. 결국 그해 말 밀리언셀러 목록에 이름을 올렸다. 2014년에는 누적 판매량 160만 부에 이르렀다. 론다 번은 한국에서 밀리언셀러가 되었다는 소식에 특별한 반응을 보이지 않았다고 한다. 어쩌면 당연한 일이었다. 그 책은 이미 미국뿐 아니라 브라질·일본·영국·독일 등 세계에서 엄청나게 팔려나가고 있었으니까.

하지만 론다 번은 2008년 스스로 자충수를 놓았다. 〈뉴욕타임스〉

는 그해 4월 26일자에 "세계적인 베스트셀러《시크릿》은 정작 그것을 만든 사람들 중 몇몇에게는 행복을 가져다주지 못했다"고 보도했다. 론다 번이 그 책의 원작인 DVD를 함께 만든 영화감독, 웹사이트 개발자 등과 수익금 배분을 둘러싼 법정 분쟁에 휘말린 것이다.

한국갤럽이 2011년 발간한 책《한국인의 철학》에는 가장 큰 영향을 준 책을 묻는 설문조사가 나온다. 응답자들은《삼국지》《토지》《성경》《어린왕자》《대지》등 고전을 주로 언급했다. 그런데 10위 안에《시크릿》이 들어 있다.《성경》을 빼면 유일한 비문학 서적이다.

밀리언셀러가 되려면 책 자체의 내공 말고도 바깥 기운이 필요하다. 강심호 국장은 "당시는 세계경제가 인플레이션 없는 성장을 하던 '골디락스' 시절이고 중산층 가운데서도 주식과 재테크 등으로 크게 돈을 버는 사람이 나왔다"며 "'가능성의 시대'라고 명명(그게 거품이었을 수도 있지만)할 수 있다면 그 '가능성의 시대'가 시크릿의 메시지를 기다렸다는 생각이 든다"고 설명했다.

《시크릿》을 그때 안 내고 2014년에 냈다면 반응이 어땠을까. 강 국장은 "순전히 내 생각이지만 2007년만큼의 어마어마한 반응은 아니었을 것"이라고 말했다. "요즘은 세계경세와 한국경제가 동반 침체하고 있는 상황이니까요. 그러나 책 자체가 가지고 있는 선명함과 메시지만으로도 베스트셀러는 되지 않았을까 싶습니다. 아직도 꽤 많은 사람들이《시크릿》을 찾고 있으니까요."

《시크릿》은 인간의 원초적 본능을 자극해 밀리언셀러가 되었다. 이 책이 역대급이라고 할 만큼 오랫동안 베스트셀러 1위를 질주한 배경

에는《연금술사》나 〈별에서 온 그대〉 같은 판타지에 끌릴 수밖에 없는
대중의 심리가 숨어 있다. 그것은 바로 희망의 복음이다. 최소한의 노
력이나 에너지로 바라는 결과를 얻을 수 있다니, 이보다 달콤한 유혹
이 또 있을까.

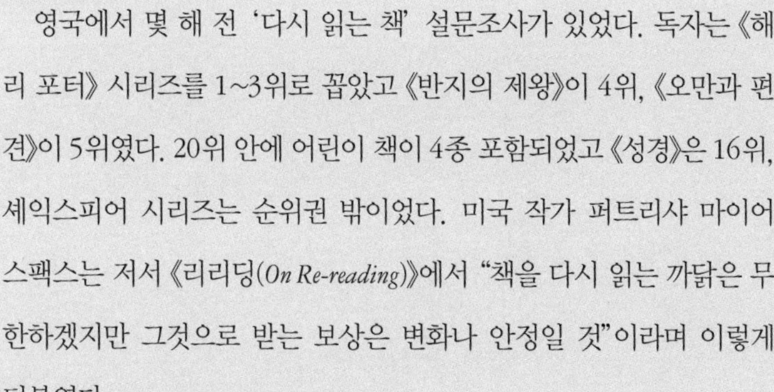

다시 읽고 싶은 책과 실망한 책

영국에서 몇 해 전 '다시 읽는 책' 설문조사가 있었다. 독자는《해
리 포터》시리즈를 1~3위로 꼽았고《반지의 제왕》이 4위,《오만과 편
견》이 5위였다. 20위 안에 어린이 책이 4종 포함되었고《성경》은 16위,
셰익스피어 시리즈는 순위권 밖이었다. 미국 작가 퍼트리샤 마이어
스팩스는 저서《리리딩(*On Re-reading*)》에서 "책을 다시 읽는 까닭은 무
한하겠지만 그것으로 받는 보상은 변화나 안정일 것"이라며 이렇게
덧붙였다.

"'다시 읽기'는 항상 그 자리에 있는 어떤 안도감을 주면서 과거의
나를 기억하게 한다. 책은 그대로 있고 독자는 변한다. 안정과 변화
사이의 긴장이 '다시 읽기'의 핵심이다."

한국 독자가 다시 꺼내 읽는 책은 어떤 책일지 궁금했다. 2013년
예스24 공식 트위터와 페이스북으로 '다시 읽고 싶은 책'을 주관식으
로 질문했다. 30~40대를 중심으로 독자 1223명(여성 896명)이 응답

했다. 최근 다시 읽고 좋았던 책으로는 생텍쥐페리가 쓴 《어린 왕자》(52명), 무라카미 하루키의 《상실의 시대》(21명), 조앤 롤링의 《해리 포터》(18명), 바스콘셀로스의 《나의 라임 오렌지 나무》(16명) 등이 꼽혔다. 언젠가 다시 읽을 책을 묻자 역시 《어린 왕자》가 1위(23명)였고 《삼국지》(16명), 《해리 포터》(15명), 박경리의 《토지》(13명)가 뒤를 이었다.

회사원 김아영(27) 씨는 초등학교 고학년 때 처음 만난 《어린 왕자》를 예닐곱 번 다시 읽었다. "초등학교나 중학교 시절엔 몰랐는데 《어린 왕자》는 성인을 위한 동화이고, 내가 잘 살고 있는지 계속 묻는 책"

최근 다시 읽고 좋았던 책

❶ 어린 왕자		52명
❷ 상실의 시대		21명
❸ 해리 포터 시리즈		18명
❹ 나의 라임 오렌지 나무		16명
❺ 삼국지		15명
❻ 아프니까 청춘이다		12명
❼ 연금술사		12명

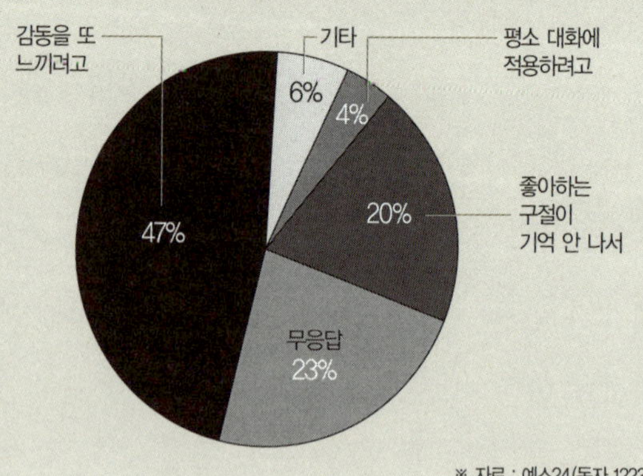

이라고 했다. "사람을 월급이나 아파트 평수로 저울질하는 것을 보면 갑갑해요. 그래서《어린 왕자》가 더 그리워집니다."

《어린 왕자》는 사막에 불시착한 비행기 조종사가 작은 별에서 온 어린 왕자를 만나는 이야기다. "본질적인 것은 눈에 안 보이고 마음으로 보인다" "네가 길들인 것에 대해 영원히 책임져야 해" 등 여우가 들려준 말도 유명하다. 1943년 발표돼 세계에서 1억 부 넘게 팔렸다.

특정 책을 섬기는 사람도 있다. 이 설문조사에서 "당신에게 가장 가치 있는 책이 뭐냐"고 묻자 68명이《성경》이라고 답했고《어린 왕자》(55명), '아직 없다'(30명), 법정 스님의《무소유》(24명),《나의 라임 오렌지 나무》(23명) 순으로 나타났다.《어린 왕자》는 어린이에서 청소년이 될 때 통과의례와 같은 책이었다.

《상실의 시대》를 최근 다시 읽었다는 김민진(30) 씨는 "감수성 예민하던 시절의 내가 떠오른다"고 했다. 독자가 다시 읽는 책은 문학이 54퍼센트였다. 예스24 문학 담당 김미선 씨는 "입장에 따라 여러 갈래로 읽힌다는 점, 연령별로 감동의 깊이가 다르다는 점이 문학의 매력"이라고 설명했다.

이 설문에서는 '기대만큼 실망이 컸던 책'도 물었다. 응답자의 66퍼센트가 "그런 경험이 있다"고 답했다. 김난도의《아프니까 청춘이다》(22명), 론다 번의《시크릿》(15명), 하루키의《상실의 시대》(9명)와《1Q84》(6명), 코엘료의《연금술사》(6명)를 언급한 독자가 많았다.

하루키 소설을 제외하면《아프니까 청춘이다》《시크릿》《연금술사》는 자기계발서라는 공통점이 있다. 믿음의 크기만큼 더 실망스러울

수 있다. 우리 내면에 잠재된 비밀의 힘을 이용하면 좀 더 업그레이드
된 인생을 살 수 있을 거라고 조언하는 《시크릿》을 비롯해 자기계발서
를 읽어도 삶은 크게 달라지지 않는다. 야멸차게 말하면 독자를 유혹
하는 수사학(修辭學)으로 성공한 책들인 셈이다.

응답자의 56퍼센트는 또 "신작이 기대되는 작가가 있다"고 했다.
김애란(35명), 히가시노 게이고(31명), 신경숙(26명), 김연수(20명), 공
지영(19명), 기욤 뮈소(18명), 하루키(18명), 박민규(18명), 베르나르 베
르베르(17명), 알랭 드 보통(17명), 정유정(16명), 김훈(14명), 김진명
(13명), 천명관(13명), 김영하(12명) 등이 그 주인공이었다.

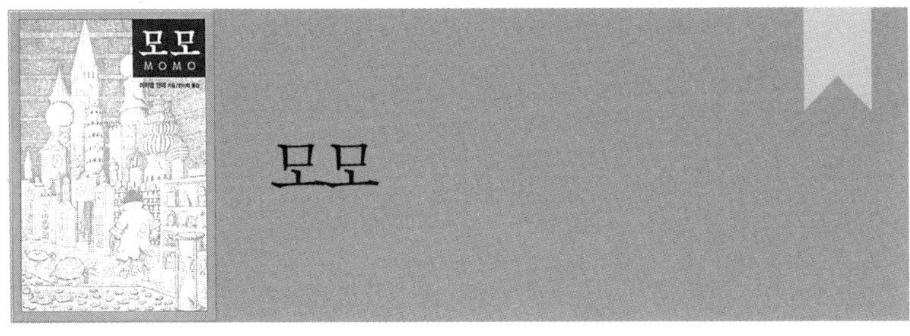

모모

크리스마스가 되기도 전에 아이가 산타의 선물을 발견한다 치자. '산타는 없다'는 진실을 털어놓아야 하나 덮어야 하나. 미국 뇌과학자 켈리 램버트는 2013년 〈뉴욕타임스〉에 기고한 글 〈머릿속 산타(Santa on the Brain)〉에서 산타를 향한 딸의 믿음을 가까스로 지켜낸 일화를 들려준다. 결론부터 말하면 "산타의 선물이라는 픽션(허구)은 보호할 가치가 충분하다"는 것이다.

12년 전 램버트의 두 딸(3세·7세)은 다락에 숨겨놓은 산타의 선물을 발견한다. 크리스마스까지 일주일도 더 남은 시점. 엄마는 필사적으로 둘러댄다. "산타가 등이 아파 크리스마스이브에 배달할 선물 중 일부를 미리 소포로 부쳤단다. 크리스마스 전에 선물을 열어보면 도로 가져간다고 계약서에도 서명했어."

사람은 860억 개의 뇌세포(뉴런)를 지니고 태어난다. 아이는 자라면서 세상의 법칙, 픽션과 논픽션의 차이를 배워간다. 사슴 썰매가 하늘을 날 수 없고 산타가 아이들 집을 하룻밤에 다 방문할 수 없다는 사실도 알게 된다. 램버트는 "하지만 오래된 사고방식을 전부 잃어버리는 것은 아니다"며 이렇게 덧붙였다.

"어린 시절 산타를 믿는 것, 산타를 '살아 있게' 보호하는 것은 예방접종만큼 중요하다. 행복한 기억이 시련을 견딜 항체(抗體) 역할을 한다. 어른이 되어서도, 내가 곁에 없어도, 딸들은 산타만 봐도 어릴 적 그 세계와 만나게 된다."

뇌 속에는 '정신적 시간 여행(mental time travel)'을 위한 시스템이 내장되어 있다. 크리스마스 연휴의 친숙한 풍경, 냄새, 소리를 만나면 뇌의 정서적인 부분이 활성화되면서 과거에 경험한 감정을 다시 체험하게 된다. 음식을 줄 때마다 종소리를 들었던 파블로프의 개가 종소리만으로도 침을 흘리는 것과 같다. "초자연적 존재로서 산타는 사람의 관심을 쉽게 붙들기 때문에 널리 전파된 강력한 밈(meme, 문화 유전자)"이라고 전중환 경희대 교수는 설명했다.

미하엘 엔데(1929~1995)가 쓴 소설 《모모》(비룡소)는 산타만큼이나 믿고 싶어지는 이야기다. 주인공은 폐허가 된 원형극장에 혼자 사는 모모. 헝클어진 머리의 이 작은 소녀에게는 누구도 따라갈 수 없는 재주가 있었다. 남의 말에 귀를 기울이는 재주였다. 모모는 가난했지만 시간이 아주 많았다. 사람들은 가만히 앉아서 이야기를 들어주는 그녀를 찾아와 걱정을 털어놓고 기운을 얻어서 돌아갔다.

그런데 회색 신사들이 나타나 "시간을 저축해야 한다"고 꼬드기자 사람들이 낚이고 만다. 이발사에게 쓴 수법은 이랬다. "당신은 철커덕거리는 가위질 소리와 쓸데없는 잡담과 비누 거품으로 인생을 낭비하고 있어요. 하루는 24시간인데 자고 일하고 먹는 시간을 빼면 6시간밖에 남지 않습니다. 그런데 당신은 귀가 어두워서 거의 듣지 못하는 어머니를 찾아가 1시간씩 이야기를 합니다. 또 집안일을 하느라 1시간, 앵무새를 보살피느라 15분을 허비합니다. 일주일에 한 번은 영화를 보고 한 번은 합창단에 나가고 나머지 날 저녁에는 친구들을 만나거나 책을 읽기도 하지요. 당신 인생을 결산하면 단 1초도 남아 있지 않습니다."

이발사는 "하루 2시간씩 우리 은행에 저축하면 나중에 이자까지 붙여 돌려주겠다"는 그들 말대로 손님 한 명당 30분이 걸리던 이발 시간을 15분으로 줄인다. 잡담이나 불필요한 부분을 생략했다. 시간을 아끼기는 했지만 무뚝뚝해졌고 일을 하면서 기쁨을 느낄 수 없었다. 신경이 날카로워졌다. 이렇게 '시간 절약'을 하는 사람이 늘어나자 모모를 찾는 사람도 부쩍 줄어갔다. 마을은 삭막해졌다. 《모모》는 도둑질 당한 시간을 되찾아주기 위해 모모와 아이들, 거북 카시오페이아가 벌이는 모험을 따라간다.

"1년이라는 시간을 어떻게 잴까요?"

자유로운 보헤미안을 그린 뮤지컬 〈렌트(Rent)〉는 삽입곡 〈시즌스 오브 러브〉에서 이렇게 묻는다. 1년은 언제나 52만 5600분이다. 길지도 짧지도 않다. 그 소중한 시간을 얼마나 잘 썼는지 가늠할 방법이 있을까. 시간은 농도를 측정할 수도 없고 저울에 달 수도 없는데 어떻게? 사람 몇 명을 만났는지? 소주를 몇 잔 마셨는지? 얼마나 웃었는지? 얼마나 고뇌했는지? 얼마나 잠을 적게 잤는지?……. 답이 궁하다.

이 뮤지컬이 들려주는 정답은 사랑이다. "인생의 가치를 사랑으로 측정하고 사랑으로 느껴보라"는 것이다. "다 함께 노래해/ 친구들과 함께한 1년을/ 기억해요 사랑/ 느껴봐요 사랑……." 긴 시간의 흐름으로 보면 인생은 빌린 것이다. 지구라는 행성에 잠깐 세 들어 살 뿐, 결국 아무것도 남지 않는다.

때로는 무용(無用)한 것이 아름답다. 연극은 쓸모없고 비이성적인 것처럼 보인다. 하지만 거꾸로 말하기 때문에 매력적이다. 연극은 관객을 앞에 두고 무대 위에서 '세상을 있는 그대로가 아니라 거꾸로 보여주는 거울'이다. 배우가 이렇게 살아야 한다고 훈계하지 않고, 저렇게 살아도 되는가를 관객 스스로 반문하게 한다. 모순 어법이다. 모모 이야기는 그렇게 시간을 아낀 사람들이 사실 무엇을 잃어버렸는지 뒤집어 보여주는 동화다.

미하엘 엔데는 생전에 독일 언론과 인터뷰에서 "현대사회에서 아름다움에 대한 질문이 사라지고 있다"고 개탄했다. 아무도 예술작품이 아름다운지에 대한 질문을 던지지 않는다는 것이다. "고야의 그림 〈반역자들의 처형〉은 끔찍하지만 아름답다. 셰익스피어의 소설 《맥베스》가 공포스러움에도 불구하고 아름답다는 것은 명백한 사실이다. 어떤 것을 그대로 묘사하는 게 아니라 변화시키는 게 예술의 역할이라고 생각한다."

20세기에 국내에서 나온 밀리언셀러 가운데 20편을 골라 그 비밀

을 살피고자 쓴 이 책에서《모
모》는《연금술사》와 더불어 예
외에 속한다. 그럴 만한 까닭이
있다. 20세기(1970년)에 독일에
서 출간되어 1999년 한국어로
번역된《모모》는 21세기(2006년
9월)에 밀리언셀러가 되었다. 긴
시간 여행을 닮아 있다.

100만 부 돌파의 계기는 크
리스마스 선물처럼 찾아왔다.
이 동화는 2005년 여름 한국에
서 재발견되었다. 그해 6~7월

《모모》는 시간을 아낀 사람들이 그 대가로
무엇을 잃어버렸는지 보여주는 동화다.

방영된 김선아, 현빈 주연의 MBC 드라마〈내 이름은 김삼순〉에 존재
감 있게 등장하면서부터다. 김삼순은 촌스러운 이름, 뚱뚱한 외모라는
콤플렉스를 갖고 있지만 파티시에로 당당히 살아가는 30대 노처녀의
삶과 사랑을 경쾌하게 그려낸 드라마다. 방송에 출연(?)한《모모》는 어
느 구석에 소품처럼 머물지 않았다. 이야기를 의도한 방향으로 굴리는
에너지원으로 쓰였다.

《모모》는 레스토랑 사장인 진헌(현빈)과 그의 조카 미주, 삼순(김선
아) 사이에서 마음을 이어주는 역할을 한다. 미주는 사고로 부모를 여
읜 후 목소리를 잃었다. 삼순은 미주의 아픈 마음을《모모》이야기로
달래준다.

《모모》는 드라마 〈내 이름은 김삼순〉에 노출되면서 판매량이 급증해 아직까지도 꾸준히 팔리고 있다.

"미주, 너 머리가 꼬불꼬불한 게 꼭 모모 닮았다. 너 모모가 누군지 모르지? 모모는 집도 없고 할머니도 없고 삼촌도 없는 불쌍한 아이야. 그렇지만 마을 사람들은 다 모모를 사랑해. 왜냐하면, 모모는 귀 기울여 들을 줄 알거든. 모모는 아무 말도 안 해. 말을 못 해서가 아니라 듣는 걸 아주 좋아하거든. 마을 사람들한테 고민거리가 있으면 그냥 들어주는 거야, 귀 기울여서. 그게 중요해, 귀 기울이는 거. 그럼 마을 사람들은 아무리 복잡하고 어려운 문제도 다 풀린 것처럼 기분 좋게 돌아가. 아줌마도 그런 사람이 되고 싶었는데 내 말만 하는 어른이 되어 버렸어. 지금처럼."

삼순의 말에 진헌의 얼굴에 미소가 번진다. 그녀가 모모를 닮았다

고 진헌은 생각한다. 진헌은 삼순을 생각하며 《모모》를 미주에게 읽어
준다.

진헌은 옛사랑 희진(려원)과 삼순 사이에서 방황한다. 희진과 있으
면 자꾸 삼순이 생각난다. 진헌은 자전거를 구실로 삼순을 자신의 집
으로 부른다. 삼순은 진헌의 방에서 《모모》를 발견한다. 진헌의 마음
이 들킨 순간이다.

비룡소 편집부에서는 사실 드라마에 《모모》가 나온 줄도 몰랐다.
박지은 비룡소 편집장의 증언이다. "드라마에 노출된 어느 날 퇴근 시
간 무렵에 마케팅부 담당자가 갑자기 편집부로 내려와 '인터파크에서
주문이 100부 정도 들어왔다'고 전해주었어요. 그런데 잠시 후 돌아와
더 신이 나서 '다른 서점에서도 주문이 들어왔다'는 겁니다. 《모모》는
워낙 좋은 책이라 꾸준히 판매되긴 했지만 갑자기 주문이 몰릴 책은
아니었어요. 기분은 좋았지만 이유가 궁금했습니다."

박 편집장은 〈내 이름은 김삼순〉에서 김삼순이 읽어주면서 이 책이 노출된 덕이라는 것을 곧 알게 되었다. "평소 함께 작업했던 디자이너를 붙잡고 혹시 모를 대박(?)을 기원하며 서점용 POP를 디자인한 기억이 난다"고 했다. 드라마 첫 노출 이후 또 노출될 줄은 몰랐는데 두 번째 노출되던 날, 이건 정말 그냥 우연으로 지나갈 일이 아니라는 것을 느낄 수 있었다.

그 무렵 《모모》는 매일 1만 5000부 판매되면서 교보·영풍·인터파크·예스24 등에서 베스트셀러 1위를 휩쓸었다. 주문이 폭주하면서 일부 서점에선 품귀현상을 보였다. 그해 7월 11일 전까지 기록된 《모모》 판매 부수는 22만 부. 그런데 열흘 동안 판매량이 직전 6년간 팔린 총 부수의 절반을 넘어섰다. 박상희 비룡소 대표는 당시 인터뷰에서 "드라마가 종영되면 작가와 PD에게 한턱내고 싶다"고 말했다. 이 추세라면 100만 부 돌파는 시간문제라는 전망이 나왔다.

책 판매 열기는 식을 줄 몰랐고 드라마가 종영하자 반응은 더 뜨거워졌다. 박지은 편집장은 "매출 상승도 기뻤고, 아이들을 위한 동화가 성인에게도 큰 메시지를 주며 위로할 수 있는 장르임을 확인시켜 준 것이 더 기쁜 일이었다"고 했다. 비룡소가 새롭게 도약하는 계기가 되었다. 그때까지만 해도 그림책이 중심이었는데 '좋은 동화도 있다'는 사실을 독자가 새롭게 발견한 것이다.

이 책을 계기로 '동화=어린이책'이라는 고정관념이 깨졌다. 어른도 함께 읽는 동화로 패러다임이 바뀐 것이다. 그 전까지 어린이책은 어린이나 그 책을 사줄 학부모를 겨냥했다. 그런데 《모모》가 성인에게까지 사랑을 받자 비룡소는 지하철역에 배포되는 무가지(無價紙, 그즈음이 무가지의 전성기였다)로까지 광고 영역을 확장했다. 신문 지면 광고를 많이 집행했고, 방송을 비롯해 여러 매체에《모모》관련 기사가 계속 실리면서 저절로 홍보가 되었다. 동화로는 드물게 7월 둘째 주부터 19주 동안 베스트셀러 정상을 지켰다. 결국 2005년 베스트셀러 종합 1위에 올랐다.

《모모》신드롬은 2014년 초 드라마 〈별에서 온 그대(별그대)〉에 노출되면서 베스트셀러로 치솟은 동화 '에드워드 툴레인 신드롬'과 비교할 만하다. 공통점으로는 드라마에 등장하고 나서 폭발적인 반응을 얻으며 단숨에 베스트셀러 1위에 오른 점, 미하엘 엔데와 케이트 디카밀로라는 세계적 동화작가의 수작이라는 점, 성인 독자에게 위로·힐링과 더불어 잠언적 메시지를 주었다는 점이 꼽힌다. 책의 매력이 독자에게 온전히 전달되고 성인이 그 동화를 재발견한 된 셈이다.

차이점도 있다. 강도가 달랐다. '드라마셀러'라는 말을 처음 탄생시킨《모모》는 책의 체력이 좋아서 드라마 종영 이후에도 높은 판매율이 오랫동안 지속되었다. 반면《에드워드 툴레인의 신기한 여행》은 드라마가 끝나자 상대적으로 더 빠른 속도로 베스트셀러 목록에서 밀려났다. 박지은 편집장은 "여러 이유가 있겠지만 9년 사이에 출판 시장이 많이 변했고 책에 대한 대중적 관심의 온도가 달랐다는 점이 가장 크게 작용한 것 같다"고 했다.

《모모》는 〈내 이름은 김삼순〉에 나오기 전부터 잘 알려진 스테디셀러였다. 지금도 어린이·청소년 분야에서 이 책은 상위권에 있다. 반면 《에드워드 툴레인의 신기한 여행》은 좋은 책이지만 인지도 면에서는 숨은 보석과 같았다. 따라서 대중에겐 〈별그대〉로 처음 알려진 셈이라 종영과 함께 판매 순위도 하락했다. 2009년에 초판을 발행해 2013년 전까지 1만 부도 채 안 팔린 《에드워드 툴레인의 신기한 여행》이 2014년 10월까지 26만 부나 판매된 것을 보면 파급력에서는 《모모》보다 더 대단한 측면도 있다.

2014년 교보문고 종합 6위, 예스24 종합 3위에 오른 《에드워드 툴레인의 신기한 여행》은 미디어 셀러(mediaseller)로 분류된다. 《창문 넘어 도망친 100세 노인》《미생》을 비롯해 출판 바깥의 미디어를 발판으로 뜬 책이 많았다. 미디어 노출이 곧 베스트셀러라는 공식이 성립하지는 않는다. 독자의 공감이 없는 콘텐츠는 인기도 못 얻고 바로 사라진다. 미디어셀러도 흐름을 잘 읽어야 베스트셀러가 될 수 있는 것이다. 그해에는 김훈의 《칼의 노래》, 김애란의 《두근두근 내 인생》도 관련 영화에 힘입어 베스트셀러에 올랐다. 출판사에게는 구간(舊刊) 도서라도 시대 상황에 맞는 책을 발굴하고 소개해야 한다는 신호로 읽혔다.

소설을 읽을 때 우리는 삶으로부터 번쩍 들어 올려져서 다른 곳으로 흘러가길 소망한다. 몇 시간 만이라도 일상을 잊기를 기대한다. 《모모》는 2014년까지 140만 부 팔렸다. 돈이나 권력이 아니라 시간을 놓고 다투는 이야기라는 점에서 세월을 타지 않는 스테디셀러로 자리를 굳혔다. 박지은 편집장은 "《모모》와 《에드워드 툴레인의 신기한 여행》은 어른에게도 감동을 주는 힐링 동화라는 점이 인기 비결"이라고 했다.

김재진이 쓴 《사랑할 날이 얼마나 남았을까》(수오서재)는 새 달력을 넘기기 무섭게 날아가버리는 시간을 어떻게 보관하고 어떻게 관리하며 어떻게 사용해야 하는지 질문을 던지면서 《그리스인 조르바》의 작가 니코스 카잔차키스가 남긴 말을 인용한다. "적선하시오, 형제들이여. 한 사람이 내게 15분씩만 나눠주시오. 아, 내가 일을 마치기에 충분한 약간의 시간만 있다면. 그런 다음 죽음의 신이 찾아와도 좋으련만."

케이트 디카밀로 인터뷰

케이트 디카밀로가 쓴 동화 《에드워드 툴레인의 신기한 여행》은 하늘에서 뚝 떨어진 베스트셀러다. '별에서 온 책'이라 불러도 좋다. 도민준(김수현), 천송이(전지현)의 판타지 멜로드라마 〈별에서 온 그대(별그대)〉에서 사건 전개를 암시하는 책으로 등장하자 3개월 동안 23만 부가 팔렸다.

《에드워드 툴레인……》은 사랑을 받을 줄만 알고 할 줄은 몰랐던 도자기 토끼 인형 에드워드 툴레인이 진정한 사랑을 알아가는 이야기다. 출간 5년 만에 베스트셀러 종합 1위에 오르며 벼락 인기를 얻었다. 신간(新刊)의 라이프 사이클이 2~3주로 짧아진 요즘 출판계에서 5년이라는 시간은 '도민준의 400년'만큼이나 아득하다. 미국 미네아폴리스에 사는 디카밀로는 이메일 인터뷰에서 "한국에서 그런 일이

케이트 디카밀로

일어났다니 황홀하다. 내겐 더없이 환상적인 뉴스"라고 했다.

― 한국에서 〈별그대〉라는 드라마에 PPL(간접광고)로 삽입된 《에드
워드 툴레인……》이 베스트셀러 1위에 올랐다.

"몰랐다. 그렇게 많은 한국 사람이 에드워드의 이야기를 읽었다니.
믿기지 않는다(I just cannot get over it)."

― 그 글감은 어떻게 구했나?

"멋지게 차려입은 토끼 인형을 친구가 선물했다. 이름이 에드워드
라고 했다. 거실 소파에 올려놓았는데 거실에 갈 때마다 그가 날 놀
랬다. 셋째 날 밤 꿈속에 에드워드가 나타났다. 옷이 다 벗겨진 채

물에 빠져 있었다. 누군가 구해주길 기다리는 것 같았다. 그 잃어버린 토끼의 이미지를 붙잡고 이야기를 쓰기 시작했다. 술술 풀려나왔다."

— 이 동화로 '사랑할 마음이나 사랑받을 마음이 없다면 인생은 무의미하다'고 말하고 싶었나?

"책이 독자의 손에 닿기 전에는 '메시지'가 뭔지 사실 나도 모른다. 이야기를 들려주는 것은 그래서 위대하다. 독자들은 내게 '에드워드 이야기가 다시 사랑할 용기를 북돋아주었다'고 말한다. 기쁜 일이지만 의도하진 않았다. 난 그저 이야기를 들려줄 뿐이다."

디카밀로는 인간 공주를 사랑한 생쥐 이야기 《생쥐 기사 데스페로》, 하루아침에 초능력을 갖게 된 다람쥐의 모험을 그린 《초능력 다람쥐 율리시스》로 뉴베리상(Newbery Medal, 미국 최고의 아동문학상)을 두 번 받은 작가다. 그는 홈페이지에 자신을 이렇게 소개했다. "난 작고 시끄럽다. 요리하기 싫어하고 먹는 건 좋아한다. 싱글이고 아이가 없다." 작가에게 그것이 아이와 어른 모두 읽을 수 있는 이야기를 쓰는 데 도움이 되느냐고 묻자 "싱글이고 아이도 없고 요리도 안 하니까 글쓰기에 집중할 시간을 더 얻을 수 있고, 다행히도 요리 잘하는 친구가 많다"고 답했다.

— 알랭 드 보통은 "책을 쓰는 것은 농담을 하고 나서 그게 재미있는지 아닌지 알려고 2년을 기다리는 것과 같다"고 말했다. 동의하나?

"와, 그 인용문 절묘하다. 맞다. 진실이다. 작가는 이야기가 통하기를 바란다. 하지만 독자와 부딪쳐 쩍쩍 소리가 날지 안 날지는 알 수 없다. 이야기를 완성하려면 독자가 필요하다."

– 《초능력 다람쥐 율리시스》가 며칠 전 한국어로 번역되어 나왔다. 작품마다 왜 그렇게 동물이 많이 등장하나?

"독자의 마음을 여는 데는 사람보다 동물이 낫다. 우리는 이따금 동물을 더 신뢰한다. 이야기 속 동물은 독자를 편하게 만들고, 쓰는 나도 편해진다."

– 당신이 홍보대사를 맡고 있는 미국 도서관협회 슬로건은 '이야기가 우리를 연결시킨다(Stories Connect Us)'이다.

"나는 지금 이 문장을 타이핑하면서 지구 반대편에 있는 당신의 독자에게 연결되는 셈이다. 사랑하는 법을 배운 토끼 이야기 덕에 만난 그 독자를 만났다. 이야기가 우리를 연결시킨다. 그렇다고 확신한다."

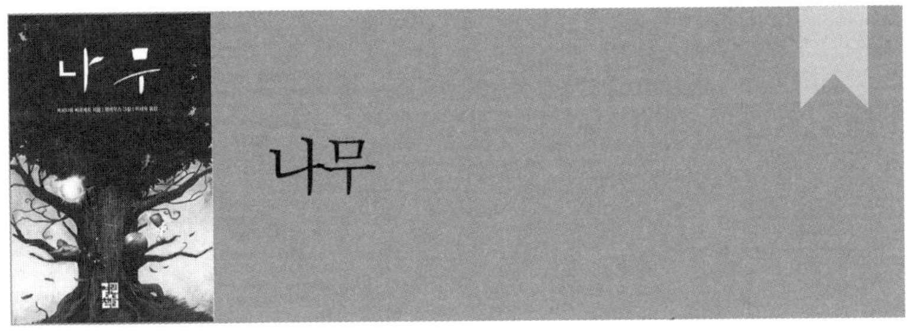

나무

무대에는 남자와 여자 둘뿐이다. 영문도 모른 채 한 공간에 갇힌 이들은 보자마자 으르렁댄다. 남자는 화장품 회사의 연구원, 여자는 호랑이 조련사다. 영역 다툼이 시작되고 여자는 남자를 동물 다루듯 한다. 싸우던 남자가 객석을 쏘아보며 말한다. "당신들이 관찰하고 있는 거 알아요. 서바이벌 리얼리티 쇼, 맞죠?"

2010년에 본 연극 〈인간〉은 이렇게 열렸다. 프랑스 작가 베르나르 베르베르는 핵전쟁 끝에 지구에서 마지막까지 살아남은 남녀를 그리며 물음을 던진다. 인류를 멸종시킬 것인가? 아니면 이들이 새로운 시작이 될 것인가? 격하게 싸울 땐 전기충격이 오고, 접촉하면 음식이 나오고, 어느 순간엔 매트리스가 놓여 있다. 남녀를 사랑의 행위로 유도하는 장치들이다.

암전(暗轉)이 잦은 게 단점이지만 관객을 몰입시키는 힘이 있다. 가장 작은 단위의 사회에서 규칙이 만들어지는 과정을 따라가는 재미도 쏠쏠하다. 미혼 여성이 지닌 결혼에 대한 환상, TV 리모컨과 가정의 권력, 이혼, 종교 등을 소재로 쓴다. 남녀는 급기야 인류에 대한 재판을 벌인다.

무죄면 섹스를 해 종족을 보존하고, 유죄면 따로 살다 죽기로 한 것이다. "인간은 인간에 대하여 늑대"라는 검사의 주장과 "인간은 우주에서 가장 아름다운 생명체"라는 변호인의 주장이 흥미롭게 충돌한다. 남녀 둘만 놓고 푼 극작의 솜씨, 거대한 주제 앞에서도 주눅들지 않는 감각이 놀라웠다.

베르베르는 언제나 인간을 이해하는 다른 관점을 보여준다. "사람들에게 문제를 던지고 뜻밖의 해법을 찾아내게 하는 게임"이라고 그는 말한다. 어떤 가정을 극단까지 몰고 가는 뚝심과 상상력이 옹골지다.

21세기에 번역되어 나온 베르베르 소설 중 단권으로 가장 많이 판매된 책은 《나무》(열린책들)다. 단편 18편을 모은 소설집이다. 《나무》는 출간 전 예약 주문만으로 인터넷 서점 종합 베스트셀러 1위에 올랐다. 2003년 6월 30일에 초판 1쇄가 나왔고 그해에만 60만 부가 판매되었다.

교보문고에서는 14주 연속 베스트셀러 1위를 달렸다. 2003년 종합 1위, 네티즌 선정 올해의 책 1위, 독자 서평이 가장 많은 책 1위를 휩쓸었다. 《나무》는 그해 출판계 키워드였던 '재미'와 '교양'을 한꺼번에 충족시키면서 가장 사랑받은 책이었다.

호사다마라 했다. 2004년 봄에 《나무》 해적판이 나돌았다. 모두 1만

8000부를 찍어 1만 5000부가 유통된 것으로 파악되었다. 열린책들은 정가(8800원)보다 싼값(7000원)에 변두리 · 지하철역 서점에서 판매되는 것을 확인하고 해적판을 낸 제작업자와 유통업자로부터 사과와 함께 진술서를 받아냈다. 인쇄와 제본 비용만 들이면 되니, 권당 제작비가 1000원 정도였다. 본문 컬러 지면에서 약간 차이가 나는 것 말고는 정품과 식별이 불가능할 정도였다.

베르베르는 《나무》 서문에서 "세상살이가 너무 어려운 것으로 보일 때마다 짤막한 이야기를 짓곤 했다"며 "세월이 흐르면서 그 이야기들은 갈수록 환상적인 것으로 변했다"고 고백한다. 여기 실린 이야기들은 어찌 보면 자신의 장편소설들이 생성되는 과정을 보여주는 것이라고도 했다. 그는 첫 장편소설 《개미》를 발표하고 나서 이야기를 빨리 지어내는 솜씨를 유지하고 싶어서 매일 저녁 한 시간을 할애해 단편소설을 썼다. 그럼으로써 오전 내내 '두꺼운 소설'을 쓰는 데서 오는 긴장 상태에서 벗어났다.

《죽음과 소녀》를 쓴 칠레 작가 아리엘 도르프만의 말과 부분적으로 겹친다. "소설은 쓰기 자유롭지만 외롭고, 희곡은 어느 정도 구속이 따르지만 곧장 피드백을 얻는 장점이 있다. 그런 장단점을 주고받으면서 균형을 잃지 않으려 애쓴다. 시계추처럼 좌우로 움직이며 전진한다."

《나무》에 실린 단편들은 모두 기발하고 유머러스하다. 어느 양로원을 방문한 뒤 쓴 〈황혼의 반란〉은 세상에 잘 알려지지 않은 닫힌 세계를 통해 현대사회의 실상을 보여준다. "자기들 몫의 회전이 끝났음에도 회전목마를 떠나지 않고 있는 노인들"은 한국 사회가 점점 심하게

베르베르는 언제나 인간을 이해하는 다른 관점을 보여준다.

겪을 고령화 문제를 닮아 있다. 누구나 언젠가는 늙은이가 된다.

〈그들을 사랑하는 법을 배우자〉에서는 인간과 다른 존재들의 시선을 빌려 인간에 대해 흥미롭게 이야기한다. 베르베르는 개미와 천사를 즐겨 쓴다. "개미는 지극히 낮은 곳으로부터 인간을 올려다보는 것이고 천사는 지극히 높은 곳으로부터 인간을 내려다본다." 시간 여행 전문 여행사를 통해 루이 14세 시대로 여행을 떠나는 〈바캉스〉에서는 과거가 현재에 말을 건다.

단편 중 〈가능성의 나무〉는 이 책의 프랑스어판 제목이다. 컴퓨터와 체스를 두어 패하고 나서 떠오른 생각을 씨앗 삼았다. 거대한 나무의 잎에 개미 떼처럼 사람들이 붙어 있다. 잎이 떨어지면 사람들도 함께 떨어진다. 우리 종(種)의 미래를 보여주는 것 같다. 이 책은 어찌 보면 장편소설들의 생성 과정을 보여준다. 어린 신들이 인간을 가지고 이런저런 실습을 하는 마지막 단편 〈어린 신들의 학교〉는 결국 장편 《신》으로 확장되었다.

《나무》는 2006년에 밀리언셀러가 되었다. 강무성 전 열린책들 주간은 그 배경을 이렇게 짚었다. "베르베르 작품의 큰 특징이자 매력은 '쉽게 상상할 수 없는 기발한 아이디어'에 있습니다. 《나무》는 그런 아이디어들의 순수한 집합체와 같아요. 단편들로 이루어져 읽기에 부담이 없으면서도 신선한 충격과 새로운 관점들을 얻을 수 있는 작품입니다."

열린책들은 단순히 베르베르 책을 번역하는 데 머물지 않고 형식까지 진지하게 고민했다. 먼저 베르베르와 더 깊이 소통하고 싶어 하는 독자를 위해 '생각하는 나무'라는 사이트를 만들었다. '베르베르처럼 기발한 과학적 상상력의 확산'을 취지로 작품을 공모했고, 300편 넘는 응모작 가운데 31편을 뽑아 《나무 2》라는 책으로 묶어 출간했다. 반응이 꽤 좋았다. 작가의 상상력을 승계한 독자들이 쓴 책이라는 점 말고도 최초로 전자책과 종이책으로 동시 출간했다는 점에서 눈길을 끌었다.

열린책들은 또 《나무》 한국판에 세계적인 만화가 뫼비우스를 참여시켰다. 열린책들이 후보로 올린 장 자크 상페와 뫼비우스 중 베르베르가 뫼비우스를 낙점하면서 원작에는 없는 '한국판만을 위한 일러스트'가 탄생한 것이다. 강 전 주간은 "거장의 삽화를 이용한 편집이 책의 독특한 성격을 잘 드러내 독자의 손길을 끌어당겼다"며 "나중에는 프랑스판도 한국판을 본받아 뫼비우스의 삽화를 넣게 되었는데 말하자면 '편집의 역수출'이 일어난 것"이라고 설명했다. 2007년 《나무》 중국어판이 나올 때는 뫼비우스 삽화의 아시아 판권을 가진 열린책들과도 계약이 이루어졌다.

《나무》에서 독자들이 어떤 단편을 최고로 꼽았는지를 보여주는 데이터는 없지만 현지 독자의 반응을 가늠해볼 수는 있다. 베르베르는 발표 여부를 떠나서 단편을 많이 쓰고 이 단편들을 나중에 다른 장편의 씨앗으로 삼는 일이 많다. 또 다른 단편집인 《파라다이스》를 발표한 뒤 베르베르는 자기 사이트를 통해서 독자들에게 직접 설문조사를 진행했다. 어떤 작품을 장편으로 쓰면 좋을지 묻자 〈농담이 태어나는 곳〉에 많은 표가 쏠려 결국 《웃음》을 집필하는 계기가 되었다. 《나무》 뒤에 《신》을 집필한 것으로 볼 때 단편 〈어린 신들의 학교〉가 가장 큰 호응을 얻지 않았을까 짐작된다.

베르베르는 노벨문학상 후보로 거명되는 작가가 아니다. 이는 우리나라 문학 시장에서는 분명 불리한 조건이다. 하지만 국내에 들어온 그의 책은 곧잘 '홈런'을 날린다. 대중적으로는 믿음직스러운 강타자인 셈이다. 베르베르는 비평가보다는 독자를 만족시키는 글을 쓰겠다는 원칙을 갖고 있다. 그는 항상 최대한 간결하고 분명하고 쉽게 쓰려고 노력한다. 간결하고 쉬운 문장을 쓰는 것은 복잡하고 어려운 단어를 써서 길고 난해하게 쓰는 것보다 훨씬 어렵다.

베르베르가 쓴 책들의 전 세계 판매 부수 중 3분의 1 이상이 한국에서 팔리고 있다. "양질의 번역 덕분"이라고 열린책들은 말한다. 전문

번역자는 이세욱. 《장미의 이름》을 비롯한 움베르토 에코의 책을 국내에 소개한 번역자로도 기억된다.

강무성 전 주간은 "이세욱 씨는 훌륭한 번역자의 미덕을 모두 갖췄다"며 "정확한 원어 독해와 최상의 한국어 구사 양면에서 나무랄 데가 없다"고 했다. "적확한 번역어를 찾기 위해 끈질기게 고심합니다. 덕분에 기한 내에 번역 원고를 받기 어렵지요. 적확한 번역어를 찾기 위한 노력은 방대한 공부로 이어지기도 합니다."

《나무》는 21세기에 번역 출간된 베르베르의 소설 중 가장 많이 팔린 책이다.

《개미》를 맡았을 때 이세욱은 곤충학을 공부한 뒤에 번역을 시작했다. 아직 적절한 우리말이 없는 용어에 부닥치면 곤충학자에게 자문을 직접 구하며 새로운 역어(譯語)를 찾아내기도 했다. 움베르토 에코의 《로아나 여왕의 불꽃》《프라하의 묘지》의 경우 문헌 차용과 패러디 기법 등이 광범위하게 구사된다. 즉 문장과 표현이 다른 무수한 문학 작품에 연원을 두고 있다는 뜻이다. 강 전 주간은 "이세욱 씨는 그 문헌들을 찾아 읽지 않고는 결코 해낼 수 없는 엄밀한 번역과 주석 작업을 해내 편집자들을 감동시켰다”며 “베르베르의 경우도 훌륭한 번역의 역할이 매우 크다고 생각한다”고 말했다.

하지만 아무리 좋은 번역도 원재료보다 나을 수는 없다. 베르베르는 2008년 〈조선일보〉 인터뷰에서 “당신 소설은 완전한 상상에 바탕을 두고 있나요, 아니면 과학적 현실의 연장인가요?”라는 질문을 받고 이렇게 답했다. “둘 다입니다. 과학 기자로 일한 경험(프랑스 시사주간지 〈르 누벨 옵세르바퇴르〉의 과학 담당 기자)을 살려 과학계의 흐름을 놓치지 않고 배워왔어요. 과학적 현실을 상상으로 연장하기도 하고, 현실을 훨씬 뛰어넘어 무한한 상상의 나래를 펼치기도 하지요.”

베르베르는 일반적이지 않은, 특이한 곳에 설치된 카메라에 잡히는 이야기를 담는다. 《개미》는 지극히 작은 생물체인 개미의 눈높이에서 관찰한 인간을 보여준다. 《타나토노트》에서는 생사의 경계선에 카메라를 달았다. 《인간》《천사들의 제국》《신》에서는 각각 외계인, 천사, 신의 입장에서 인간을 그리고 있다. 강 전 주간은 “최신작 《제3인류》는 또 다른 인류를 창조한 인간, 신의 위치에 서게 된 인간의 입장에서 인간을 이야기한다. 이렇게 관찰의 시선이 달라지면 이제껏 경험해보지 못한 세계가 열린다”고 말했다.

독자는 생각의 틀 자체가 바뀌면서 새로운 인식을 얻게 된다. 베르베르 소설이 결코 가볍지 않은 철학적 주제를 담고 있음에도 흥미를 자극하는 까닭이다. 그는 말한다. “내 작품들의 변함없는 주제는 인간이다. 인간에 관해 가장 잘 이야기하는 방법은 바로 인간에서 벗어나는 것이다. 어떤 체계를 이해하기 위해서는 그 체계에서 벗어나 봐야 한다.”

1993년의 《개미》를 비롯해 《뇌》《나무》 등이 그해 베스트셀러 목록에 오르며 나중에 100만 부 넘게 팔렸다. 강 전 주간과 전담 번역자 이세욱은 《타나토노트》를 역대 베르베르 작품 중 최고로 꼽는다. 삶과 죽음의 문제에 접근하는 방식이 정말 신선했다는 것이다.

“영계(靈界) 탐사, 즉 죽음 이후의 세계를 공간적으로 탐사한다는 설정이 명백한 허구임을 드러내지만 내적 정합성을 끝까지 잘 유지하고 있어 하나의 세계가 만들어진다는 점, 캐릭터들이 전형적이지 않고 생생한 점도 좋았습니다. 인간의 본성을 풍자적으로 그려낼 수 있는 구도를 잘 만들어냈습니다.” 한마디로 완성도가 가장 높다는 얘기다. 러시아에서는 《타나토노트》가 《개미》보다 더 많이 판매되었다고 한다.

베르베르는 한국에 두터운 충성 독자를 가진 작가다. “한국 독자가 미래 지향적이고 내 작품이 미래를 많이 말하고 있어서 서로 잘 맞는 것 같다”고 베르베르는 해석한다. 쉽게 상상하기 힘든 기발한 설정도 흥미를 자극하는 요소다. 강 주간은 “한국문학이 섬세한 내면 탐구에 집중하는 사소설 경향이 많은 반면, 베르베르는 스토리의 선이 굵고 ‘큰 주제(인간)’를 겨냥하고 있는 점도 한몫한다”고 풀이했다.

외국 작가지만 대부분 작품이 가공 세계를 주무대로 삼고 있어 문화적 장벽이 따로 없다는 것도 강점으로 꼽힌다. “작가가 가진 인간적 매력도 중요한데 독자에게 이미 친숙해진 작가라는 프리미엄이 작용한다고 봅니다. 이미 익숙해진 작가의 이야기는 더 쉽고 즐겁게, 때로는 다른 작품을 통해 얻은 정보로 작품 속에 있는 공간을 메꿔가면서 읽게 되는 법이니까요. 초기작의 성공이 다음 작품들로 독자들을 이끌고, 그런 위력이 이탈하는 독자만큼 새로운 독자를 또 만들어내고 있는 것 같습니다.”

대형 서점을 통해 조사해보면 베르베르는 남성 독자가 많은 것으로 나타난다. 하지만 열린책들은 그런 분석을 신뢰하지 않는다. 실제 독자는 딸인데 구매는 아빠 계정을 통해 이뤄지는 경우처럼 오차가 발생하기 때문이다. 열린책들은 “독자 문의, 행사 때 반응, 페이스북 포스팅 댓글 등을 보면 베르베르 독자는 여성이 약간 더 많은 것 같다”며 “오래된 충성 독자만큼 새로 생기는 젊은 독자도 많아서 평균 연령은 20대 후반~30대 초반으로 추정된다”고 했다.

이 출판사는 베르베르가 ‘먹여 살리고 있다’고 해도 과언이 아니다. 강 전 주간은 “열린책들이 때로는 출혈이 뻔히 예상되는 좋은 책을 용기 있게 낼 수 있는 힘이라고도 할 수 있다”고 말했다. 베르베르는 수줍음은 거의 없고 유머가 많으며 약간 예민하단다. 밝은 빛에 눈이 아프다는 호소를 자주하고 차라리 찜통 상태는 견뎌도 에어컨 바람은 못 견디며 음식도 많이 가리는 편이다. 채식과 생선을 좋아했는데 최근 양식 수산이 통제 불능의 상태로 약품을 많이 쓰는 상황이 되자 생선을 기피하고 오히려 고기를 조금 먹는 식으로 바꿨었다고 한다. 약간의 건강 염려증이 엿보인다.

앞으로도 베르베르 책은 한국에서 꾸준히 베스트셀러와 스테디셀러가 될 수 있을까. No보다는 Yes에 가깝다. “요즘 출판 시장은 새로운 작가(생소한 이름)가 진입하여 존재감을 새로 만들어내기가 매우 어려운 구조"라고 강 전 주간은 말한다. 많은 책이 쏟아지고 있는데 독자와 책이 접촉할 수 있는 면적은 갈수록 줄어들고 있는 상황이다. 서점이 줄고, 독자의 지갑이 얇아지고, 경쟁하는 콘텐츠는 많아진다. 이미 독자에게 각인되어 있는 베르베르는 상당 기간 독자와 더 쉽게 만나는 이점을 누릴지도 모른다. 강 전 주간은 "하지만 영원한 것은 없는 법이고, 베르베르가 독자의 사랑을 잃지 않도록 늘 새로워지기를 기대한다"고 했다.

한국인이 가장 사랑하는 해외 작가는?

한국에서 가장 사랑받는 해외 작가는 누구일까? 학연·지연·혈연이 없고 문화·정서가 달라도 한국 독자는 몇몇 외국 작가에 끌린다. 통하는 무언가가 있기 때문이다.

인터넷 서점 예스24는 2014년 여름 '한국인이 사랑하는 세계의 작가, 세계의 문학'이라는 설문조사를 했다. 네티즌 2만 4079명이 참여했다. 1위는 베르나르 베르베르. 6780표(9.7%)를 얻었다. 판매량과 인기가 서로를 배신하지 않은 셈이다.

이 조사에서는 조앤 롤링(5422표, 7.8%), 파울로 코엘료(5066표, 7.3%), 무라카미 하루키(5018표, 7.2%), 알랭 드 보통(3466표, 5%)이 순서대로 2~5위로 집계되었다. 밀란 쿤데라(4.1%), 기욤 뮈소(3.6%),

댄 브라운(3.5%), 히가시노 게이고(3.3%)가 뒤를 이었다.

　베르베르는 자신만의 문학 세계를 구축하고 있다. 매번 독창적이고 기발한 상상력으로 무장한 작품을 선보인다. 한국을 '제2의 조국'이라 부르며 한국 독자들의 사랑을 듬뿍 받던 베르베르의 인기가 이 설문조사로 또 한 번 증명된 셈이다. 투표 결과를 전해 들은 베르베르는 "나를 1위로 뽑았다니 영광이고 확실히 한국은 '미래의 나라'"라며 "혁신적이고 새로운 세계에 대한 젊은 독자들의 관심 덕분"이라고 수상 소감을 밝혔다.

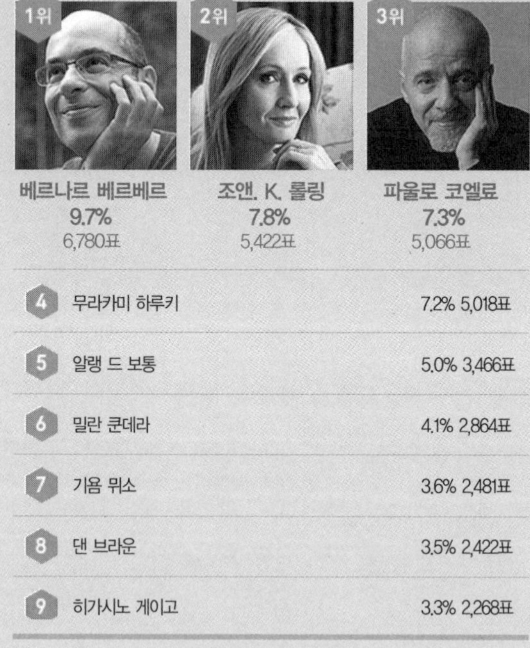

한국인이 가장 사랑하는 외국 작가

이 설문조사에서 독자들은 '불멸의 고전 작가' '내 여행가방 속의 책 한 권' '최고의 사랑 이야기'에 대해서도 답했다. 고전의 반열에 오른 작품을 쓴 작가로는 《어린 왕자》의 생텍쥐페리가 5513표(7%)를 얻어 1위에 올랐고 《셜록 홈즈》 시리즈로 탐정 소설의 새 지평을 연 코넌 도일(4366표, 5.6%)이 《레미제라블》의 빅토르 위고(4266표, 5.4%)를 100표 차이로 제치고 2위를 차지했다. 여행 갈 때 들고 가고 싶은 책으로는 코엘료의 《연금술사》(4352표, 10.3%), 요나스 요나손의 《창문 넘어 도망친 100세 노인》(3692표, 8.8%), 르네 고시니의 《꼬마 니콜라》(2634표, 6.2%)가 1~3위로 나타났다. 최고의 사랑 이야기는 무라카미 하루키의 《1Q84》(3071표, 7.6%)로 조사되었다.

베르베르는 2013년 말 교보문고에서도 '최근 10년 동안 가장 많이 팔린 외국 작가'로 조사되었다. 베르베르가 쓴 책은 2003년 11월부터 2013년 10월까지 이 서점에서만 79만 부 판매되어 무라카미 하루키(78만 5000부)에 근소한 차로 앞섰다. 3위는 파울로 코엘료(52만 부), 4위 댄 브라운(51만 부), 5위 조앤 롤링(50만 부), 6위 히가시노 게이고(48만 부), 7위 기욤 뮈소(45만 부), 8위 에쿠니 가오리(35만 부), 9위 오쿠다 히데오(30만 부), 10위 더글러스 케네디(25만 부)로 나타났다.

교보문고의 시장 점유율은 20~25퍼센트. 판매량의 4~5배가 전체 사이즈라고 할 수 있다. 베르베르의 책을 꾸준히 소개해온 열린책들은 그의 국내 누적 판매량이 약 800만 부라고 밝혔다. 1993년 그가 이름을 알린 《개미》를 비롯해 《개미》《신》《뇌》《나무》《파피용》 등이 이미 밀리언셀러가 되었다. 한국에 팬클럽 회원이 70만 명에 이른다고 알려져 있다.

자신의 작품이 한국에서 인기를 얻는 까닭에 대해 베르베르는 "세계는 몽롱한 상태인데 한국 사람들이 보통 이상으로 현명하고 깨어 있기 때문인 것 같다"고 말한다. 그는 한국 교육제도가 훌륭하고, 아픈 과거 때문에 성취 의지가 강하고, 러시아·중국·북한·일본 등 '위험한 이웃들'에 둘러싸여 있는 점을 강조하며 "프랑스는 과거를 바라보는 나라지만 한국은 미래를 볼 줄 아는 나라"라고 덧붙였다. 자신이 쓰는 글이 미래를 말하기 때문에 한국에서 더 잘 전달되고 받아들여지며 관심을 끈다는 것이다.

마시멜로 이야기

145쪽 334그램. 밀리언셀러 가운데 가장 얇고 가볍다. 호아킴 데 포사다가 쓴 《마시멜로 이야기》는 "왜 어떤 사람은 해내고 어떤 사람은 해내지 못할까"라는 질문으로 열린다. 포사다의 직업은 동기부여 강사다. 30년 넘게 30여 개국에서 일류 기업을 대상으로 강연을 해왔다. NBA 선수들과 올림픽 출전 선수들까지 고객으로 둔 저자는 스스로 던진 물음에 대해 "세상에는 소질은 있지만 해내지 못하는 선수들과 소질은 없어도 큰 성공을 거두는 선수들이 많다"고 답하며 '마시멜로 이론'을 소개한다.

미국 스탠퍼드 대학의 심리학자 월터 미셸이 1966년 네 살배기 아동 643명을 데리고 흥미로운 실험을 했다. 한 명씩 각각 다른 방에 앉히고 마시멜로 한 개를 준 다음 "15분간 나가 있겠다"면서 "마시멜로를 안 먹고 참으면 돌아와서 상으로 마시멜로 하나를 더 주겠다"고 약속했다. 네 살짜리 아이에게 15분은 꽤 긴 시간이다. 성인에게 맥주를 한 잔 주고 30분 동안 마시지 말라고 한 것과 같다. 거부하기 힘든 유혹이다. 실험 대상이 된 아동 중 3분의 2는 마시멜로를 먹고 말았다. 3분의 1은 먹지 않고 견뎠다.

미셸 박사는 15년 뒤 그들을 추적했다. 마시멜로를 먹지 않은 아이들은 어떻게 되었을까. 학업 성취도가 높고 인간관계도 원만했다. 마시멜로는 먹은 아이들은 대부분 대학에 진학하지 못했고 급여가 낮은 일을 하고 있었다. 마시멜로를 먹지 않은 아이들이 먹은 아이들보다 스트레스 관리에도 뛰어났고 훨씬 더 성공했다는 결과가 나온 것이다. 다른 연구들에 따르면 마시멜로 효과는 매우 강력해서 지능지수보다 예측력이 우수했고 인종이나 민족에 따른 차이도 없는 것으로 나타났다.

《마시멜로 이야기》(원제 *Don't Eat the Marshmallow Yet!*)에는 성공한 사업가 조너선 페이션트와 그의 리무진 운전기사 아서가 등장한다. 조너선은 아서보다 덜 똑똑하지만 열심히 일해 마흔 살에 백만장자가 되었다. 아서는 지적 지능을 타고났고 근면하지만 운전대를 잡고 있다. 《마시멜로 이야기》는 무엇이 그들의 성공과 실패를 갈랐는지, 당신과 당신의 아이들에게 그것이 뭘 의미하는지 설명해준다. 자기 의지로 보상을 미루는 능력이 성공의 가늠자라는 것이다.

원하는 것을 얻는 방법을 요약하면 이렇다. 눈앞에 놓인 마시멜로를 그 즉시 먹지 마라. 더 많은 마시멜로를 먹을 수 있도록 적당한 때를 기다려라. 성공한 사람은 약속을 어기지 않는다. 1달러가 한 달간 매일 두 배가 되면 5억 달러가 넘는다. 장기적으로 생각하라. 사람들에게 원하는 것을 얻으려면 그들이 나를 돕고 싶도록 만들어야 한다……

조너선은 메이저리그 뉴욕 양키스의 전설이 된 포수 호르헤 포사다의 이야기를 아서에게 들려준다. 포사다는 어릴 때 2루수였지만 프로야구 선수가 되고 싶어 포수로 길을 바꿨다. 또 오른손잡이로 태어났으면서도 좌타자가 되는 법을 익혔다. 성공하기 위해 사람들이 하지 않으려는 일들을 기꺼이 선택하고 희생한 것이다. 성공은 다행히 과거에 마시멜로를 먹었는지 먹지 않았는지로 결정되지 않는다. 키워드는 바로 '지금'이다. 내일 성공하기 위해 오늘 기꺼이 어떤 일을 하는지가 성공의 열쇠다.

이 책은 조너선이 마시멜로 이론을 가르쳐주고 아서가 실천해나가는 식이다. 장기적으로 보지 않고 눈앞에 있는 것을 넙죽 집으며 당장의 보상에 매달렸던 아서가 마시멜로 이론을 깨우치며 변화하는 과정을 보는 재미가 쏠쏠하다. 아프리카 사자와 가젤(영양)에 빗대 일러주는 선두를 유지하는 방법도 인상적이다. "가젤은 가장 빠른 사자보다 더 빨리 뛰지 않으면 잡아먹힌다는 것을 안다. 사자는 가장 느린 가젤보다 더 빨리 뛰지 않으면 굶어죽는다는 것을 안다." 당신이 사자인지 영양인지는 중요하지 않다. 태양이 떠오르면 뛰어야 한다.

2005년 미국에서 출간된 《마시멜로 이야기》는 그해 10월 독일 프랑크푸르트 도서전에 소개되어 주목을 받았다. 마침 한국이 주빈국이었다. 발 빠르게 판권을 사들인 한경BP(나중에 21세기북스로 판권이 넘

호아킴 데 포사다는 《마시멜로 이야기》에서 미래의 행복을 위해 오늘의 만족을 지연시킬 수 있어야 한다고 말한다.

어갔다)가 11월 번역 출간한 이 책은 28주 연속 종합 베스트셀러 1위를 질주했다. 한국출판인회의가 베스트셀러를 집계한 이후 최장기 연속 베스트셀러 1위 기록을 갈아치웠다. 댄 브라운의 소설 《다빈치 코드》가 보유하고 있던 21주 연속 기록을 깨뜨린 것이다. 《마시멜로 이야기》는 결국 2006년 8월, 출간 9개월 만에 밀리언셀러가 되었다.

이 책은 국내에 들어오기 전부터 저작권 수입 경쟁이 치열했다. 국내 유수의 출판사들이 선인세로 10만 달러 이상을 지급한 것으로 알려지면서 번역 출간 이전부터 관심을 끌었다. 번역자는 대중에 친숙한 방송인 정지영 씨였다. 그녀가 광고와 인터뷰 전면에 나서며 전례 없는 '번역자 사인회'도 여러 번 열었다.

포털 사이트에는 이 책 관련 블로그와 온라인 카페가 부지기수다. 베스트셀러의 진원지이자 결과물이 블로그와 온라인 카페라는 사실을 보여준다. 원서 장정은 단순하다 못해 썰렁하지만 번역서 장정은 선물용 팬시 상품 분위기다. 한국 독자 특유의 취향을 읽어낼 수 있는 사례로 꼽힌다.

《마시멜로 이야기》는 '우화형 자기계발서(selfiction)'라는 새 출판 시장을 개척했다. 2006년에는 《마시멜로 이야기》에 이어 《끌리는 사람은 1%가 다르다》《핑》《배려》 같은 자기계발서가 1년 내내 베스트셀러 트렌드를 이끌었다. 교보문고는 그해 자기계발서 판매량이 전년에 비해 250퍼센트 증가했다고 발표했다.

믿을 건 자신밖에 없다는 뜻일까. 독자는 조직이나 팀플레이보다 개인의 결단과 자기 투자에 무게를 둔 책들에 지갑을 열었다. 실용적 성공 우화가 출판 시장을 이끌었다. 배가 가라앉는 마당에 타인에 대한 배려나 공조(共助)는 배부른 소리였다. "고용불안과 청년실업, 부동산 광풍 등 우리네 삶이 팍팍했다는 방증"(출판평론가 표정훈)이라는 진단이 나왔다.

《마시멜로 이야기》는 밀리언셀러로는 처음으로 대리번역 파문을 겪었다. 100만 부를 돌파한 직후였다. 2006년 10월 전문번역가 A씨가 한 인터넷 언론과 인터뷰에서 "다른 사람 이름으로 나간다는 조건 아래 《마시멜로 이야기》의 번역 계약을 맺고 원고를 넘겼다"며 "출판사가 저작권료를 12만 달러나 준 책이라 마케팅 전략상 유명 인사를 번역자로 내세워야 한다고 들었다"고 폭로했다.

정지영 씨가 아니라 실제 번역자가 따로 있었다는 주장이라 큰 파문이 일었다. 한경BP는 "정지영 씨는 번역 경험이 없었다. 번역의 질을 담보하기 위해 전문 번역가에게도 함께 번역을 의뢰했다"며 다른 번역자가 있다는 사실을 공개하지 않은 점에 대해 사과했다. 편집부가 정씨와 A씨의 원고를 원문과 대조하며 윤문 작업을 진행했다는 것이다.

진실을 가늠하기 어려웠고 독자는 충격에 빠졌다. 대리번역이냐 이중번역이냐 하는 진실게임을 넘어서 대리집필을 비롯해 출판계에서 공공연하게 벌어지는 부도덕한 관행에 대한 성토도 이어졌다. 그런데 《마시멜로 이야기》는 세상이 시끄러워져도 손해 본 게 없었다. 이 책은 스캔들에 휘말리고도 수십만 부가 더 판매되었다. 교보문고는 2006년 말 결산자료에서 《마시멜로 이야기》에 대해 "대리번역 논란으로 커다란 파장을 일으켰지만 이슈메이커였다. 단기간에 100만 부 넘게 팔린 여세를 이어가고 있다"고 평했다.

《마시멜로 이야기》는 2007년 3월 대리 번역 혐의를 벗었다. 서울중앙지검은 "정 씨가 번역한 것과 A씨가 번역했다는 원고가 표현뿐만 아니라 내용에도 큰 차이가 있었다. 출판된 것은 정 씨가 번역한 것으로 판단되어 대리 번역으로 보기 어렵다"며 한경BP에 무혐의 처분을 내렸다. 뒷맛이 개운하지 않았다. "100만 독자가 속았고 아나운서도 출판사도 책임을 통감한다고 했는데 모두 무죄가 되었다"는 신문 논평이 나왔다. 독자 131명이 한경BP와 정지영 씨를 상대로 낸 손해배상 청구소송도 "원고들이 피해를 입었다고 볼 수 없다"는 원고 패소

판결을 받았다.

교보문고는 그해 말에 스테디셀러와 관련된 통계를 발표했다. 2000년부터 2007년까지 꾸준히 판매된 책들을 통해 21세기 한국 사회를 조명해보자는 취지였다. 이 조사에서 《마시멜로 이야기》는 《연금술사》《다빈치 코드 1》에 이어 3위를 차지했고 《설득의 심리학》《모모》 순으로 나타났다.

《마시멜로 이야기》는 '우화형 자기계발서'라는 새로운 출판 시장을 개척했다.

포사다의 《마시멜로 이야기》는 거기서 멈추지 않았다. 한경BP는 2008년 《마시멜로 두 번째 이야기》를 번역 출간했고 2013년에는 21세기북스에서 《마시멜로 세 번째 이야기》가 나왔다. 전작의 인기에 힘입어 후속편들도 베스트셀러에 올랐다. 이 시리즈 판권은 2012년부터 21세기북스로 넘어왔다.

제3권이 국내에 번역된 2013년 10월에 21세기북스에 누적 판매량을 문의했다. 제1권은 230만 부, 제2권은 60만 부라는 답이 돌아왔다. 둘을 합쳐 300만 부가 육박하고 있었다. 제1권에 비해 제2권은 판매량에서 낙폭이 컸다. 그래도 시리즈라는 점에서 제3권은 매력적이다. 들여올 만하다는 게 출판사의 셈법이었다.

'만족을 지연시키는 능력(ability to delay gratification)'이 성공 열쇠

라는 마시멜로 이론은 좀 진부해질 때도 되지 않았나. 같은 주제로 책을 하나 더 보탰으니, 이 또한 만족을 미루는 집필 행위처럼 비쳤다. 미국 플로리다에 있는 저자와 전화가 연결됐을 때 이번이 시리즈 마지막 책인지부터 물었다. "아니다. 21세기북스에서도 그걸 묻던데 절대 아니다. 뭘 담을지 정해놓지는 않았지만 또 쓸 것이다. 세상은 계속 변하기 때문이다."

세 번째 이야기는 원제가 '마시멜로에서 눈을 떼지 마(Keep Your Eye on the Marshmallow)'다. 마시멜로 원칙을 실천해 최고의 영업사원이 된 주인공 아서는 결혼을 하고 아빠가 되고 독립해 사업에 나서지만 다시 난관에 봉착한다. 아내와의 갈등이다. 포사다는 "결혼 생활이나 동업을 할 때는 숱한 인생의 선택을 남과 함께해야 한다"면서 "요즘처럼 경제적 불확실성이 클 때는 가족·취미·사랑 등 삶과 일을 조화시키면서 균형을 잃지 않는 게 중요하다"고 말했다.

– 진정한 성공으로 가는 16가지 원칙이 책에 담겨 있다. 베스트셀러 저자이자 강연가로 성공한 당신은 걱정이 없겠다.

"천만의 말씀. 몇 달 전 DNA 분석 업체에 내 DNA를 보냈는데 심장병 위험이 높다는 결과가 나왔다. 수술을 받았다. 나 또한 미래를 위해 현재를 희생하는 마시멜로 이론을 지금 실천하고 있다."

– '내일을 위해 살지 말고 오늘을 살라' 는 말도 있다. 만족을 미루고 행복을 지연시킨다면 도대체 그 마시멜로는 언제 먹을 수 있나?

"마시멜로 이론은 전부 미루는 게 아니다. '전부 다 쓰지 않도록 노력하는 것'이다. 10퍼센트만 아끼면 된다. 즉 90퍼센트를 당장 쓸수 있다. 이 책에 썼듯이 마시멜로 이론의 핵심은 '균형(balance)'이고 나중을 위해 당장 조금 희생하는 것이다. 멀리 볼 줄 알아야한다."

– 강연장에서 받은 가장 곤란한 질문은 뭐였나?

"수천 번 강연을 했는데 '마시멜로를 안 먹고 참은 아이들은 성공하고 그렇지 않은 아이들은 실패한다면 인생의 성패가 일찌감치 결정돼 있는 것 아니냐'는 질문을 종종 받는다. 다행히도 사람은 변할수 있다. 나도 그랬다."

– 당신이?

"젊었을 때 난 버는 족족 썼다. 어느 날 보니 신용카드 빚이 7만 불(약 7500만 원)이었다. 마시멜로 이론을 안 다음부터 난 다른 방식으로 살아왔다."

– 《마시멜로 이야기》는 유독 한국에서 많이 팔렸다.

"2005년 프랑크푸르트 도서전에 책이 소개되고 주목을 받았는데특히 한국에서는 60주 동안 베스트셀러가 됐다. 한국이 일군 성공도 자제력과 몰두 덕분인 것 같다."

– 인생을 걸 만한 일을 찾지 못해 방황하는 젊은이에게 조언을 한다면.

"인생은 짧다. 선택의 기회를 낭비하지 마라."

《마시멜로 이야기》는 미국 아마존의 베스트셀러 순위에서도 상위권을 달렸지만 한국과 같은 신드롬은 아니었다. 포사다도 이 책이 태평양 반대편 나라에서 베스트셀러 종합 1위라는 사실에 놀랐다는 후문이다. 한국 독자의 쏠림 현상이 얼마나 유별난지 일러주는 사례로 남아 있다. "많은 사람이 읽었는데, 당신은 궁금하지 않아?" 하는 대세 추종 심리, '행복을 지연시킬 줄 아는 아이로 키우고 싶다'는 부모의 교육열 등이 읽힌다.

2007년 12월 국립중앙도서관이 발표한 자료를 보면 성인 10명 가운데 4명은 그해 단 한 권의 책도 읽지 않은 것으로 나타났다. 대학 전공이 뭐든 문과는 고시, 이과는 의학대학원을 준비하는 장으로 변한 지 오래다. 30~40대 직장인은 '미생'의 삶을 버티기 급급하다. 《마시멜로 이야기》의 인기는 오늘을 살지 못하고 내일을 위해 행복을 뒤로 미루는 한국인의 자화상을 보는 것 같아 씁쓸하다.

요즘 한국의 가정은 아이를 한두 명만 낳아 기르기 때문에 과거 대가족 시절에 비해 아이들의 자제력이 작아졌다. 이혼하고 혼자 딸을 키웠다는 포사다는 "핵가족과 과보호 문제는 세계 어디나 비슷하다. 아이에 대한 무관심은 과보호보다 나쁘다"면서 "내 다음 책에서 딸과의 관계를 다룰 것"이라며 이렇게 덧붙였다.

"부모는 자기들이 못 이룬 꿈을 아이가 해내길 바라면 안 된다. 기업 컨설팅을 할 때 나는 '빼어난 부분(Uniquely Qualified)' '좋은 부분(Good)' '평균적인 부분(Adequate)' '형편없는 부분(Bad)' 중 빼어난 부분에 집중해야 한다고 조언한다. 자녀 교육도 마찬가지다. 아이가 뭘 잘하는지 알아서 그것을 극대화할 수 있게 도와야 한다."

그의 말은 우리 통념과는 다르다. 한국의 부모는 대체로 아이의 형편없는 부분에 신경이 쓰인다. 한 가지만 잘하기도 어려운데 두루 평균 이상으로 잘하기를 바란다. 헛된 욕심이고 아이를 지치게 하고 좋아하는 것에서마저 멀어지게 할 뿐이다. 마시멜로 이론은 모든 행복을 뒤로 미루는 게 아니다. 90퍼센트는 쓰고 10퍼센트만 저축하라는 것이다. 오독(誤讀)도 어쩌면 행복에 대한 한국인의 과몰입 때문에 벌어지는 일 아닐까.

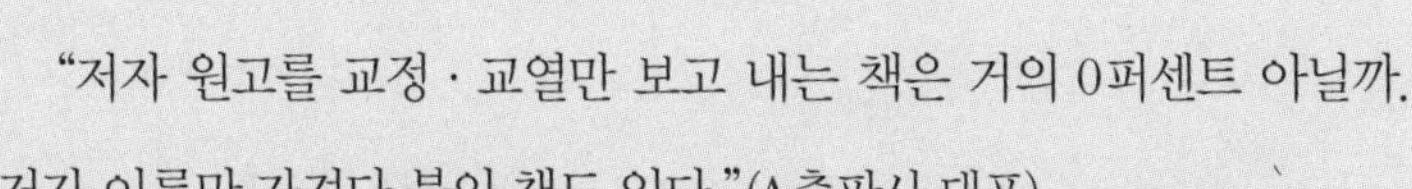

윤문작가 성업시대

"저자 원고를 교정·교열만 보고 내는 책은 거의 0퍼센트 아닐까. 저자 이름만 가져다 붙인 책도 있다."(A출판사 대표)

"요즘 자기계발서는 출판사가 초고를 20~30퍼센트 넘게 윤문(潤文)해 낸 책이 과반수다."(B출판사 대표)

'글로 써서 책을 지어낸 사람'이라는 저자(著者)의 사전적 의미가 흔들리고 있다. 글을 쓰지 않고도 저자가 되는 세상이 열렸기 때문이다. 자기계발·경제경영 분야의 경우 "신간 10종 중 저자가 완고(完稿)를 써서 나오는 책은 5종 미만"이라는 말도 들린다. 강연을 책으로 옮긴 경우 저자는 콘셉트나 녹취록만 던져주고 출판사가 목차부터 구성, 초고 작성까지 떠맡는 경우도 많다. 성공담을 담은 CEO 자서전은 대부분 대필이나 윤문 작가에 의존하고 있다.

《마시멜로 이야기》 번역자 논란과는 좀 다르지만 저자는 이름뿐이고 글쓴이는 따로 숨은 '가짜 글'이 횡행한다. 대리모(대필작가 또는 윤문작가)를 통한 '책 씨받이'와도 같다. "어느 유명 저자는 우리 출판사에서 사실상 그런 방식으로 책 여러 종을 냈다"는 증언도 나왔다. C출판사 대표는 "수백만 원 주고 윤문작가를 따로 고용하다 보니 '저자란 누구인가'를 새롭게 정의해야 할 판"이라고 했다.

이 현상을 '책의 다양화'로 보는 시각도 있다. D출판사 대표는 "강연 녹취록엔 어차피 강연자의 생각이 담겨 있기 때문에 큰 문제가 안 된다"면서 "지금은 어떤 관점으로 엮어주느냐가 중요한 '큐레이션 시대'"라고 말했다.

마이클 샌델이 쓴《정의란 무엇인가》가 밀리언셀러가 된 뒤 스튜어트 다이아몬드의《어떻게 원하는 것을 얻는가》, 셸리 케이건의《죽음이란 무엇인가》 등 해외 유명 대학 교수의 강의가 책으로 묶여 많이 팔리고 있다. 예스24 도서팀은 "최근에는 국내 강연이나 라디오·팟캐스트 등에서 인기를 끈 콘텐츠들이 책으로 출간되고 있다. '듣기'에서 '읽기'로의 변형이자 확장"이라고 해석했다.

"강연 녹취록이나 개요만 받을 때도 많아요. 녹취록을 다 풀면 3000매쯤 되는데 1000매로 줄이고 재구성하며 목차를 만듭니다. 저자가 처음부터 '작가를 붙여달라'고 요구하거나 출판사가 부추기는 경우도 많아요. 강연은 잘하는데 글 솜씨가 없거나 시간이 부족한 분들일 겁니다. 책은 두 달 만에 나옵니다. 뚝딱.”

2013년에 만난 윤문작가 이자인(가명) 씨는 그것을 ‘협업(協業)’이라고 칭했다. 출판사 편집자로 일하다 2007년부터 윤문작가가 된 그녀는 “아이디어는 괜찮은데 글이 엉성할 때 내게 의뢰가 온다”면서 “누구나 쉽게 ‘저자’가 될 수 있는 시대”라고 했다.

출판계에는 윤문작가나

윤문을 거쳐 책이 나오는 과정

고스트 라이터 수백 명이 활동하는 것으로 추정된다. 접촉한 이들은 대부분 “거론되길 바라지 않는다”며 인터뷰를 거절했다. 이 씨는 “글쓰기 소양은 부족하지만 콘텐츠 생산 능력이 탁월한 아이디어형 저자가 늘면서 윤문 수요도 커지고 있다”며 “발주자의 주문에 부응하면서 나름 중요한 역할을 한다고 생각한다”고 말했다.

그녀가 프리랜서(외주 편집자)로 독립하고 7년간 만든 책은 약 150종. 그중 절반은 교정 · 교열을 넘어 구성 자체에 개입했다. 국내 저자는 물론 번역서 의뢰도 많은데 대체로 자기계발서나 경제경영서였다. 문학이나 학술, 전문 분야는 손대지 않는다고 했다.

"아무 원고나 던지면서 자기계발서처럼 써달라는 요구를 받아요. 사실 모든 책의 자기계발서화가 진행 중입니다. 대중이 이런 책을 선호하니까요."

이 씨는 서문과 보도자료를 직접 쓰는 경우도 잦다고 했다. 콘셉트 잡고, 구성하고, 1차 원고 쓰고, 교정에 보도자료 '납품'하는 것까지 300만~350만 원. 200자 원고지 1매당 1300~1500원을 받는다. 그녀는 "많게는 한 달에 2~3종을 만든다"면서 "선거철만 되면 정치인이 명함처럼 뿌릴 책 의뢰가 쇄도한다"고 했다.

이씨는 10만 부 이상 팔린 베스트셀러 여러 권에도 다양한 형태로 관여했다고 말했다. "다작(多作)으로 유명한 저자 ㄱ씨 책은 대부분 저 같은 사람이 쓴 겁니다. 그 사람은 기획안이나 강연 녹취록만 줄 뿐이죠. 인문학 유명 저자 ㄴ씨가 보내온 원고는 글발이 없고 진부했어요. 여성 독자가 많은 저자 ㄷ씨는 거칠지만 그쪽에서 초고를 써 왔어요……."

저자와 직접 만난 적은 없다고 했다. "얼굴 보면 불편하고 원고에 손대기도 어려워지기 때문"이다. 출판 현실에 대한 안타까움도 토로했다. "글에 대한 엄정함과 외경심이 사라지고 있습니다. 편집자가 자기가 기획한 책의 보도자료도 못 쓰는 것을 볼 때마다 한심해요." 그녀는 "누가 돈을 대주면 소설도 쓸 수 있을 것 같다"고 했다. 자신이 윤문한 책을 서점에서 만날 때 심정은 어떨까. "자식 같지는 않아요. 독자가 저런 책을 왜 살까, 되레 궁금합니다."

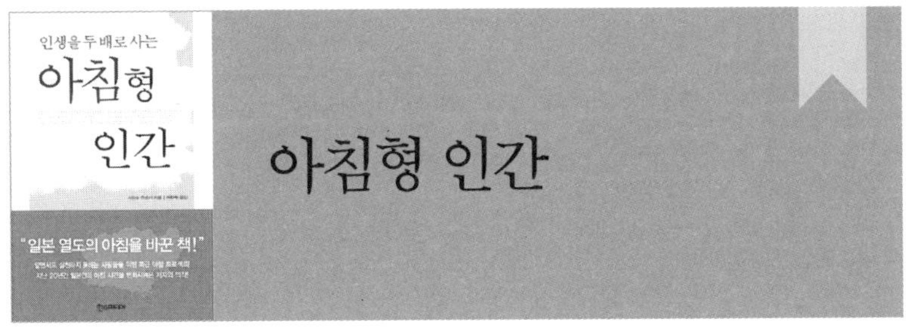

아침형 인간

인류는 아주 오랫동안 낮과 밤, 해와 달의 리듬 속에 있었다. 밤이 외연을 넓힌 것은 긴 역사로 보면 아주 최근의 일이다. 18세기 전까지 세상에는 가로등이 없었다. '나이트 라이프(nightlife)'라는 단어는 19세기 중반에야 등장했다. 〈뉴욕타임스〉는 1871년 가스 폭발로 뉴욕 일부가 암흑천지로 변한 사건 기사를 실으면서 "빛을 도난당하다"라는 헤드라인을 달았다.

500년 전만 해도 밤은 두렵고 공허한 시간이었다. 도시는 참나무숲처럼 캄캄했다. 사람들은 램프나 양초로 밥그릇과 책장을 비추었다. 미약한 불빛이라도 아껴 써야 했다. 중세에는 어스름에 저녁을 먹으면 불을 끄고 곧장 잠자리에 들었다. '통행금지령'을 뜻하는 영어 curfew는 불을 덮어 끈다는 뜻의 프랑스어 'couvre-feu'에서 비롯되었다.

19세기 들어 빛의 역사는 양초와 램프에서 벗어났다. 가스 불, 성냥 불, 등유 램프가 등장했다. 가스관을 통해 이웃과 연결되자 사람들의 삶도 복잡하게 얽히며 서로에게 의지했다. 중산층이 늘어나면서 더 많은 저녁 시간을 여가에 할애했다. 윈도쇼핑이 취미로 자리 잡자 저녁은 소비자의 시간으로 탈바꿈한다. 《지킬 박사와 하이드》(1886)의 작가 로버트 루이스 스티븐슨은 그 무렵 "낮 시간은 바라는 만큼 연장될 수 있다. 시민이 '자신만의 별'을 갖게 되었다"고 썼다.

백열등은 1879년에 발명되었다. '딸각' 소리와 함께 진공 유리구 속에서 나타난 빛은 불꽃도 나지 않고 달래거나 어를 필요도 없었다. 떨리지도 않았고 냄새가 나거나 촛농을 떨어뜨리지도 않았다. 가로등이 환해지면서 밤거리는 더 소란해졌다. 술꾼들이 2차, 3차를 갔고 하인들은 노동 시간이 더 길어졌다. 역사 저술가인 제인 브록스는 《인간이 만든 빛의 세계사》에서 "밤새 불을 켤 여력이 되는 사람들은 늦게 잠자리에 들었다. 늦잠이 권력과 부의 징표가 되었다"고 썼다.

일본 의사 사이쇼 히로시(稅所弘)가 쓴 《아침형 인간》(한스미디어)은 그렇게 야행성 생활에 젖어든 사람들에게 큰 충격과 각성을 준 자기계발서다. 인류가 밝은 밤을 갖게 된 것은 100년이 채 안 된다. 우리 조상들은 해가 뜨면 일어나고 해가 지면 잠드는 생활을 이어왔고 몸 또한 그 리듬에 맞게 진화해왔다. 그런데 20세기부터 야행성 생활로 바뀌면서 심각한 부작용이 나타나고 있다고 이 책은 진단한다.

40년 넘게 야행성 생활에 시달리는 환자들을 만났다는 사이쇼는 "헝클어진 생활을 바로잡으려면 아침형 인간으로 살아야 한다"고 처방한다. 시간의 소중함이나 아침의 가치에 대해 이야기하는 것으로 책

을 시작할 수도 있을 테지만 저자
는 역시 의사다운 전략을 택했다.
야행성 생활의 폐해를 드러내 경
각심을 일깨우는 네거티브 전략
을 택한 것이다.

생명보험 회사에 다니는 입사
7년 차 가토는 팀장이 되면서 술
마시는 횟수와 양이 늘었다. 팀원
의 푸념을 들어줘야 하고 고객과
저녁을 겸한 상담도 그의 몫이다.
자정 넘어 귀가해 새벽 2~3시에

사이쇼 히로시가 쓴 《아침형 인간》은
야행성 생활에 젖어든 사람들에게 충격
과 각성을 안겨주었다.

야 잠들고, 아슬아슬한 시간까지 자다가 아침밥은 거르고 겨우 출근한
다. 몸은 천근만근이고 정신은 흐리멍덩하다. 상사에게 꾸중까지 들으
면 스트레스는 극에 달한다. 마음으로는 '무슨 수를 써야 한다'고 생
각했지만 몸의 시계는 야행성으로 바뀐 지 오래다. 자신감은 바닥이고
의욕이 솟지 않는다.

내 이야기 아닌가, 싶을 만큼 이런 사람들이 적지 않다. 직장인은
만성적 피로를 달고 산다. 일에 몰두하기 어렵고 회의 내용도 머리에
들어오지 않는다. 무기력하고 자기관리 능력이 떨어진다는 평가가 뒤
따른다. 그런 생활을 되풀이하는 사람이 성공할 리 없다. 사이쇼는
"수백만 년 동안 인류는 일출과 함께 일어났다 일몰과 함께 잠들었다"
며 "전기로 어둠을 걷어내며 생활 패턴이 달라졌지만 인간의 몸, 신체 리듬은 그렇게 간단히 변하지 않는다”고 말한다.

1995년 NHK가 일본인이 아침에 몇 시에 일어나는지 조사했다. 평균 기상 시각은 20년 전 오전 6시 17분에서 매년 1분씩 늦어져 1995년에는 6시 37분으로 나타났다. 아침 시간을 조금씩 ‘반납’하고 있는 것이다. 늦게 일어나는 경향은 젊은 층일수록 더하다. 젊은 세대는 밤에 잠들지 않을 수 있도록 중무장한 상태다. 휴대폰, 인터넷, 심야 노래방, 나이트클럽, 비디오……. 이제는 각종 스마트 기기의 LED 화면까지 더해졌다. 그들의 밤은 언제나 ‘ON’이다.

같은 사물을 대하고 같은 문제를 접하더라도 거기 대응하는 아침과 밤 시간의 태도나 감정은 사뭇 다르다. 대체로 아침에는 이성적 기운이 센 반면 저녁이나 밤에는 감성적 기운이 지배한다. 이 책은 “많은 사람들이 야행성 생활을 하면서도 그것이 자신에게 주는 폐해에는 둔감하다”고 지적한다. 대부분 그렇게 살고 있기 때문이다. 야행성 생활은 현대사회가 유발한 심각한 병리 현상이라는 주장에 수긍하게 된다. “잃어버린 아침을 되찾으라”는 주문이 위중하게 들린다.

한스미디어는 2003년 10월 《아침형 인간》을 펴냈다. 사이쇼 히로시가 쓴 원서 《100일 만에 조형인간(朝型人間, 아침형 인간)이 되는 법》은 일본에서 약 3만 부가 팔렸다고 한다. 그 나라에는 아침 시간에 대한 책이 많았다. 서점에 ‘조형인간’이라는 코너를 따로 두고 수십 종을 전시할 정도였다. “막 창업을 했을 때라 기본은 해야 한다는 생각이 강했어요. ‘일단 안전하게 가자’ 마음먹고 위험부담 없는 책을 골랐습니다.” 김기옥 한스미디어 대표의 말이다.

2003년은 경기침체로 출판 시장도 위축된 해였다. 교보문고 그해 베스트셀러 목록을 보면 불황의 그림자가 짙게 드리워져 있다.《한국의 부자들》(6위)《설득의 심리학》(7위)《칭찬은 고래도 춤추게 한다》(10위)를 필두로 경제경영 분야의 약진이 두드러졌다. '재미' '실용' '개인'이 핵심 키워드로 꼽혔다. 부익부빈익빈의 심화, 정치 지형 변화에 따른 불안, 보수와 진보의 엎치락뒤치락 속에서 개인은 미래에 대한 희망을 찾지 못해 허둥거렸다. 그래서 미래상을 제시하는 다양한 실용서, 팍팍한 현실에 위로가 되는 재미있고 감동적인 책에 대한 관심이 어느 해보다 높았다.

《아침형 인간》은 그런 결핍과 욕망 사이를 파고들었다. 이 책은 교보문고가 2013년 12월 초 집계한 연간 베스트셀러 순위에서 출간 두 달 만에 종합 34위에 올랐다. '아침 시간을 잘 활용하면 성공적인 삶을 살 수 있다'는 메시지는 사실 범박하기 짝이 없다. 하지만 독자에겐 돌파구가 절실했다. 아침이라는 화두를 앞다퉈 붙잡은 것이다.《다니엘의 아침형 학습법》(고즈윈)《아침형 인간의 24시간 활용법》(책만드는집)《아침형 아이》(문공사)《아침형 인간 성공기》(21세기북스)《아침형 인간의 비밀》(아카데미북)《아침형 인간을 위한 웰빙 건강법 40》(중앙M&B)《아침형 인간 강요하지 마라》(청림출판) 등이 쏟아져 나오며 '아침형 신드롬'이 번졌다.

당초《아침형 인간》의 판매 목표는 7000~8000부였다. 그런데 서점에 나오자마자 빠른 속도로 팔려나갔다. 한스미디어는 언론에 서평이 실리는 것을 보고 목표치를 1만 5000부로 올려 잡았다. 발매 1주일도

《아침형 인간》은 숱한 아류작을 양산하며
신드롬을 일으켰다.

지나지 않았는데 "책이 동났다"며 서점에서 재주문이 밀려왔다. 공급이 수요를 따라갈 수 없을 정도라 토요일에도 창고 문을 열고 책을 배송했다고 한다. 교보문고에서는 9주 연속 베스트셀러 1위를 기록했다. 독자들이 앞서가는 바람에 마케팅도 제대로 못했다는 이 책은 2004년 2월에 50만 부를 돌파했고 2006년 마침내 밀리언셀러 고지를 밟았다.

저녁에서 아침으로 생활 패러다임을 바꾸라는 주문(呪文)이 통한 것일까. 그게 전부는 아니었다. 김기옥 대표는 "잡지 기사 모음이라 논리도 없고 중복도 심한 원저를 국내 독자에 맞게 대폭 수정했다"고 말했다. 저자 허락을 받아 내용을 뜯어고쳤다는 것이다. "솔직히 원저가 매우 조악했습니다. 단행본이라면 기승전결을 갖고 있어야 하는데 나열식이라 구성이 없다시피 했어요. 구체적 사례도 부족하고 문장도 난삽했습니다. 거의 다 고쳐 쓴 셈입니다."

한스미디어는 책의 뼈대가 되는 메시지를 더 날카롭게 다듬고 나서 쉽고 실천 가능한 살점을 붙였다. 일종의 성형수술이다. 김기옥 대표는 '베스트셀러는 어떻게 만들어지는가'라는 강연에서 세 가지 영단어를 제시했다. 그것은 'Needs' 'Want' 'Demand'다. 독자의 'Needs(필요한 것)'를 읽으면 그럭저럭 기본은 하고, 독자의 'Want(사고 싶다)'로 발전시키면 목표를 올려 잡을 수 있고, 독자의 'Demand(지갑을 연다)'까지 이르면 대박이라는 것이다.

문제는 예측이 쉽지 않다는 점이다. 《아침형 인간》을 기획할 때 예상한 독자층과 실제 독자층은 전혀 달랐다. 한스미디어는 당초 20~40대 남성을 표준 독자(자기계발 욕구가 있고 가정과 일의 균형을 추구하는 직장인), 30대 후반부터 40대 비즈니스맨을 핵심 독자(대리~부장급으로 성공을 위해 생활 패턴을 바꾸려는 직장인), 20~40대 여성을 확산 독자(《남자처럼 일하고 여자처럼 승리하라》에 끌리는 커리어 우먼)로 겨냥했다. 그런데 막상 책이 나오고 시장 반응을 살피니 초기의 핵심 독자는 부모, 경영자, 목사로 나타났다. 평소에 자식, 사원, 신도에게 아침에 일찍 일어나라고 얘기해도 잘 먹히지 않았는데 《아침형 인간》이 그 답답한 심정을 대변해주었기 때문이다.

이 책이 밀리언셀러가 된 배경에는 타이밍과 절박함도 작용했다. 김 대표는 "책이 나온 타이밍과 독자의 욕구가 맞아떨어졌기 때문에 성공했다"며 "소비향락문화가 확산되면서 '이렇게 살아선 안 되겠다'는 각성이 있었던 것 같다"고 말한다. 뭔가 바꿔야 한다는 고민이 팽배해 있을 때 '아침을 바꿔라'라며 쉽고 접근성 있는 대안을 던져준 것이다. 또 창업 후 첫 책이라는 절박함, 이 정도로는 독자를 만날 수 없다는 태도가 이 책에 에너지를 불어넣었다.

김 대표는 이 책을 '톱타자 초구 홈런'에 빗댔다. 창업했으니 단타로 출루만 하자고 만든 책인데 홈런을 쳐서 좀 당황스러웠다고도 했다. 경제경영 전문 출판사들이 사재기를 많이 하던 때지만 한스미디어는 그럴 돈도 없었다. "자기계발서는 지당한 말을 늘어놓는 '종합선물세트' 성격이 강한 데 반해《아침형 인간》은 간명한 메시지와 실현 가능한 방법론을 제시하고 있어요. '로또' '10억' '부자' 등이 보통 사람에게 일종의 박탈감을 준다면 '아침'은 쉽고 편안하게 다가서는 소재입니다. 야행성 유흥 문화에 대한 자기반성도 있었던 것 같습니다."

세상은 이미 개인이 브랜드가 되는 시대로 넘어가고 있었다. 공병호 공병호경영연구소장은 "스스로 평범한 직장인이라고 생각하는 사람에게는 터닝 포인트가 필요하다. 대학 입학까지 '인생 전반전'이 암기력 테스트라면 '인생 후반전'은 어떻게 펼쳐갈 것인가"라고 묻는다. 《아침형 인간》은 새벽에 일어나 남보다 더 많이 움직이면 후반전이 달라진다고 말한다. 새벽까지 술 마시자고 소매를 잡아끄는 사람이 내 인생을 책임져줄 리는 없다.

《아침형 인간》은 아주 단순한 메시지로 현실에 진동을 일으켰다. "아침잠은 인생에서 가장 큰 지출"이라고 이 책은 말한다. 아침에 일찍 일어나려면 밤부터 바꿔야 한다. 음주에 수면 부족으로 다음 날 아침을 비몽사몽간에 시작한다면 하루가 온전할 리 없다. 이 책은 충혈된 눈으로 출근해 꾸벅꾸벅 졸고 회의 시간에 눈치를 살피다가 '오늘 하루도 그럭저럭 넘어갔다'는 안도와 함께 하루를 마감하는 직장인에게 찬물을 끼얹은 셈이고 그것이 주효했다.

의과대학을 졸업하고 '아침형 심신 건강법'을 개척해 20여 년 동안

숱한 직장인과 학생의 생활 패턴을 변화시킨 사이쇼는 "당신의 문제
는 오직 하나, 아침"이라고 짚었다. 아침형 인간이 된다는 것은 생활
과 인생에 근본적인 변화를 몰고 온다. 저자는 아침형 생활을 통해 네
가지 변화를 약속한다. 에너지가 충만한 하루, 생활의 여유와 목표 달
성, 세상과 자신을 대하는 자세, 그리고 건강한 삶이다. 야행성 인간에
서 아침형 인간이 되기 위한 100일 프로젝트도 실용적이었다.

2014년 10월 〈요미우리신문〉이 일본에서 '아침형 근무'가 확산되
고 있다고 보도했다. 어느 회사가 '아침근무제도'를 도입해 밤 10시
이후 야근을 금지하는 대신 아침 5시부터 오전 9시 근무에 대해 시간
외근무수당을 지급하기로 했다는 것이다. 그 결과 직원 1인당 초과근
무는 월 4시간가량 줄고 시간외근무수당은 7퍼센트 감소한 것으로 나
타났다.

《아침형 인간》은 빠른 속도로 100만 부에 이르렀지만 장수하는 스
테디셀러라기보다는 짧고 굵게 판매된 책에 더 가깝다. 메시지는 강력
했지만 유효 기간은 길지 않았던 셈이다. 거꾸로 말하면 출간 타이밍
이 절묘하게 맞아떨어진 것이다. 《에디톨로지》《남자의 물건》을 쓴 김
정운 전 명지대 교수는 "근면 성실하고 열심히 일해 성공하는 것은 산
업사회 패러다임이다. 그래서 난 아침형 인간을 싫어한다"며 이렇게
반문했다. "새벽마다 약수터에 오는 사람은 모두 성공해야 맞지만 환
자가 태반 아닙니까?"

IMF 외환위기는 평생직장의 개념을 무너뜨렸다. 직장인들의 자기계발 욕구가 커지면서 많은 자기계발서가 출간되었지만 종합적이고 어려운 '7가지 습관' 유의 책이 주류였다. 《아침형 인간》은 독자들이 이런 자기계발서에 식상해 있을 무렵 "아침에 일찍 일어나는 단순한 방법만으로도 성공할 수 있다"는 접근성 좋은 메시지를 던져 성공했다.

재테크 책 가운데 가장 많이 팔린 《대한민국 20대, 재테크에 미쳐라》도 한스미디어가 낸 히트작이다. 1990년대 후반에는 은행금리가 연 20퍼센트를 웃돌았다. 은행에 넣어두기만 해도 저절로 재산이 불어났다. '재테크'라는 말에 대중이 귀를 기울이기 시작한 것은 은행 기준금리가 떨어진 2000년대 초반부터다. 재테크 책들은 그 무렵부터 쏟아져 나오기 시작했다. 2001년 4퍼센트였던 은행 기준금리가 2014년 말 2퍼센트로 하락했다. 금리가 반 토막 났으니 돈을 어떻게 굴려야 하는지에 대한 관심은 더 커질 것이다.

시장에는 사이클이 있다. 한때 출판인들이 앞다퉈 달려간 자기계발서는 근년 들어 판매가 부진하다. 교보문고 2014년 판매동향에서 두 분야의 명암이 극명하게 갈렸다. 자기계발은 '지고' 역사문화가 '뜬다'. 에세이와 더불어 힐링 열풍의 진원지였던 자기계발서들은 전년 동기 대비 판매 권수가 17.2퍼센트 감소했고 덩달아 판매액도 19.2퍼센트나 줄었다. 반면 역사문화로 분류되는 책들은 판매 권수로는

13.2퍼센트, 판매액도 10.8퍼센트 성장한 것으로 나타났다. 2012년부터 매출만 보면 자기계발은 3년 연속 내리막을, 역사문화는 3년 내내 오르막을 타는 모양새다.

재러드 다이아몬드의 《총, 균, 쇠》가 2013년에 이어 2014년에도 역사문화 분야 1위를 차지했다. 대학생과 성인 독자의 교양 필독서로 알려지면서 인기가 수그러들지 않고 있다. 2014년 초 정도전을 다룬 역사드라마가 인기를 끌며 이덕일의 《정도전과 그의 시대》, 조유식의 《정도전을 위한 변명》 등이 남성 독자들에게 사랑을 받았다. 이 밖에도 수능시험에 한국사가 필수과목으로 채택되고 공기업 입사에 가산점이 부여되면서 한국사능력시험을 준비하는 독자들이 늘어났다. 한 권으로 한국사를 정리한 도서들이 인기를 끌었다.

교보문고가 오프라인 매장에 자기계발 코너를 만든 것은 2009년. 자기계발서가 많아지고 매출이 오르막을 타면서 '공룡'이라는 소리를 듣던 시절이다. 코엘료의 《연금술사》는 자기계발서의 문학 버전이며 자기계발서의 경제경영 버전, 인문 버전이 있다는 말도 들렸다. 자기계발과 인문을 흡수한 에세이도 근년 들어 인기를 모았지만, 판매 권수와 판매액이 전년 대비 나란히 14퍼센트 감소한 2014년에는 몰락의 징후가 역력하다.

자기계발 분야의 대표 저자 중 한 명인 김미경은 논문 문제로 '낙마'한 뒤 에세이 분야로 돌아왔다. 강신주의 《감정수업》은 인문학적 성찰을 바탕으로 하고 있다. "자기계발 시대도 가고 남에게서 받는 힐링은 한계가 있으니 인문학 기반의 '성찰'이 키워드"(출판평론가 표정훈 한양대 교수)라는 전망도 나왔다.

〈정도전〉 등의 영향도 있겠지만, 뒤돌아보고 싶은 마음에 역사서를 찾는다는 것이다. 자기계발서가 주는 정보를 SNS 매체 공유로 해결하고 있는 점도 자기계발서 판매 감소의 원인으로 꼽힌다.

박창흠 전 엘도라도 대표는 "자기계발의 정의를 자기계발서에서만 찾는 것은 잘못이라고 본다"는 견해를 밝혔다. 자기계발서 매출 감소에 대해 "어떤 독자에겐 에세이, 취미실용서 등도 자기계발이 될 수 있기 때문에, 점차 다양해지는 니즈(수요)를 반영해 다른 분야로 분산되어서 그렇게 보일 뿐"이라고 선을 그었다.

역사는 이야기의 보물창고다. 〈정도전〉이 뜨자 2014년 1월부터 6개월간 정도전 관련서가 18종 출간되었다. 판매량은 전년에 비해 50배나 늘었다. 팟캐스트 '박시백의 조선왕조실록'은 1년간 350만 다운로드를 기록했다. 〈명량〉〈역린〉〈국제시장〉 등 역사를 소재로 한 영화들은 제작 단계부터 책 출간을 기획했다. 예스24는 2014년 연말 결산 자료에서 "역사·문화 분야 도서의 판매 점유율이 2013년에 비해 15퍼센트 증가했다"고 발표했다.

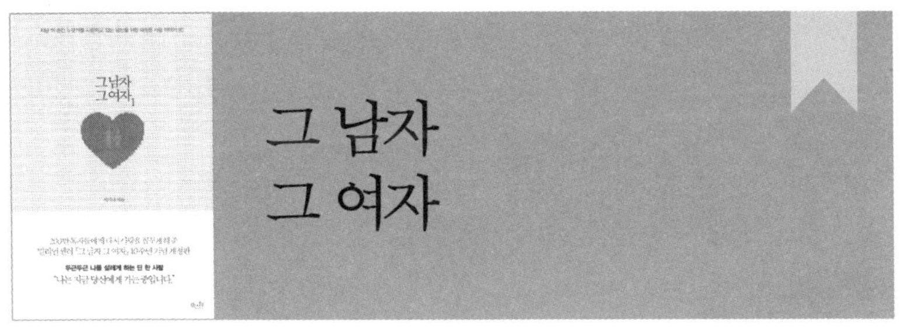

선진국이 될수록 심리학 서적과 여행서 판매가 늘어난다. 한국은행 통계를 보면 우리나라는 1인당 국민총소득이 1995년 1만 달러를 돌파(1만 1471달러)한 뒤 12년 만인 2007년에 2만 달러 고지(2만 45달러)에 올랐다. 남녀의 심리를 다뤄 나중에 밀리언셀러가 될 책이 등장한 것은 2만 달러를 향해 가속도를 붙이던 2003년 12월의 일이었다.

《그 남자 그 여자》는 11년 뒤인 2014년까지 200만 부 넘게 판매되었다. 이 책은 당초 중앙M&B에서 만들어졌고 현재는 걷는나무로 저작권이 넘어와 있다. 중앙M&B 시절 《그 남자 그 여자》를 기획한 편집자가 바로 강수진 걷는나무(갤리온) 대표다. '심리학 시장을 발견한 편집자'라는 말을 듣는다.

"다른 마감을 하던 중 지쳐서 라디오를 틀었는데 마침 《그 남자 그 여자》 원고를 낭독하고 있었어요. 거기 빠져들어 라디오 홈페이지를 찾아들어가 새벽 몇 시간 동안《그 남자 그 여자》원고들을 찾아 읽었습니다. 묶어서 책으로 내고 싶다는 생각을 하게 되었지요."

당시《그 남자 그 여자》코너가 담긴 MBC FM 〈이소라의 음악도시〉는 청취율이 매우 높은 라디오 프로그램이었다. 원고를 낭독하던 윤도현, 성시경의 인기도 오르고 있었다. 무턱대고 이미나 방송작가에게 연락했다. 여기까지는 편집자라면 누구나 할 수 있는 시작이다.

강수진 대표가 당시 시장성이 있다고 생각한 것은 물론 원고의 힘 때문이었다. 같은 상황 속에서 다르게 생각하는 남녀의 속마음이 매우 흥미롭게 그려져 있다고 생각했다. "시간 가는 줄 모르고 재미있게 읽게 되는 콘텐츠를 발견한 느낌이었다"고 강 대표는 술회했다.《그 남자 그 여자》코너를 좋아하는 청취자도 많았다. 열성적인 청취자들은 원고를 일일이 다 쳐서 블로그에 올려놓을 정도였다.

하지만 출판사 내부에서는 회의적인 목소리가 많았다. 라디오 프로그램의 한 코너를 묶어서 낸 책이 얼마나 팔리겠느냐는 것이었다. 강 대표는 "그냥 책을 내면 잘될 것 같은 감(感)이 있었다"고 말한다. "책을 만들면서 그렇게까지 잘될 거라는 확신을 한 책은 그 이후로도 드뭅니다. 농담으로 같이 편집을 한 후배에게 '이 책 분명 10만 부 이상 팔릴 거야'라는 말을 했으니까요. 그리고 다행히 예쁜 일러스트 때문인지 책이 세상에 나왔을 때 '참 예쁘다'는 피드백을 많이 받았습니다."

《그 남자 그 여자》는 이미나 작가가 쓴 라디오 방송 3년 치 원고 중 101가지 이야기를 추려 출간되었다. 매일 밤 한 편씩 방송을 타고 공감을 얻었던 남녀의 사랑 이야기가 출간되기를 기다린 대기 독자가 많았다. 여성은 남성의 심리가, 남성은 여성의 심리가 궁금했다. '너도 그랬구나, 나도 그랬는데'라는 공감과 더불어 선물용으로도 사랑받으며 단숨에 베스트셀러에 올랐다. 연작 3권을 합쳐 2007년 100만 부를 돌파했다.

2013년 말 1·2권으로 나온 개정판 중 제1권의 목차를 펼치면 10개의 장(章)이 있다. 먼저 그 남자가 그 여자를 만나고, 헤어지고, 다시 사랑하게 된다. 또 '사랑에 서툰 당신을 위한 조언', '엇갈리는 이유', '사랑하는 법', '사랑을 말하는 서로 다른 언어'를 각각 일러준다. 나머지 3개는 '그 남자 그 여자가 몰랐던 열 가지 진실', '그리워하다', '나처럼 너도 그렇게 지내고 있을까?'이다. 남녀가 대체로 밟게 되는 사랑의 어떤 사이클과 소금 같은 정보로 채워져 있는 셈이다.

장마다 또 9가지 이야기를 품고 있는데 제일 처음에 실린 '준희야! 준희야!'부터 읽어보자. '그 남자'가 꼬마를 불러 이름부터 묻는다.

준희? 참 잘생겼구나. 준희야, 이 과자 먹을래? 형 나쁜 아저씨 아니야. 뭐 하나만 물어볼게. 니네 약국에 있는 여자 있잖아. 아니 니네 엄마 말구~ 저녁 때 있는 예쁜 누나 있잖아. 그 누나 이름이 뭐야? 고맙다 짜식! 뭐? 니네 이모야? 그랬구나~ 준희야! 혹시 더 먹고 싶은 거 없어? 장래의 이모부가 다 사줄게 음하하! 근데 니네 이모 뭐 좋아해?

왼쪽 페이지는 이렇게 끝나고 오른쪽으로 건너가면 드디어 '그 여자'의 마음을 읽을 수 있다.

준희야! 일루 와봐. 아까 너 어떤 남자하고 얘기했지? 뭐 물어보디? 이모 이름? 그리고 또 뭐 물어봤어? 이모 전화번호나 나이나 뭐 안 물어보디? 근데 그 사람 이름 뭐래? 그건 몰라? 준희야 다음에 또 그 아저씨가 물어보면 대답 잘해줘야 한다~ 특히 이모 남자 친구 있냐고 물어보면 없다고 대답하고 그리고 이모가 시켰다고 하지 말고 '아저씨 이름 뭐예요?' 그렇게 꼭 물어봐 알았지? 응?

이건 뭐 책 전체 구성이 '안 봐도 비디오'다. 상황은 하나인데 남자와 여자의 머릿속 풍경도 같을까. 나는 이런데 저 남자는 어떻게 생각할지, 나는 저런데 이 여자는 어떻게 생각할지 궁금증과 남녀 차이를 속 시원히 들려준다. 헤어질 때 어떤 마음인지, '잘 지내죠?'라는 문자 메시지가 무슨 뜻인지, 약속 시간에 늦을 때 심정이 어떤지, 절대로 해서는 안 되는 말이 뭔지 등을 읽으며 때론 배꼽을 잡고 때론 무릎을 탁 치게 된다. '군대가 가르쳐준 열 가지'도 재미있어 앞부분만 옮겨본다.

그 남자: 하나, 눈은 나쁘다. 함박눈일수록 나쁘다. 그녀와 팔짱 끼고 눈 맞을 땐 천사의 설탕 가루였지만 허리 휘게 삽질하는 지금 눈은 악마의 비듬이다. 둘, 컴퓨터는 없어져도 된다. 하지만 우체국은 없어지면 세상이 끝난다. 셋, 전화국도 없어지면 안 된다. 특히 컬렉트콜 제도는 정말 위대하다. 넷, 그녀의 글씨가 생각보다 참 엉망이다. 밖에서는 이메일이나 문자 메시지만 주고받았으므로 이 정도인 줄은 몰

랐다…….

　그 여자: 하나, 군인은 아저씨가 아니었다. 군인은 우리 귀여운 아가였다. 둘, 우리 동네 집배원 아저씨는 참 훌륭하신 분이다. 셋, 그분이 우체통을 비워 가는 시간은 오전 10시, 오후 4시, 오후 6시 반. 아, 진작 이걸 알았더라면 학창 시절 성적표 때문에 쫓겨나는 일은 없었을 텐데. 넷, 시중에 유통되는 편지지의 포장은 매우 비효율적이다. 편지지 여섯 장에 편지 봉투 석 장. 할 말 많은 고무신에겐 늘 봉투가 남아돈다…….

　이 책은 〈이소라의 음악도시〉에서 홍보를 해준 덕을 톡톡히 봤다. 책 주기 이벤트를 했는데 DJ 이소라가 직접 "책이 나왔다"고 몇 번 언급하면서 곧바로 청취자들의 책 구매로 이어졌다. 베스트셀러가 되고 나서 판매를 부채질한 건 같은 출판사에서 나온 스펜서 존슨의 《선물》이라는 책이었다. 《선물》이 베스트셀러 종합 1위에 오르며 선전하는 바람에 《그 남자 그 여자》 또한 덩달아 여러 프로모션을 같이 할 기회를 얻었다. 이른바 '쌍끌이' 전략으로 둘 다 롱런한 것이다.

　이 책이 잘되자 독자와 출판인으로부터 많은 피드백을 들었다. 그중에서도 가장 재미있었던 것은 "왜 이 책이 잘 팔리는 거냐? 나도 이만큼은 쓸 수 있는데 그냥 이 책은 운이 좋은 거 아닌가?"였다. 그때 이후로 그녀가 똑같은 이야기를 들은 것은 박광수 만화 《참 서툰 사람들》을 만들고서였다. "아니 어떻게 이 책이 25만 부나 나갈 수 있냐, 책이 팔리는 이유를 모르겠다"는 반응을 접했다. 강 대표는 "근년 들

라디오 방송을 책으로 옮긴 《그 남자 그 여자》는 심리학 분야의 잠재력을 보여준 밀리언셀러다.

어 그런 말을 듣는 베스트셀러가 김은주의 《1cm+》인 것 같다"고 했다.

이미나 작가의 필력은 상당하며 누구나 쉽게 따라 할 수 없는 부분이다. "같은 상황에서 다른 그 남자와 그 여자의 속마음을 공감한 독자가 그만큼 많았기 때문에 책이 팔린 것이지, 단지 베스트셀러니까 나도 사봐야지, 하는 마음으로 샀다면 밀리언셀러가 되기는 어려웠다"고 강 대표는 말했다.

그런 의미에서 강 대표는 행운아다. 이미나 작가를 처음 찾아갔을 때 이미 계약을 하자고 마음먹은 출판사가 있다고 들었다. 그래서 마음을 접어야만 했다. 물론 여지는 남겨 두었다. "너무나 책을 내고 싶은 마음에 혹시나 계약을 맺기 전에 마음이 아닌 것 같으면 저를 생각해달라"고 했다. 그렇게 기다리다 2~3주 뒤 전화를 했다. 이미나 작가가 "당신과 책을 내고 싶다"고 했다.

그 뒤로 딱 한 달 만에 책이 세상에 나왔다. 연인들의 날을 잘 활용하는 마케팅을 펼쳤다. 크리스마스 선물, 밸런타인데이 선물, 화이트데이 선물로 《그 남자 그 여자》가 딱이라고 홍보한 것이다. 이를테면

밸런타인데이 관련 광고를 할 때는 "밸런타인데이 오늘은 꼭 고백하세요"라는 문구를 헤드카피로 썼다.

"책을 세상에 내놓고 가장 보람 있었던 부분은 잘 팔릴 것 같다는 생각을 했는데 정말로 잘 팔렸다는 사실"이라고 강 대표는 말했다. 편집자로서 생각한 이상으로 더 잘 팔리면서 판단이 틀리지 않았음을 시장에서 확인한 셈이다. "제가 좋아한 원고를 독자들도 좋다고 피드백 해줄 때 또한 신기하고 기뻤습니다. 맞아, 맞아 하면서 책을 읽었고, 책을 읽고 나서는 도대체 이해가 안 되는 남자 친구(여자 친구)를 이해하게 되었다는 피드백을 받았을 때도 마찬가지였습니다."

라디오는 감수성의 집합체다. 자정 무렵에 읽어주는 사연, 틀어주는 음악을 사람을 더 서정에 젖게 한다. 책이나 시의 좋은 구절도 접할 수 있다. 이미나는 대학과 대학원에서 러시아어를 전공했다. 라디오 작가가 된 것은 가수 신해철의 한마디 때문이었다고 한다. 라디오를 즐겨 듣고 신해철의 팬이었다는 그녀는 신해철이 진행하는 〈음악도시〉에 종종 사연을 보냈다. 유난히 톡톡 튀는 이야기를 보내는 그녀에게 신해철은 "이분은 꼭 라디오 작가가 되어야 합니다"라고 말했단다. 라디오 작가는 대학원생이 할 수 있는 아르바이트였다.

이미나는 라디오 막내 작가였다. 막내가 글 쓸 일은 많지 않다. 메인 작가들이 바뀌거나 그만두는 상황에서 덜컥 《그 남자 그 여자》라는 큰 코너를 맡게 되었다. 모자란 점은 DJ와 게스트들이 연기로 살려주었다. 매일 원고 마감을 해야 했기에 쓰면서 작문 실력이 붙었다. 1시에 읽어야 하는데 12시 59분에 보낸 적도 있다고 한다. 어느 인터뷰에서 이미나는 이렇게 말했다.

"라디오 청취자는 어떤 필요에 의해 듣는 사람들이다. 미치도록 라디오가 좋아서 듣는 사람, TV를 못 보는 대신 라디오를 듣는 학생, 고시원이나 병실에 있는 사람, 시각장애인……. 라디오 작가는 그들에게 선물을 주는 직업과도 같다. 누구라도 내 글로 마음이 다독여졌다면 더없이 짜릿한 일이죠."

《그 남자 그 여자》가 시청자를 울리고 웃기며 인기 꼭지로 사랑받자 출판 러브콜이 쇄도했다. 망설이던 이미나를 설득한 건 돈도 확신도 아닌 쿨함이었다. 라디오에는 좋은 음악이 있었고, 당시 DJ와 게스트들이 잘 읽어준 덕도 커서 글만 쏙 빼서 책을 내는 게 의미가 있을까 생각하며 망설일 때였다.

"다른 출판사 분들은 제안하실 때 우선 돈 이야기부터 꺼냈어요. 지금 편집자 분(강수진 대표)은 '다른 출판사랑 다 안 되면 연락주세요' 하고 쿨하게 가시는 거예요. 내심 멋있더라고요. 믿음직스러워서 그분께 연락을 드렸어요."

책이 나올 수 있었던 데는 열혈 청취자들의 도움이 컸다. 시간에 쫓겨 간신히 원고를 넘기곤 했던 라디오 환경에서 그녀의 글은 '하루가 지나면 사라질 운명'이었다. 실제로 원고는 대부분 없어진 상태였고 그걸 만회해준 이들이 청취자였다. 녹음을 해서 글로 옮긴 다음 다시 게시판에 올려주었기 때문이다. 그것을 재편집해 책을 만들었다.

《그 남자 그 여자》는 10대 소녀들을 서점으로 불러 모은 책이다. 순수한 청춘 연애담이라서다. 연극으로도 제작되어 여러 차례 공연되었

다. 이미나의 글은 블로그와 미니홈피에서도 종종 만나게 된다. 한 네
티즌은 이렇게 썼다. "작가님은 내 마음의 상처에 복합 마데카솔을 발
라주었습니다."

> "여자: 햇살이 따뜻한 날, 비가 와서 처지는 날, 이유 없이 우울한
> 날, 왠지 기분 좋은 날, 거울 속 내가 예뻐 보이는 날, 혼자 있고 싶
> 은 날."
> "남자: 야구 중계 하는 날, 야구 중계 안 하는 날, 야구 중계 한 다
> 음 날."

카피라이터 김은주가 쓴 《1cm⁺》(허밍버드)에 나오는 남녀 하루 분류
법이다. 그 아래 붙인 달력 일러스트(양현정)도 남자와 여자는 하늘과
땅 차이다. 광고의 한 장면처럼 간명하고 유머러스하다. 2013년에 출
간되어 6개월 만에 20만 부 팔린 이 책은 《그 남자 그 여자》와 다르면
서도 닮았다. 둘 다 선물하기 좋은 책으로 꼽혔다. 《그 남자 그 여자》
가 남녀의 생각 차이를 들려준다면 《1cm⁺》는 시선을 1센티만 옮겨도
새로운 세상이 보인다는 것을 일러준다. 마음에 느낌표를 쾅 찍는 문
장을 왕왕 만난다는 것도 공통점이다.

《그 남자 그 여자》는 10년 만에 개정판이 나왔다. 첫 에피소드에 등
장하는 꼬마 준희는 이미나의 조카였는데 벌써 키 180센티미터에 훈
남 중학생이 되었단다. 이미나는 애청자이자 독자의 안부를 묻는다.
빨리 스무 살이 되어서 실컷 연애하고 싶다던 고3 여학생은 이제 서른

인데 소원 풀었을까? 입대 직후 이 책 보내주고 자주 면회 오던 여자 친구가 고무신을 거꾸로 신은 것 같다며 눈물 젖은 상담 편지를 보냈던 이등병은 어떻게 살고 있을까?

책 끄트머리에 이미나는 아흔이 넘는 어르신들에게 설문조사한 결과를 들어본 적 있느냐고 묻는다. "가장 후회되는 일이 뭐냐"고 물었는데 가장 많은 대답은 "용기를 내지 못했던 것"이라고 한다. 미친 척 직장을 때려치우지 못한 것, 먼 곳으로 훌쩍 떠나보지 못한 것, 좋아하면서도 망설이느라 고백도 못한 것……. "다른 건 몰라도 고백은 우리가 할 수 있는 일 아닐까요? 그 사람도 내가 좋다면 고마운 거고 싫다면 어쩔 수 없는 거고, 뭐 어렵지 않잖아요?"

강수진 대표는 책 성적이 좋은 것은 그중의 많은 부분이 운이라고 했다. "운이 지독히 좋은 편에 속한다고 생각합니다. 그럼에도 성적이 좋은 이유를 굳이 꼽자면 베스트셀러를 계속 내면서 쌓인 자신감이 그 다음 책을 만드는 데 많은 역할을 하지 않나 싶습니다." 만약 중간에 계속 책이 안되었으면 자신감이 떨어졌을 테고, 부담감에 다음 책을 만들기가 더 어려웠을 것이라는 얘기다.

"잘 팔릴 거라고 생각한 책이 두 번 미끄러지는 것과 대여섯 번 미끄러지면서 지독한 슬럼프에 빠지는 것은 다릅니다. 영화 성적이 아무리 뛰어난 감독도 두세 번 말아먹고 나면 다음 영화에 투자를 받기가 쉽지 않아요. 저 또한 그런 경우를 겪었다면 스스로도 견딜 수 없었을 거예요. 그러니 저는 무척이나 럭키한 사람입니다."

라디오 방송을 책으로 옮긴 《그 남자 그 여자》는 심리학 분야의 잠재력을 보여준 밀리언셀러다. 심리학 수요와 저변이 확대되는 징후는 뚜렷하다. 갤리온에서 나온 김혜남의 《서른 살이 심리학에 묻다》《심리학이 서른 살에 답하다》도 합쳐서 100만 부를 바라보고 있다. 강 대표의 선구안이 궁금했다. 그런데 그는 "어떤 게 좋은 글이라고 생각하느냐"는 질문에 "좋은 글을 따지기에 앞서 독자들이 사고 싶은 콘텐츠인지를 위주로 판단한다"고 답했다. "저자가 있는 힘껏 책을 썼는데 그 책이 안 팔리고 소리 소문 없이 사라지는 것이 너무나 무섭기 때문입니다. 저자의 생각이 더 많은 독자에게 닿고 공유될 수 있도록 노력하는 게 제 역할이라고 생각합니다."

핵심 독자가 고령화된다

'독자는 3말 4초(30대 후반~40대 초반)'라는 통념이 깨지고 있다.

2014년 말 예스24가 구매자의 연령대별 비중을 조사한 결과 40대가 39.7퍼센트(여성 25.2%, 남성 14.5%)로 30대(33%)를 제치고 핵심 독자로 올라섰다. 이 대형 서점 창사 이후 15년 동안 40대가 30대를 앞지르기는 처음이다. 독서 인구 고령화의 징후다. 물론 자식의 책을 부모가 사거나 정반대 경우가 있기 때문에 '구매자=독자'는 아니다. 예스24는 "40대 여성이 가장 많은 책을 구매하는 고객으로 나타났고 전자책에서도 40대 비중이 높아지고 있다"고 설명했다.

독자 고령화는 일본에 이어 우리가 당면한 화두다. 젊은 층이 읽을 만한 출판 콘텐츠가 부족하다는 점, 종이책에서 전자책으로 넘어가는 변화에 적절한 대응책을 찾지 못한 점 등이 문제로 꼽힌다. 백원근 한 국출판연구소 책임연구원은 "출판 시장 전체가 정체된 상태에서 20~30대 독자를 스마트폰·게임·영화 등에 빼앗기면서 독서 습관과 구매력이 있는 40~50대 비중이 높아지고 있다"며 "미디어셀러가 많이 등장했다는 것은 책 자체의 공력이 빠졌다는 방증"이라고 지적했다.

전통적으로 여성 독자가 많았던 심리학 분야에서는 '40대 남초(男超) 현상'이 확인됐다. 교보문고를 통해 2009년부터 2013년까지 심리학 베스트셀러 구매자를 조사한 결과, 20~30대와 달리 40대에서는

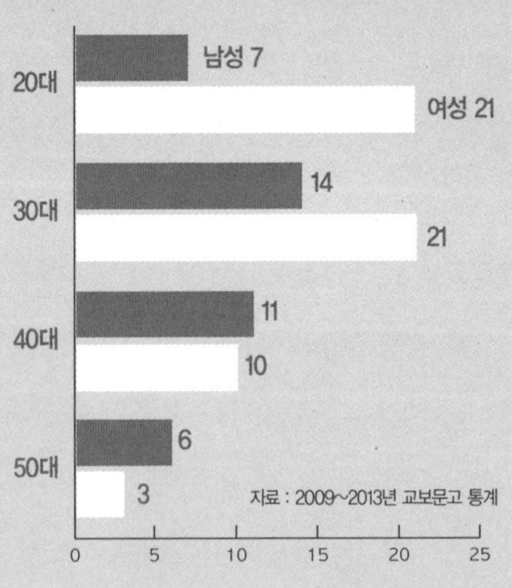

심리학 책 구매자 40대 남초 현상(단위 : %)

남성 비율이 여성 비율을 앞지른 것으로 나타났다. 단행본 전체로 보면 여성 독자가 남성보다 많다는 점에서 40대 남성은 이례적으로 같은 연령대 여성보다 심리학을 더 탐독하는 셈이다. "생존경쟁을 견디고 마흔을 넘어 자신을 돌아볼 여유가 생긴 것"이라는 안도와 "끝없는 자기계발이 필요해진 사회의 초상 아니냐"는 한숨이 엇갈린다.

조사 대상 책은《나는 아내와의 결혼을 후회한다》(김정운, 쌤앤파커스),《심리학이 서른 살에게 답하다》(김혜남, 걷는나무),《행복의 조건》(조지 베일런트, 프런티어),《위험한 심리학》(송형석, 청림출판),《피로사회》(한병철, 문학과지성) 등 당시 심리학 분야 베스트셀러 1~5위. 구매자는 여성이 58퍼센트로 더 많았다. 그런데 여성이 압도적인 20대(9% 대 21%), 30대(14% 대 21%)와 달리, 40대(11% 대 10%)에서는 남성 비중이 더 높게 나타났다.

심리학 분야 출간 종수는 2009년 386종에서 2013년에는 438종으로 늘어났다. 심리학 책의 증가는 선진국에 들어섰다는 한 지표로도 해석된다. 《남자 심리학》《심리 경영》을 쓴 우종민 인제대 교수(정신건강의학과)는 "남자들은 40대가 되면 자신을 돌아보고 리더십, 직장에서의 역할 등을 고민하며 심리학 책을 찾아 읽는 경향이 있다"며 "그에 비해 여자들은 결혼 전, 20~30대가 자신과 인생에 대해 가장 많이 생각하는 시기"라고 말했다. 결혼을 하는 순간 책을 딱 끊고 아이나 가족에게로 간다는 것이다. "선진국이 될수록 사회가 안정되기 때문에 주어진 상황에서 내면을 살피고 다스리려는 독서 수요가 늘어난다"고도 했다.

20~30대 여성을 겨냥한 심리학 책에 몰입해 온 출판계에서 '40대 아저씨'는 새로운 시장이다. 곽금주 서울대 교수(심리학)는 "남성들은 40을 넘어서야 책 읽을 여유가 생기고, 상사나 팀원을 대하는 심리를 궁금해한다"고 말했다. 이익재 교보문고 인문MD는 "심리학 책이 세분화되고 중년을 대상으로 한 책도 나오면서 여성 독자가 많았던 기존 시장에 40대 남성이 존재감 있는 독자로 새롭게 등장하고 있다"고 했다.

젊은 여성은 연애 심리학에, 중장년은 일이나 자기계발 관련 심리서에 끌린다. 독서치료에는 두 가지가 있다. 하나는 소설 등 문학에서 고난을 이겨내는 이야기에 감정이입해 카타르시스를 느끼게 하는 것이다. 또 하나는 비문학적 심리학 책이다. 카타르시스보다는 셀프 언더스탠딩(자기 이해)을 통해 내면을 파악하게 한다. 후자는 과거 우리 사회에 없던 것이다. 선진국이 될수록 이 분야의 수요가 높아진다. 사회가 안정되어 있기 때문이다. 혁명이 없는 시대가 되면서 주어진 상황에서 나를 살피고 다스리는 게 일반적이다.

《대한민국 20대 재테크에 미쳐라》를 비롯해 20대를 주축으로 했던 시기를 지나 《서른 살이 심리학에게 묻다》 등 30대를 주축으로 했던 시기를 거쳐 2011년 말부터 《마흔, 논어를 읽어야 할 시간》《마흔에 읽는 손자병법》《아플 수도 없는 마흔이다》 같은 베스트셀러가 생기며 이른바 '마흔 살 시장'이 커지고 있다는 애기가 출판 시장에 돌기 시작했다. 강수진 대표는 "지금의 출판 시장을 이끄는 독자가 40대라는 점에서 이 과정은 매우 자연스럽게 보인다"고 진단했다.

"물론 아직은 30대가 가장 큰 시장입니다. 하지만 '큰 베스트셀러가 되려면 40대가 사야 한다'는 말이 있습니다. 그만큼 20대가 출판시장에서 빠져나가고 책을 읽는 독자는 점차 고령화되고 있어요. 연령대 마케팅의 경우 여전히 유효한데 그 주요 독자층이 40대가 되어가는 셈입니다."

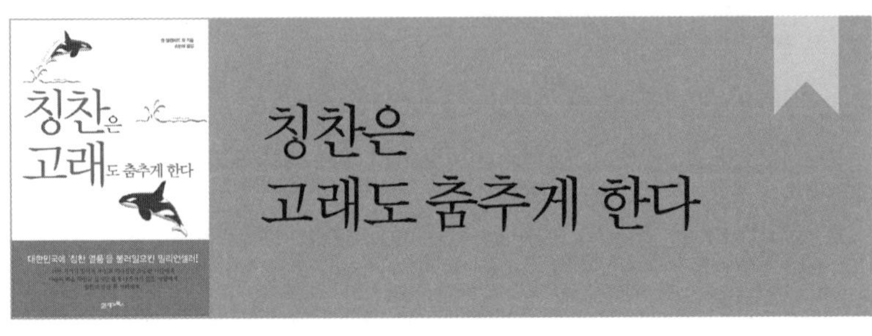

칭찬은 고래도 춤추게 한다

밀리언셀러마다 신화(神話)가 있다면 그 이야기가 태어난 장소도 흥미를 끈다. 미국 경영컨설턴트 켄 블랜차드가 쓴 원서 《웨일 던(*Whale Done!*)》은 미국 샌디에이고 씨월드 조련사들이 칭찬을 통해 난폭한 범고래와 친구가 되고 멋진 쇼를 보여준다는 점에 착목한 자기계발서다. 칭찬할 때 흔히 쓰는 '웰 던(Well Done)'의 뉘앙스를 살린 'Whale Done!'은 영미권에서는 귀에 쏙 들어오는 좋은 제목이었다. 하지만 한국에서 그 묘미를 알아차릴 독자는 극소수였다.

21세기북스는 2002년 10월 'You Excellent!'라는 제목으로 이 책을 번역 출간했다. 베스트셀러를 확신하고 마케팅에 몰입했지만 시장 반응은 신통치 않았다. "내용은 좋은데 제목이 추상적이라 접근성이 떨어진다"는 지적에 출판사는 개명(改名)을 결정했다. 하지만 회의 테이블에선 '칭찬'이라는 단어만 맴돌 뿐, 뾰족한 제목이 나타나지 않았다. 한 달을 고민하던 김중현 21세기북스 전 영업본부장(현재 지식노마드 대표)은 그해 말 일본 도쿄로 출장갔다가 '칭찬은 고래도 춤추게 한다'를 건져 올렸다. 최고의 작명으로 꼽히는 이 타이틀이 태어난 곳은 화장실이었다. 그는 이렇게 술회했다.

"영업을 하다 다시 기획 파트를 맡았는데 'You Excellent!'라는 제목으로는 3만 부에서 라이프 사이클이 끝날 것 같았다. 브레인스토밍을 했지만 답은 안 나왔고, '칭찬의 힘'쯤으로 잠정 결정할 참이었다. 도쿄 호텔에서 샤워를 하고 화장실에 앉아 있는데 무의식에서 뭐가 돌고 있었는지 '칭찬은 고래도 춤추게 한다'는 제목이 떠올랐다. 얼른 밖으로 나와 메모했다."

베스트셀러의 3대 요소로 흔히 '3T'가 꼽힌다. 타깃(Target), 타이밍(Timing), 타이틀(Title)의 영문 이니셜을 모은 것이다. 수요가 있는 독자층이 존재해야 하고, 시대적 흐름을 붙잡아야 하며, 내용을 관통하는 매력적인 제목이 있어야 한다고 출판인들은 말한다. 일본 출판평론가 이오자와 미노부는 여기에 화제성(Topic), 입소문(Talk), 저자의 탤런트(Talent), 판형(Type)을 보태 '7T'를 주창하기도 했다.

"제목 장사가 반"이라는 말마따나 제목은 책의 얼굴이다. 독자는 내용보다는 간명한 제목으로 어떤 책을 기억한다. 'You Excellent!'가 '칭찬은 고래도 춤추게 한다'로 얼굴을 '성형'하자 독자가 호응했고 2009년 마침내 100만 부를 돌파했다. 이 책을 밀리언셀러로 끌어올린 동아줄은 제목인 셈이다. 임병주 21세기북스 부사장은 《칭찬은 고래도 춤추게 한다》는 책의 운명에서 타이틀이 차지하는 비중이 절

켄 블랜차드가 쓴 《칭찬은 고래도 춤추게 한다》는 칭찬의 중요성을 포착한 우화형 자기계발서다.

반 이상이라는 것을 단적으로 보여준 사례"라고 했다.

제목이라는 게 당장은 좋아 보여도 하루 지나면 별로일 때가 많다. 출판사 내부 반응은 괜찮았지만 뜨겁지는 않았다. 그러나 독자는 '칭찬은 고래도 춤추게 한다'로 제목이 바뀐 책에 폭발적으로 호응했다. 속담처럼 회자되었고 방송에서 아나운서들이 썼으며 결혼식장 주례사에서도 종종 언급될 정도였으니 이보다 더 좋을 순 없었다. 김중현 대표는 "나중에 생각해보니까 그 무렵에 《코끼리를 춤추게 하라》는 책이 있었다. 그것이 무의식 속에서 '칭찬' '범고래'와 합쳐진 것 같다"면서 "하늘이 도운 것"이라고 했다.

《칭찬은 고래도 춤추게 한다》는 칭찬(동기부여)의 중요성을 포착한 우화형 자기계발서다. 책은 미국 올랜도에 출장 온 남자 웨스 킹슬리가 머리를 식히러 씨월드에서 범고래 쇼를 보는 장면으로 열린다. 그는 쇼에 매료되었다. 바다에서 가장 무서운 포식자로 알려진 범고래들이 어떻게 그 덩치로 멋지게 점프하며 묘기를 펼칠 수 있을까. 관중이 모두 빠져나가고 스타디움이 조용해지자 물속에 있던 문이 열리고 거대한 검은 물체가 풀장 안으로 미끄러져 들어온다. "잘했다 샴." 조련사는 범고래 샴의 머리를 쓰다듬어준다. 웨스는 훈련 비결이 궁금해서 묻는다. "굶기나요?"

조련사 데이브 야들리의 답은 뜻밖이다. "이 녀석이 우리 선생님입니다. 샴과 여기 씨월드의 범고래들이 우리를 가르치고 있습니다." 동물이 사람을 훈련시킨다니, 믿기지 않는다. 데이브가 말을 잇는다. "샴은 우리에게 인내심을 가르쳐줬습니다. 샴은 어떤 조련사든 신뢰할 수 있기 전에는 절대 말을 듣지 않습니다. 제 의도를 샴이 납득하기 전에는 어떤 훈련도 시킬 수 없다는 사실을 알았지요. 뭘 납득하도록 만드느냐고요? 우리가 그를 해치지 않을 것이라는 점을요."

범고래 쇼는 오랜 시간 다져진 신뢰와 우정 덕분에 가능했다. 일을 잘할 때마다 생선을 주는 것은 늘 배고프게 만들어야 한다는 점에서 바람직하지 않다. 조련사들은 범고래의 행동이 긍정적이면 쓰다듬어주고, 잘못한 일은 못 본 척하고 주의를 재빨리 다른 곳으로 유도했다. 데이브는 핵심을 세 문장으로 요약했다. "신뢰를 쌓아라. 긍정적인 면을 강조하라. 실수할 때는 에너지를 전환시켜라."

그가 소개해준 인간관계 전문가 앤 마리는 강연장에 온 청중에게

"옆 사람과 처음에는 '상대가 중요하지 않은 사람인 것처럼', 두 번째는 '오랜만에 친구를 만나듯' 인사하라"고 시킨다. 청중은 에너지의 크기가 얼마나 달라지는지 경험한다. 직장에서 일을 제대로 처리할 때는 대체로 아무 반응이 없다. 우리는 '놔뒀다 공격하기' 또는 '뒤통수 치기'라는 관리법에 길들어져 있다. 앤 마리는 범고래 쇼를 예로 들며 '전환(redirection)'을 강조한다. "전환 반응 방식은 사람들을 본궤도로 돌아가게 하는 동시에 궤도에서 벗어난 행동에 주의를 기울이지 않게 함으로써 신뢰와 존경을 지속시켜 줍니다."

그는 사람들이 잘한 일을 찾아내는 행동 방식을 '고래 반응'이라고 부른다. 칭찬을 할 때는 과정, 즉 나아지는 상태를 알아차리고 보상하는 게 중요하다. 전환 반응은 회사와 가정에서 쓸모가 있다. 부하직원이나 아이가 어떤 문제를 일으켰다고 치자. 그것을 되도록 일찍, 정확하게, 나무라지 않으면서 설명한다. 또 사전에 명확하게 알려주지 못한 데 대해 책임을 지고, 상대방에 대한 지속적 신뢰를 표현하는 것이다.

당시 세계 경제는 부진에 빠져 있었다. 3두마차인 미국·일본·독일이 동시 불황으로 신음했다. 한국인도 마이너스 금리 시대를 살고 있었다. 대박의 꿈을 키웠던 주식시장과 함께 벤처가 몰락한 뒤였다. 대중의 관심은 '어떻게 잘살 것인가'에 집중되었다. 로또 광풍과 '10억 열풍'이 일어났고 개인의 처세를 다룬 실용서가 주목 받았다. 2003년에는《칭찬은 고래도 춤추게 한다》를 비롯해《설득의 심리학》《바보들은 항상 결심만 한다》《메모의 기술》《아침형 인간》등이 사랑받았다.

월드컵을 치른 직후라 자신감은 충만했다. 한국은 전혀 다른 나라가 되어 있었다. 16강 목표를 초과 달성해 4강이라는 위업을 이뤘다. 국민은 뭐든 할 수 있다는 자긍심을 얻었다. 히딩크가 이끈 축구 대표팀의 성공은 지속적인 믿음의 승리로 해석되고 있었다.

하지만 가정이나 회사에서 우리가 경험하는 현실은 그렇지 않았다. 칭찬이나 격려보다는 질책

《칭찬은 고래도 춤추게 한다》는 책에서 제목이 얼마나 큰 비중을 차지하는지 극명하게 보여주는 사례다.

이나 무관심에 포위되어 있었다. 부모가 아이에게, 상사가 부하직원에게 관심을 갖는다는 것은 뭔가 문제가 생겼다는 뜻이었다. 블랜차드는 이 책에서 자문한다. 범고래 쇼에 비하면 회사와 가정에서 우리는 얼마나 비생산적인가? "사람을 생산적으로 만들려면 그가 가장 잘할 수 있는 일을 발견하게 도와야 한다. 회사와 가정에서는 정반대 일이 벌어져 사기를 떨어뜨린다. 벌을 주는 것이야말로 가장 잘못되고 위험한 행동이라는 사실을 범고래 쇼로 새삼 확신했다."

이 책은 묻는다. 칭찬을 통해 인생에서 승리할 것인지, 무관심과 질책으로 어제와 똑같은 삶을 살아갈 것인지. 무관심과 질책이 월드컵 4강 신화를 이끌었다고 생각하는 사람은 없다. 《칭찬은 고래도 춤추게

한다》는 우리의 급소를 짚었고 문제를 해결할 수 있다는 자신감이 작동하면서 사랑받은 책이라고 할 수 있다. 3톤이 넘는 범고래가 물 위로 솟구쳐 줄을 넘도록 훈련시킬 때 쓰는 비장의 무기가 칭찬이라는 점, 긍정적인 일에 관심을 기울이고 부정적인 일이 터지면 긍정적인 방향으로 행동을 유도하라는 제안도 달콤했다. 칭찬의 효능을 경험한 독자는 이 책에 끌릴 수밖에 없었다.

"한국형 칭찬은 이심전심형이다. 칭찬할 때는 눈빛이나 표정으로 드러나지 않게 하고, 질책할 때는 큰소리와 과격한 행동으로 한다. 이런 태도는 서양과는 정반대다. IMF 이후 사회 전반적인 분위기가 침체돼 활력소가 필요했던 시대 상황도 베스트셀러가 된 하나의 요인이다."

임병주 부사장의 말이다. 1990년대 말 IMF를 겪으면서 많은 기업이 무너졌고 '사오정' 세대가 거리로 쏟아졌다. 한국인은 리더의 중요성을 절감했고, 좌절을 극복하고 희망을 품게 하는 실용서를 찾고 있었다. 21세기북스는 경영관리와 리더십 분야에서 검증된 저자 블랜차드를 찾아냈고, 2001년 그의 책《겅호(*Gung Ho*)》를 번역 출간했다. 기업과 직장인 사이에서 호응을 얻어 20만 부 넘게 판매됐다. 블랜차드의 다음번 책《웨일 던》도 당연히 베스트셀러가 될 것이라는 확신이 있었다.

마케팅 포인트는 '칭찬이 가정과 회사를 살린다'로 잡았다. 권위주의 문화가 지금보다 강할 때였다. 칭찬에 서툴고 인색한 사람들에게 칭찬의 구체적인 효과와 방법을 알려주는 첫 번째 책이라는 점을 집중

홍보했다. 제목을 '칭찬은 고래도 춤추게 한다'로 바꾸자마자 주문이 급증했다. 곧장 베스트셀러 10위권으로 올라갔다.

《칭찬은 고래도 춤추게 한다》는 언론을 타고 인지도를 높이면서 상당 기간 동안 주요 서점 종합 1~2위를 지켰다. '선물하기 가장 좋은 책' '제목만 봐도 내용을 알 수 있는 책'으로도 인기를 얻었다. 출판사는 인기를 지속시키기 위해 고래 인형을 끼워주는 이벤트를 열고, 포스터·샘플북을 만들어 직장인에게 나눠 주고, 학부모·선생님으로까지 마케팅 대상을 넓혔다. 3만 부로 끝날 책이 제목과 타이밍으로 130만 부 넘게 팔리며 신분 상승을 한 셈이다. 《칭찬은 고래도 춤추게 한다》를 2014년에 냈다면 결과는 어땠을지 묻자 이런 답이 돌아왔다.

"그때만큼의 판매를 기대하기는 어려울 것 같다. 칭찬에 대한 독자 수요는 후순위로 밀려났다고 판단한다. 요즘 독자는 생존의 벼랑 끝에 몰려 있어서 삶의 근본적인 문제에 다가서려는 것 같다. 근년 들어 위로나 힐링이 각광받은 것도 그 과정의 하나로 보인다."

제목으로 우뚝 선 책들

제목은 책의 얼굴이다. '작명 전쟁'이라는 말까지 있다. 제목은 책 내용을 책임질 수 있어야 한다. 출판인들은 또 "저자의 주장을 압축적으로 표현하고 독자의 관심을 끌 수 있어야 좋은 제목"이라고 말한다.

《칭찬은 고래도 춤추게 한다》는 우화형 자기계발서다. 2000년에 나온 스펜서 존슨의 《누가 내 치즈를 옮겼을까》는 이런 책의 원조 중 하나로 꼽힌다. 새로운 치즈를 찾아 떠나는 생쥐들을 통해 인생에서 일어나게 될 변화에 대응하는 방법을 일러준다. 제목에서 치즈는 좋은 직업·인간관계·재물·건강·평화 등 우리가 추구하는 대상과도 같다. 200만 부가 순식간에 나갔다.

동물은 또 범용성이 넓다. 《칭찬은 고래도 춤추게 한다》처럼 동물을 내세우면 독자는 자기 얘기처럼 읽는다. 직장인은 직장인대로, 10대 청소년이나 장년층도 모두 자기 상황에 대입이 가능하기 때문에 폭넓게 읽힌다는 평이다.

출판사는 마지막 순간까지 제목으로 골머리를 앓는다. 너무 노골적이면 촌스럽고, 평이하면 가슴을 쿵 칠 수 없다. 제목이 정해지기까지 출판사 대표, 마케팅 담당자, 기획자, 말단 편집자가 머리를 맞대는 출판사 회의실은 설득과 삐침, 설전과 고성이 오가는 아수라장이다. "그 제목으로 얼마나 팔겠느냐" "정말 형편없는 제목이다" 같은 냉혹한 품평이 난무한다.

《아프니까 청춘이다》의 경우 김난도 서울대 교수가 초고에 붙인 제목은 '젊은 그대들에게'였다. 젊은이들의 어려움을 드러내면서 긍정성을 내포한 제목, 동시에 메시지가 분명한 제목이 필요했다. 편집자는 한 달 넘게 고민하다 "울지 마라/ 외로우니까 사람이다"로 흘러가는 정호승 시 〈수선화에게〉에서 실마리를 찾았다. '흔들리니까 젊음이다'라는 문장을 만들고 다듬어나간 끝에 《아프니까 청춘이다》에 이른 것이다.

김훈 소설《칼의 노래》도 제목을 잘 뽑은 책으로 꼽힌다. 작가가 처음 가져온 제목은 '광화문 그 사내'였다. 광화문 한복판에 홀로 서 있다가 때가 되면 제 몸을 뒤덮은 비둘기 똥을 물청소로 씻어내야 하는 이순신 동상을 염두에 둔 것이었다. 김훈은 "이 제목을 생각했을 때 주현미의 노래〈신사동 그 사람〉이 떠올랐다"고 말했다. 출판사 생각의나무는 난색을 표했다. 제목이 너무 장난스럽다고 했다. 작가는 다음으로 '칼의 길'을 가져왔다. 이번엔 너무 심각하고 무거웠다. 편집자는 고심 끝에 한결 가볍고 대중적인 '칼의 노래'를 생각해냈다.

2000년 출간돼 150만 부 팔린 강헌구의《아들아 머뭇거리기에는 인생이 너무 짧다》는 출판사가 오래 고민하고 붙인 제목이다. 당초 저자가 제안한 제목은 '비전 세포'. 젊은이들에게 세포마다 비전(vision)을 심으라는 주문이었지만 무슨 뜻인지 한 번에 이해되지 않았다. 삼성전자에서 20년간 일한 전옥표의《이기는 습관》역시 저자가 처음 달아 온 제목은 '돈바꼭질(돈이 되는 숨바꼭질)'과 '삼성의 CS는 무엇이 다른가'였다. 결국 출판사 대표가 뽑아낸 '이기는 습관'으로 출간되어 밀리언셀러에 올랐다.

마이클 샌델의 인문서《정의란 무엇인가》가 밀리언셀러가 된 배경에는 질문형 제목이 큰 몫을 했다. 이후 '~란 무엇인가?'라는 제목의 책들이 많이 나왔다. 한 출판인은 "사람들이 정말 정의가 뭔지 궁금해서《정의란 무엇인가》를 구입한 게 아니라 그 책을 사는 것 자체가 지금 우리 사회는 정의롭지 못하다는 반항 행위였다"고 말했다. 어느 시점부터는 '너도 사니 나도 산다'는 식으로 분노가 패션(fashion)처럼 소비됐다는 것이다. 《정의란 무엇인가》는 사회를 개혁하자는 메시지와는 별 상관이 없다. 만약 똑같은 책이 1980년대 출판됐다면 '현대 철학사'나 '정의론' 같은 제목이 붙었으리라. 따지고 보면 내용보다 마케팅의 승리인 것이다.

문학사상사가 1989년 번역한 무라카미 하루키 소설 《상실의 시대》는 상실감이 컸던 시대 상황에 올라타며 200만 부가량 판매되었다. 민음사는 이 소설을 2013년 《노르웨이의 숲》으로 바꿔 재출간했다. 혜민 스님의 《멈추면, 비로소 보이는 것들》은 스님이 가져온 두 가지 제목 중 택일한 경우에 속한다. 탈락한 제목은 '힘들면 잠시 쉬었다 가요'였다.

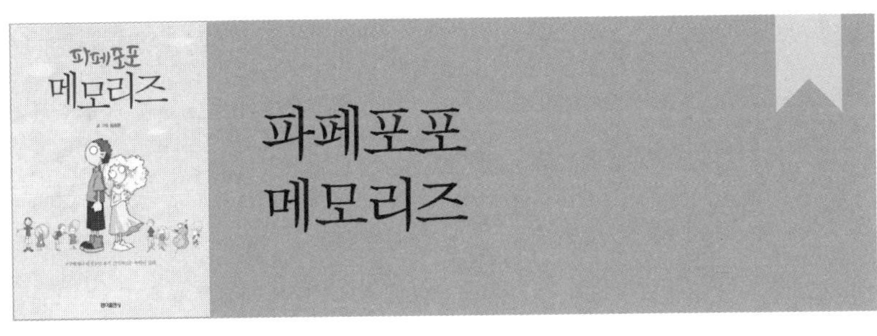

문전박대(門前薄待)당하던 원고가 보란 듯이 밀리언셀러가 되기도 한다. 《파페포포 메모리즈》는 한동안 받아주는 출판사가 없었다. 돌고 돌아 홍익출판사까지 왔다. 출간하면서도 크게 기대하지 않은 책이다. 홍익출판사 이미숙 주간은 "오프라인 대형 서점에서도 '만화라서 받지 않겠다'고 해서 '카툰에세이'라는 별도의 이름을 지어냈다"고 말했다. 단순히 만화가 아니라 에세이가 있는 단행본이라는 점을 어필한 것이다.

"처음 책을 내는 저자, 생소한 분류, '파페포포'라는 어려운 이름까지 사실상 기댈 곳이 없었어요. 지금도 이 책의 성공은 기적이라고 생각합니다."

온라인 창작만화 카페에 연재되었던 《파페포포 메모리즈》가 카툰에세이(에세이툰)를 표방하고 서점에 나온 것은 2002년 10월이다. 이듬해 늦봄부터 초가을에 이르는 13주 동안 베스트셀러 종합 1위를 지키며 밀리언셀러가 될 것이라고는 아무도 예상하지 못했다. 무명이었던 심승현 작가의 《파페포포 메모리즈》는 후속편 《파페포포 투게더》와 더불어 2003년에 곧장 밀리언셀러 고지를 밟았다. 《파페포포 안단테》《파페포포 레인보우》 등으로 연작이 이어지면서 약 300만 부가 판매되었다.

《파페포포 메모리즈》의 인기는 당시 출판 시장에서 어떤 의미가 있었을까. 이미숙 주간은 세 가지를 꼽았다. 판타지나 로맨스처럼 새로운 장르를 만들어냈다는 점, 엄숙주의에 압도당해 있던 출판 시장에 가벼운 책 읽기의 시작을 알렸다는 점, 온라인과 오프라인을 연계시켜 성공한 최초의 사례라는 점 등이다. 홍익출판사에서 처음 이 원고를 만났을 때 온라인 카페의 회원 수는 3000명에 못 미치는 수준이었다. 《파페포포 메모리즈》가 출간되고 한 달이 채 안 되었을 때 6만을 넘겼다. 이후 2권, 3권으로 후속작이 이어지는 과정에서 30만 정도로 늘어난 회원의 영향력이 상상을 초월하는 힘을 발휘했다.

카툰에세이를 이야기하려면 만화에서 출발해야 한다. 1960년대부터 동네마다 만화방이 생겨났다. 가난한 생활에서 벗어나 잠시라도 여유를 즐기고 싶었던 10대 청소년이 그 공간을 찾았다. 신동우의 〈풍운아 홍길동〉이 최초의 한국 만화영화로 주목 받았다.

1970년대부터 만화 출판사들이 등장하며 춘추전국시대가 열렸다. 《주근깨》로 데뷔한 이상무는 독고탁이라는 캐릭터로 1980년대까지 인기를 누렸고, 허영만은 《각시탈》로 이름을 알렸다. 엄희자는 순정만

화계에서 왕성하게 활동했고 1970년대 중반에는 공상과학 만화가 등
장했다. 1976년 7월 개봉한 국산 애니메이션의 전설 〈로보트 태권브
이〉가 대표적이다. "달려라 달려 로보트야/ 날아라 날아 태권브이~"
로 귓바퀴에 맴도는 김청기의 〈로보트 태권브이〉는 전에는 상상할 수
없었던 과학만화로 눈길을 사로잡았다. 〈마징가Z〉 등 일본 만화가 판
치던 시절, 우리 고유 무술로 적을 무찌른다는 설정은 국민에게 카타
르시스를 안겨줬다.

1980년대 들어 어린이 잡지 덕에 만화는 전성기를 누렸다. 1982년
창간한 어린이 잡지 〈보물섬〉은 우리 만화의 발전에 큰 몫을 차지했
다. 설문조사 때마다 한국인이 좋아하는 만화 캐릭터 1위를 차지하는
〈아기공룡 둘리〉도 이 잡지를 통해 세상에 나왔다. 김수정이 여기에
연재하고 나서 둘리는 국가대표 캐릭터로 사랑받으며 만화 영화 시리
즈로도 만들어졌다. 이진주의 〈달려라 하니〉도 기억에 남을 만화다.
〈보물섬〉은 당대 최고 만화가의 연재 공간이자 신인 등용문이었다.
1980년대부터 1990년대까지는 이현세 원작의 〈떠돌이 까치〉를 비롯
해 〈머털도사〉〈날아라 슈퍼보드〉〈은비까비의 옛날옛적에〉 같은 TV
용 만화영화가 인기를 모았다.

1990년대 중반부터 인터넷이 보급되면서 출판만화에서 카툰에세
이로 넘어가는 작가들이 등장하기 시작했다. 2003년 출판 시장에서
가장 두드러진 현상은 《파페포포 메모리즈》《포엠툰》《완두콩》 등 인
터넷에서 빠져나온 만화의 인기였다. 출판사들이 앞다퉈 인터넷 만화
가 잡기에 나서면서 그해 후반기 서점에는 카툰에세이가 봇물처럼 쏟

아져 나왔다. 《파페포포 메모리즈》는 단순한 활자의 나열을 넘어 더 비주얼한 텍스트를 원하는 소비자의 요구에 적절히 대응한 책이다.

《파페포포 메모리즈》는 순수한 청년 파페와 착하고 여린 포포의 예쁜 사랑 이야기다. 동그란 얼굴의 파페와 보글보글 파마머리의 포포는 볼수록 사랑스럽게 느껴진다. "남자들 감성에는 잘 안 맞는다"며 전문가 대부분이 고개를 흔들었지만, 젊은 독자는 환호했다. 예쁜 주인공들이 하루를 살아가며 느끼는 일상의 작은 이야기에 대한 공감이었다. "처음엔 그냥 만화니까 장난으로 읽었는데, 계속 보니 마음이 정말 따뜻해졌다" 같은 반응이 많았다.

이 책을 여는 에피소드 '나무에게'를 보자. 파페와 포포가 처음 만난다. 포포는 "김남우입니다"라는 페페의 이름을 듣고 '나무'와 어울린다고 생각한다. 나무 한 그루를 사서 마당에 심고 말을 건네는 버릇이 생긴다. 포포가 오늘 무슨 옷을 입고 왔다고, 웃는 모습이 보기 좋았다고, 오늘 드디어 손을 잡았다고……. 그런데 둘은 헤어지고 말았다. 나무도 잊혀갔다. 그런데 계절이 지나고 어느 날 나무를 보니 건강하게 잘 자라고 있는 것 아닌가. 그날 밤 포포는 페페가 그 나무에 물을 주고 있는 모습을 발견한다. 둘은 나무 덕에 다시 만나 결혼하고 아이를 낳는다. "나무는 심는 것보다 가꾸는 게 더 중요하다"고 작가는 썼다.

열세 번째 에피소드 '스티비 원더'도 곱씹을 만하다. 가수 스티비 원더는 시각장애인이다. 미루던 개안 수술을 받으러 간 병원에서 "수술이 잘 끝나더라도 15분밖에 볼 수가 없다"는 말을 듣고도 그는 수술을 받겠다고 한다. 이유는? "아이가 보고 싶어요. 사랑하는 딸을 15분만이라도 볼 수 있다면 더 바랄 게 없습니다." 독자는 "평생 15분밖에 볼 수 없는 불행이 닥친다면 무엇을 보겠습니까"라는 질문을 받는 기분이다. 부모님? 애인? 친구? 강릉 앞바다? 첫눈? 작가는 "그것을 다 보기에 15분은 너무 짧다"며 덧붙였다. 거울 앞에 서서 내 얼굴을 기억하고 눈을 바라보며 위로해주고 싶다고. 방울방울 맺혀 흐르는 내 눈물을 기억하고 싶다고.

이 대목에서 헬렌 켈러가 떠오른다. 세계적인 잡지 〈리더스 다이제스트〉는 헬렌 켈러가 쓴 《사흘만 볼 수 있다면》(1931)을 20세기 최고 수필로 선정했다. 헬렌은 앞을 볼 수 없었지만 이 자서전에서 바람과 꽃, 노을과 박물관, 쇼윈도에 진열된 상품을 섬세하게 묘사했다. 소설가 마르셀 프루스트는 "진정한 발견은 새로운 땅을 찾는 것이 아니라 새로운 눈을 갖는 것"이라고 말했다.

《파페포포 메모리즈》는 독자에게 그런 서정의 렌즈를 선물한 셈이다. 부드러운 감성과 담백한 철학이 어우러진 글, 은은한 파스텔 톤의 개성 넘치는 카툰을 통해 누구나 가슴 깊이 간직하고 있는 첫사랑의 추억, 현대인이 잊고 사는 것에 대한 그리움을 잘 포착했다. 파도에 부서지는 발자국을 보며 잃어버린 사랑을 그리워하고, 어릴 적 비를 맞으며 오르던 계단에서는 '비가 단지 빗물인 것처럼 계단에도 끝이 있게 마련'이라고 위로하며, 어릴 적 엄마가 보리차를 끓인 후 왜 한 잔을 옆에 따라두었는지 깨닫는다.

자기계발서에 가까운 진한 감동과 메시지가 담긴 책이다. 사랑, 가정, 가족, 꿈에 대해 풀어낸 '파페포포' 시리즈는 따뜻한 이야기와 은은한 파스텔 톤의 그림으로 독자를 고요하게 몰입시켰다. 작가 심승현은 원래 애니메이션 콘티로 파페포포 캐릭터를 만들었다. 파페와 포포의 이름은 〈그린 파파야 향기〉라는 영화를 보고 'ㅍ' 어감이 좋아 지었다고 한다.

"동화 같은 느낌의 캐릭터를 그리고 싶었는데 어린이들이 동그라미를 좋아하는 것을 보고 아이디어를 얻었어요. 개인적으로도 동그라미를 좋아합니다. 어디로든 굴러갈 수 있고 누구에게나 다가갈 수 있을 것 같은 느낌이라고 할까요."

이 책은 10대 후반에서 30대 초반이 핵심 독자였다. 특히 "여자 친구가 있는 군인이라면 이 책을 선물받지 않은 병사가 없다"는 말이 있을 만큼 젊은이들 사이에 폭발적인 인기를 모았다. 심승현 작가는 에필로그에 "그리움이 쌓이면 병이 된다기에 매일 그림을 그리면서 아픔을 달랬다"며 "용서를 받기 위해 시작한 이 작은 그림책이 상처 받은 모든 이에게 위안이 되기를……"이라고 썼다.

100만 부 넘게 팔렸으니 세상에는 상처를 받은 사람, 용서를 구하는 사람이 많은 모양이다. 사람은 다르지 않다는 사실을 새삼 확인하게 된다. 밀리언셀러가 된 밑바닥에 우리가 누군가에게 품은 미안함과 용서, 그리움의 힘이 있었을 것이다. 이 책은 일본에서만 10개 출판사가 경합을 벌여 파격적인 대우를 받고 수출되기도 했다.

하지만 이름 없는 아마추어의 베스트셀러는 곱지 않은 시선을 감당해야 한다. 한 유명 작가는 '만화책 따위에 베스트셀러 1등 자리를 빼

앗긴 우리나라 서점가' 운
운하는 통탄의 글을 썼다.
어느 만화가는 《파페포포
메모리즈》의 설익은 작품
성을 호되게 꼬집었다. "삶
의 지혜나 교양 같은 인문
학적 깊이와는 거리가 있는
이 책이 독자의 선택을 받
은 현상은 경박한 세태를
반영한 것"이라는 개탄도
있었다.

　그러나 그들은 그것이
바로 인터넷 시대의 문화현

《파페포포 메모리즈》는 엄숙주의가 지배하던 출판
시장에 가벼운 책 읽기의 시작을 알렸다.

상이라는 점을 간과했다. 《파페포포 메모리즈》가 베스트셀러의 스펙
트럼을 넓혀준 공적을 인정해야 한다. 베스트셀러는 당대의 자화상일
뿐, 시대정신의 결정체는 아니다. 인터넷 평등주의가 낳은 이 카툰에
세이는 장차 웹툰(webtoon)의 본격 출현을 예고하고 있었다.

　강우석 감독의 〈이끼〉, 700만 관객이 본 〈은밀하게 위대하게〉, 배
우 김윤진의 〈이웃사람〉, 김현중이 주연한 〈전설의 주먹〉, 김선아의
〈더 파이브〉……. 이 영화들은 모두 웹툰, 즉 만화에서 뻗어 나왔다.
윤태호의 만화 《미생》이 2014년 밀리언셀러가 된 배경에도 스마트폰
과 와이파이(wifi)라는 동아줄이 있다.

퀴퀴한 만화방이 인터넷으로 이어질 줄은 몰랐다. 《파페포포 메모리즈》는 아날로그와 디지털의 공생에 징검다리가 된 책이다. 폭신폭신하고 동화 같은 그림체 때문에 사서 읽었다는 독자가 많다. 보고만 있어도 마음이 편안해지는데 사랑·의미·관계·시간·추억 같은 공감까지 이끌어내 더 큰 사랑을 받은 것이다.

무엇보다 첫사랑과 추억이라는 아날로그 감성이 단단한 눈덩이처럼 뭉쳐져 있다. 그래야 멀리까지 날아간다. 나만 그렇게 느낀 게 아니구나라는 안도감 같은 것이다. 말은 차마 못 꺼내고 속마음을 들키는 바람에 뜨끔한 사람, 내가 덜 아프기 위해 남을 완전히 사랑하지 않는 법을 배운 사람이 특히 이 책을 좋아했다. 깊은 밤 홀로 모니터 앞에서 인터넷 서핑을 하기 이전부터 사람은 사람이 그립다. 사회적 이슈보다 감성을 자극하는 이야기에 빠져들었다.

《파페포포 메모리즈》는 윤태호 만화 《미생》과도 공통점이 있을까. 이미숙 주간은 "온라인 독자를 오프라인까지 끌고 갔다는 점, 원 소스 멀티 유즈(OSMU)로 성공했다는 점, 각권의 주인공이 내면은 강하지만 뭔가 사회적으로 약자를 대변하는 이미지라는 점, 인생의 지침을 간접적으로 알려준다는 점이 서로 일치한다"고 했다.

물론 차이점도 뚜렷하다. 두 만화는 콘셉트부터 갈린다. 《파페포포 메모리즈》가 위로를 주었다면 《미생》은 문제를 들춰 풍자했다. 이미숙 주간은 "《파페포포 메모리즈》 이후 《미생》까지 카툰 시장에서 가장 큰 성장은 주제의 다각화"라고 진단했다. 《파페포포 메모리즈》 이후 몇 년간 사랑 이상의 주제를 담는 카툰은 거의 없었다. 그러다가 근년 들어 미스터리를 비롯해서 역사, 사회, 예술, 패션, 심지어 금연과 입양까지 만화로 풀어내고 있다. "《파페포포 메모리즈》가 각박한 세상에 사랑으로 공감대를 만들 수 있었다면 《미생》은 사회생활에 지친 젊은 이들에게 공감을 얻는 데 성공했다고 생각합니다."

파페포포의 주요 타깃은 20대 여성이었다. 하지만 최고의 독자층은 군인, 그리고 이젠 사랑을 잊어버렸을 것 같은 40~50대 어머니들이었다. 《미생》이 겨냥한 과녁은 직장인이었겠지만 최고의 독자층은 또 달랐다. 취업을 꿈꾸는 대학생들, 직장 생활이 옛날이야기가 되어버린 50~60대 퇴직자가 바로 그들이었다. 그런 확산 효과 없이 100만 부를 꿈꾸는 건 어림없는 짓이다. 《파페포포 메모리즈》의 성공으로 출판 시장의 엄숙주의는 점차 사라졌다. 《조선왕조실록》을 만화로 담겠다는 《박시백의 조선왕조실록》의 시도도 어쩌면 이 책이 있었기에 부담을 덜 수 있었을 것이다.

책이 스마트폰을 닮아간다

《파페포포 메모리즈》는 엄숙주의에 압도당해 있던 출판 시장에 '가벼운 책 읽기'의 시작을 알렸다.

10년 후 독자의 취향은 어떻게 달라졌을까. 김난도 서울대 교수는 '트렌드 코리아 2014'에서 '스웨그(swag)'를 2014년 핵심 키워드로 제시했다. 대중문화에서 가져온 이 낱말은 힙합 가수들이 으스대는 기분을 묘사할 때 자주 쓰는데 '멋지다' '뻐기다'와 같은 뜻이다.

김 교수는 스마트폰에서는 세계경제 판도를 바꿔놓을 양적 완화 축소와 연예인 열애설이 동등한 뉴스로 취급된다는 점, 조회 수는 되레 연예인 가십이 훨씬 높다는 점, 대중매체와 SNS에 거침없는 비방이 난무한다는 점, 명품보다 자기만의 스타일을 찾는 소비자가 많아진다는 점 등을 스웨그 현상으로 읽었다. "사회적 피로감이 높은 사회에서는 스웨그 문화가 용인되며 '가벼움의 철학'이 확산된다"는 것이다.

카피라이터 김은주가 쓴 《1cm⁺》(허밍버드)는 2013년 말 영풍문고가 선정한 최고의 선물용 도서였다. 2014년 말 교보문고가 집계한 베스트셀러에서 종합 9위를 차지했다. 정현주의 《그래도 사랑》(19위)를 비롯해 30대 여성 독자를 사로잡는 감성 에세이가 사랑받은 해였다. 출간 6개월 만에 20만 부 팔린 《1㎝⁺》의 인기 배경에는 또 한 가지가 있었다. 인쇄 직전·막바지 단계에서 디자인 작업에 들어가는 여느 책과 달리, 저자와 일러스트 작가가 꼭지별로 상의하면서 글과 밑그림을 만들어간 것이다. 임현숙 허밍버드 편집장은 "요즘에는 스마트폰 때문에 사람들이 긴 글을 잘 안 읽는다"며 "광고 만들듯이 작업했다"고 말했다.

최고의 선물용 책으로 뽑힌 배경을 알 것 같다. 스마트폰으로 포털 사이트의 'FUN' 코너를 읽는 듯한 착각을 불러일으키기 때문이다. 혼자 킥킥거리면서 책장이 바삐 넘어간다. 활자도 얼마 없는데 재미있으니 눈에 쏙쏙 들어온다. 마음에 느낌표를 쾅 찍는 문장도 왕왕 만

나게 된다. 아마도 독자는 지하철이나 버스, 카페에서 스마트폰을 들여다보는 사람들과 상당 부분 겹칠 것이다.

사람들이 오래 머물지 않고 빨리 넘어가는 스마트폰 텍스트의 크기와 형태에 익숙해질수록 종이책도 그것을 닮아가고 있다. 은행나무 출판사가 펴낸《마이크로 인문학》시리즈는 107×177밀리 판형에 160쪽, 136그램이

근래에는 '가벼움의 철학'이 확산되면서 쉽고 짧으면서도 감성을 자극하는 에세이들이 사랑받고 있다.

다. 어른 손만 하다. 프랑스 철학자 미셸 세르의 인문서《엄지세대, 두 개의 뇌로 만들 미래》(갈라파고스)도 128×196밀리로 시집보다 작다. 은행나무 편집자는 "지하철에서 스마트폰을 보듯이 한 호흡으로 읽히면서 주머니에 쏙 들어가는 책을 만들고 싶었다"고 말했다.

문화체육관광부 조사에 따르면 평일 성인의 독서 시간은 23.5분, 스마트폰 사용 시간은 96분이다. 그 격차는 더 벌어질 것이라는 관측이 지배적이다. '작고 얇은 책'은 1000쪽(무게 1kg)이 넘는 이른바 '벽돌책'과는 정반대 방향이지만 생존 실험이라는 점에서는 다르지 않다.

한 페이지에 실리는 원고량은 1990년대 200자 원고지 4매에서 이젠 3.2매로 줄었다. 오영나 문학동네 부장은 "책이 작아져 휴대하기 편하고 여백이 많아 읽는 속도도 빨라지지만 '왜 이렇게 벙벙하게 만

들었느냐'는 항의도 들어온다"고 했다. 요즘 소설 대부분은 신경숙의
《엄마를 부탁해》(무선 148×210㎜)에 비해 크기가 작은 양장본
(127×187㎜)으로 나온다. 조정래의 《정글만리》는 100×150밀리짜리
핸디북을 사은품으로 나눠 줬다. 2014년 말에는 장하준의 《그들이 말
하지 않는 23가지》, 윤태호 만화 《미생》 등이 페이퍼백이나 보급판으
로 다시 나왔다.

일본에서 성공한 문고판(文庫判, 보통 105×148㎜)은 한국에서 별
로 재미를 보지 못했다. 시장 규모가 너무 작고 '있어 보이는 책'이 팔
리는 독서 문화 때문이다. 벽돌책을 여럿 펴낸 강성민 글항아리 대표
는 "한병철의 《피로사회》, 스테판 에셀의 《분노하라》처럼 얇은 인문
서가 대중적 지지를 받은 사례도 있지만 손익분기점을 넘기 쉬운 벽
돌책이 아직은 더 안전하다"고 말했다. '작고 얇은 책'은 지식 소장욕
이 약한 젊은 세대, 읽기는 해야겠는데 싸고 휴대하기 좋은 책을 바라
는 독자에게 다가갈 것이라는 전망이다.

찰스 다윈의 진화론은 "살아남는 것은 힘이 세거나 영리한 동물이
아니라 환경에 잘 적응한 동물"이라고 말한다. 작고 얇은 책과 벽돌책
중 어느 쪽이 더 오래 살아남을지 예측하기는 이르다. 작고 얇은 인문
서는 '패스트푸드 인문학'이라는 비판을 받기도 한다. 출판평론가 표
정훈 한양대 교수는 "넘쳐나는 온라인 무료 지식 정보와 얼마나 차별
화될 수 있느냐가 관건"이라면서 "주제에 대해 쉽고 짧게, 그렇다고
얕지 않게 담는 책이 생존에 유리할 것"이라고 했다.

이윤기의
그리스 로마 신화

이 책은 원래 2000년 3월 웅진에서 출간된 전집 '밀레니엄 논술 명작 시리즈 32권'의 부록으로 집필을 의뢰받은 것이었다. 부록 제목은 '아리아드네의 실타래―신화를 이해하는 열 가지 열쇠'. 이윤기(1947~2010)가 출판사로 원고를 보냈는데, 편집부원들이 돌려 읽으며 감탄했다. 부록이란 본디 '있으면 좋고 없어도 그만'인 덤이다. 그런데 '아리아드네의 실타래'는 본문보다 재미있고 쓸모도 많았다. "단행본으로 출간하자"는 웅진 내부의 목소리로 이 부록은 180도 운명이 바뀐다. 해당 전집 판매가 종료된 그해 6월 단행본으로 다시 태어난 것이다.

《이윤기의 그리스 로마 신화》는 당대 최고의 번역가이자 소설가, 신화연구가인 이윤기가 우리 상상력으로 해석한 그리스 로마 신화라는 점에서 단숨에 독자의 시선을 붙잡았다. 이윤기는 신화 속 복잡한

계보와 고유명사의 장벽을 가뿐히 넘어갔다. 페이지마다 펼쳐지는 화려한 도판도 매력적이었다. 인문 분야 1위를 달리며 출간 9개월 만에 18만 부가 팔렸다. 단권으로 끝날 책이었는데 반응이 좋아 2권, 3권을 추가 계약했다.

초판은 5000부를 발행했다. 당시 단행본총괄자였던 이미혜 한신대 교수는 "편집자들이 술자리에서 '10만 부를 돌파하면 회사에 그리스 신화 여행 보내달라 요구하자'고 얘기한 걸로 보면 기대치는 있었으나 5만 부 정도만 판매되어도 성공적일 거라 생각했다"고 술회한다. 마케팅 방향 또한 공격적 푸시보다는 이슈가 있을 때 그걸 활용해 확산시키는 방식이었다. 토마스 벌핀치가 쓴 그리스 로마 신화에 맞서 이윤기가 쓴 그리스 로마 신화라는 점을 강조했다. 이윤기식 스토리텔링이란 어떤 것일까.

그리스 남쪽 섬나라 크레타에 다이달로스라는 사람이 살았다. 크레타 왕 미노스는 손재주가 좋은 그에게 미궁을 하나 만들 것을 명했다. 미궁은 사람이 들어갈 수는 있으나 하도 꼬불꼬불하고 고약해서 나올 수는 없는 감옥이다. 어떤 사건이 해결되지 않을 때 우리는 "사건이 미궁에 빠졌다"고 말한다. 미궁 속의 꼬불꼬불한 길을 '미로'라 부른다. 다이달로스는 왕의 명을 받고, 들어갈 수는 있어도 도저히 빠져나올 수는 없는 미궁을 만들었다.

미노스 왕이 미궁을 만들라고 명령한 것은 미노타우로스를 가두기 위해서였다. 미노타우로스는 '미노스의 황소'라는 뜻이다. 대가리만 소 대가리일 뿐, 목 아래로는 사람과 조금도 다름이 없는 괴물이다. 말

이윤기는 우리 시대의 가장 탁월한 문장가 중 한 명으로 꼽힌다.

《이윤기의 그리스 로마 신화》는 신화를 해석하는 데 그치지 않고 신화를 신화 바깥의 현실과 이어준다.

하자면 우인(牛人)이다. 여물을 먹는 대신 사람의 고기를 먹어야 살 수 있는 골칫거리 괴물이다. 하지만 왕은 이 괴물을 죽일 수 없다. 어엿하게 왕비의 몸에서 태어난, 아들과 다름없는 존재였기 때문이다.

다이달로스가 미궁을 만들자 왕은 이 괴물을 미궁에 가두어버렸다. 미노스 왕은 당시 약소국 아테나이 왕을 협박해서 해마다 12명의 선남선녀를 바치게 했다. 미노타우로스의 먹이로 던져주기 위해서였다. 영웅 테세우스는 아테나이의 왕자였다. 그는 자기 나라 선남선녀들이 희생되는 것을 두고 볼 수 없었다. 그래서 12명의 제물에 껴들어 크레타로 갔다. 미궁으로 들어가 괴물을 죽여버릴 생각이었다.

그런데 크레타 공주 아리아드네가 테세우스에게 첫눈에 반한다. 아

리아드네는 용기 있고 잘생긴 청년이 미궁에 던져지는 것을 두고 볼
수 없었다. 인간에게 미궁은 곧 죽음이었다. 설사 미노타우로스를 죽
인다 하더라도 미궁에서 무사히 빠져나오는 것은 거의 불가능했다. 아
리아드네는 테세우스에게 실이 감겨 있는 실타래를 건네주었다. 테세
우스는 실 끝을 풀어 미궁의 문설주에 묶은 뒤 미궁 안으로 들어갔다.
미노타우로스를 때려죽인 이 영웅은 실을 따라 길을 되짚어 나왔다.

이 책은 2000년에 나왔다. 사연이 없을 리 없다. 당시 새천년을 맞
아 문명에 대한 관심이 높아지고 있었다. 웅진은 유럽 배낭여행과 맞
물린 서양 박물관 기행 붐, 컴퓨터게임과 더불어 판타지 소설의 배경
이 되는 신화에 주목했다. 이 책 출간 전 〈EBS 세상보기〉에서 방영된
‘이윤기 신화강좌’도 인기를 끌고 있었다. 이윤기는 이 책에 “독자는
지금 신화라는 이름의 자전거 타기를 배우고 있다고 생각하라. 일단
자전거에 올라 페달을 밟기 바란다. 필자가 뒤에서 짐받이를 잡고 따
라가겠다”고 썼다. 믿음직스럽다.

《이윤기의 그리스 로마 신화》는 2002년 7월에 1권만 50만 부를 돌
파했다. 100쇄 기념으로 그리스 로마 신화 답사 프로모션을 진행했다.
마침내 2003년, 1~2권 합쳐 누적 판매 100만 부를 넘겼다. 이수미 전
웅진단행본본부장(나무를심는사람들 대표)은 “이 밀리언셀러가 지닌 내
적인 힘은 12개의 상징으로 풀어낸 이윤기만의 탁월한 서사구조”라고
설명했다. ‘한 문장 안에 고유명사는 3개를 넘지 않게 한다’는 원칙을
세워 기술할 만큼 대중과의 소통을 우선시했다는 것이다. 외적인 힘도
있었다.

"밀레니엄 전환기라서 서양 문명에 대한 관심이 높았다. 게임, 인터넷 등 디지털 문화의 발달이 역설적으로 신화적 상상력을 강하게 요구하고 있었다. 책이 출간된 이후에 2001년 7월 예술의 전당에서 개최된 '그리스로마신화전'은 신화 붐의 촉발제가 되었다. 이윤기 선생님이 전시에서 신화해설가의 역할을 하면서 독자들의 관심도 증폭되었다."

이윤기는 1977년 신춘문예로 등단했으나 생계를 위해 번역에 힘을 쏟느라 창작에 집중할 수 없는 현실을 안타까워하곤 했다. 신화해설서를 쓰겠다는 계획은 1980년대부터 했고, 《이윤기의 그리스 로마 신화》의 전신이라 할 수 있는 《뮈토스》를 1988년에 출간하기도 했지만 당시에는 성공하지 못했다. 《이윤기의 그리스 로마 신화》가 밀리언셀러가 되었다는 소식에 그는 "오랜 숙원 사업을 해냈다는 자부심, 무엇보다 문학의 본령인 창작에 몰두할 수 있는 경제적 여건이 만들어졌다는 점에서 감사해했다"(이수미 대표)고 한다.

밀리언셀러가 되기까지 월별 판매 추이는 정확한 기록이 남아 있지 않다. 김보경 웅진지식하우스 대표는 "2003년까지는 월 2만~3만 부 정도씩 나간 것으로 추정되고, 2005년부터 2014년 6월까지 누적 판매량은 45만 부"라고 했다. 단순하게 셈하면 1년에 5만 부 이상씩 나가고 있는 것이다.

"너 자신을 알라." 우리는 이것을 그리스 철학자 소크라테스가 한 말로 기억하지만 사실은 델포이 신전에 새겨져 있는 문장이다. "의문을 제기하고 그 답을 모색하는 사람만이 신화의 주인공, 자기 삶의 주인공이 된다”고 이윤기는 썼다. 열여섯 살이 된 테세우스는 ‘나에게는 왜 어버지가 없는가? 나는 도대체 어디에서 왔는가?’ 묻는다. 어머니 아이트라는 아들이 무거운 섬돌을 들어 올릴 수 있는지 시험했다. 테세우스는 그것을 번쩍 들어올렸다. 섬돌 밑에는 16년 전 아버지 아이게우스(아테나이의 왕)가 감추어둔 칼과 가죽신이 있었다. 테세우스는 그것을 간직하고 아테나이로 간다.

이 책은 ‘프로크루스테스의 침대’도 흥미롭게 푼다. 테세우스는 온갖 도둑들을 물리친 다음에야 아테나이에 도착한다. 프로크루스테스도 악명 높은 도둑 중 하나였다. 그는 나그네를 집 안으로 불러 침대에 눕히곤 나그네의 키가 침대보다 길면 잘라서 죽이고 짧으면 늘여서 죽였다. 자기 생각에 맞추어 남의 생각을 뜯어고치려는 버르장머리, 남에게 해를 끼치면서까지 자기주장을 굽히지 않는 횡포를 ‘프로크루스테스의 침대’라고 하는 것은 여기서 유래한 말이다. 테세우스는 이 해괴한 도둑이 쓴 방법으로 그를 죽인다.

테세우스는 헤라클레스와 더불어 그리스를 대표하는 영웅이다. 신분을 증명하는 칼과 가죽신이 없었다면 아이게우스 왕의 아내인 메데이아에게 독살당하고 말았을 것이다. 그런데 가죽신은 이아손의 신화나 테세우스의 신화에만 나오는 게 아니다. 이윤기는 이 대목에서 〈달마도〉를 꺼낸다. 험상궂은 달마대사가 등장하는 그림 말이다. 〈달마도〉를 보면 대사의 지팡이에 신발 한 짝이 걸려 있는 것이 보통이다. 신발의 전설은 여기서 끝나지 않는다. 유럽의 옛 동화 〈신데렐라〉, 우리나라 고전소설 〈콩쥐팥쥐〉에서도 되풀이된다.

"구약 시대의 모세는 활활 타오르는 신성한 떨기나무 앞에서 신발을 벗어야 했다. 모세가 벗은 것은 혹시 인간 모세의 자아 아니었을까? 목숨을 끊는 사람들은 오늘날에도 신발을 벗어놓은 채 물속으로 뛰어든다. 여성의 변심은 '고무신 거꾸로 신기'라고 부른다. 또 임의 품에 안기려면 버선발로 뛰어나간다. 신발을 신을 틈이 없다. 자신의 온 존재를 벗어놓은 채 달려나간다."

《이윤기의 그리스 로마 신화》는 신화를 해독하면서 거기에 갇히지 않는다. 신화 바깥의 현실과 이어준다. 신발 이야기를 하면서 이윤기는 "우리가 이력서라 부르는 것은 '신발[履]을 끌고 온 역사[歷]의 기록[書]'"이라고 적었다. 우리의 신발이 온전한지, 혹시 한 짝을 잃어버린 것은 아닌지 묻는다. 신화는 언제 발생한 것인지 아무도 모른다. 분명한 것은 우리가 살고 있는 이 시대와 아득한 선사시대 사이에 신화가 있다는 사실이다. "신화는 어쩌면 우리가 잃어버린 신발 한 짝인지도 모른다"는 문장이 마음에 퐁당, 물음표를 던진다.

신화학자 조지프 캠벨은 《신화의 힘》에서 "신화 읽기는 우리에게 '살아 있음의 경험'을 일깨워준다"고 썼다. 《이윤기의 그리스 로마 신화》는 서양 문명의 밑바닥에 깔려 있는 신화적 상상력을 우리 삶의 한복판으로 길어 올렸다. 이윤기의 신화 해석이 주목을 받은 까닭은 서구의 것인 로마 신화를 우리 정서와 상상력으로 풀어냈다는 점 때문이다. 서양 문명권에서 성장하지 않은 우리 독자에게 훌륭한 '신화 소화제'를 쥐어준 셈이다.

'잘된 번역'만으로는 성공하지 못했을 이 책의 진짜 매력은 저자 자신이 고안해낸 새로운 독법(12개의 열쇠)으로 신화를 재배열한 데서 찾을 수 있다. 이윤기의 신화 해석은 세련되면서 구수했다. 이권우 도서평론가는 "디지털 시대에 신화 열풍이 분 것은 어인 까닭일까. 이윤기의 공이 컸다. 성인 독자뿐 아니라 아이도 귀신 씨나락 까먹는 소리에 홀딱 반해버리고 말았다"고 했다.

이윤기는 훌륭한 번역가, 작가이자 신화학자였다. 2010년 그가 별세하자 지인들은 "이윤기는 신화의 주인공이었다. 수백만 부 베스트셀러가 된 《그리스 로마 신화》를 쓴 신화연구가로서도 그랬지만, 동인문학상을 받은 소설가로서, 《장미의 이름》과 《그리스인 조르바》의 번역가로서, 그리고 무엇보다 인생의 엔터테이너로서도 신화적이었다"고 추억했다.

이윤기에게 신화는 '진리가 용출하는 재미있는 이야기'였다. 그는 "내게 진실인 것이 남에게도 진실일 때 보편적 진리가 된다. 신화가 오래도록 살아남은 것은 진리에 가장 가깝기 때문"이라며 "독자가 내 책을 읽었다면 그것은 내게 신화학 수강신청을 한 것"이라고 말했다. 신화·소설·번역 중 도대체 당신의 정체는 무엇이냐는 질문에 대한 답은 이랬다. "나는 소설가다. 밥 먹으려고 번역했고, 그러다 신화와 가까워졌다. 문학은 신화의 많은 자식 중 하나에 불과하다."

편집자의 눈으로 보면 그는 어떤 사람이었을까. 이수미 대표는 "술과 사람을 좋아했고 진정으로 우리말을 사랑한 인문주의자였다"며 "〈봄날은 간다〉를 멋들어지게 부를 줄 알았던 동양의 조르바"라고 했다. 이야기꾼 이윤기는 동서양 고전에 대한 해박한 이해와 철저한 현

장 탐사를 바탕으로 펄펄 살아 있는 캐릭터를 만들어낸다는 평을 받았
다. 능수능란한 서사구조를 만들어내는 천부적인 이야기꾼이라는 것
이다.

이 책은 신화 한 토막을 귀에 착착 감기는 언어로 들려주는 것에서
멈추지 않았다. "미궁은 거기에 들어가지 않으려는 사람에게는 존재
하지 않는다. 신화도 그 의미를 읽으려고 애쓰지 않는 사람에게는 존
재하지 않는다"고 이윤기는 썼다. 신화는 미궁과 같다. 신화라는 미궁
속에서 상징적인 의미를 알아내기란 여간 어려운 일이 아니다. 이윤기
는 "그러나 독자에게는 '아리아드네의 실타래'가 있다"고 말한다. 그
실타래가 바로 상상력이다. "미궁의 입구에서 기다리는 아름다운 공
주는 이렇게 진입과 탈출을 시도한 독자, 성공한 독자에게만 존재한
다"는 그의 말에 얼굴 가득 미소가 번진다.

유단자

이윤기(1947~2010)는 훌륭한 번역가이자 작가이자 신화학자였다.
이야기에 두루 능통한 유단자다. 이윤기가 어느 문학상을 받는 자리
에서 한 수상 연설을 소개한다. 그는 한 아동문학가의 얘기부터 들려
준다.

"이 양반이 청탁을 받고 동시 한 편을 썼는데 써놓고 보니 조금도

동시 같지 않더랍니다. 궁리를 거듭하다, 옳다구나 하고 제목 위에다 '동시'라고 터억 박아 썼더니 그 순간부터 그렇게 동시스러워 보일 수가 없더랍니다……." 이윤기는 사물이 이름을 얻기 전과 후가 이렇게 다르다면서 그제야 자기 얘기를 시작한다. 요약하면 이렇다.

"저는 중학교 시절에 유도를 시작했습니다. 유단자가 되어 검은 띠를 매던 날의 감격을 잊지 못하겠습니다. 그날 저는 몇 가지 결심을 했지요. 화장실이 아닌 곳에서는 절대로 오줌을 누지 않겠다는 결심이 그중의 하납니다. 유단자가 아무 데서나 오줌을 눌 수는 없는 노릇이지요. 날씨가 아무리 추워도 교복 바지 주머니에 손을 넣지 않겠다는 결심도 했습니다. 유단자란 모름지기 남에게는 물론 나 자신에게도 나약한 모습을 보여주어서는 안 되는 일이었지요. 비가 와도 우산 같은 것을 들지 않기로 했습니다. 유단자가 우산 따위의 신세를 지어서는 안 되는 것이라고 생각했던 것이지요. 여름이면 내 가방과 함께 책이 자주 젖었지요.

늦가을 장대비가 쏟아지는 날이었습니다. 저는 보도 중앙을, 독일 병사처럼 걷고 있었습니다. 동행하던 급우가 있었습니다. 저는 장대비를 고스란히 맞으면서 걸었지만 그는 비를 맞지 않더군요. 그는 보도 옆에 늘어선 남의 집 처마 밑을 이용해서 절묘하게 비를 피해, 뛰고 걷기를 되풀이했습니다. 저는 그 친구가 조금도 부럽지 않았습니다. 모름지기 유단자는 그런 것을 부러워하지 않아야 하는 것이지요. 저는 그런 유단자였습니다. (중략) 오늘 받은 이 문학상은 저에게 그때 그 유단자의 검은 띠에 해당합니다. 이제 저는 유도의 유단자가 아닌

문학의 유단자가 된 만큼, 저보다 먼저 검은 띠를 맨 유단자들의 명예를 더럽히지 않겠습니다.

나는 주최 측의 눈치를 보아가며 그렇게 떠들어대고도 부끄러운 줄 몰랐다. 중학교 동기들이 수상을 축하하는 잔치를 열어준다고 해서 나가보았더니 회장이 바로 그 친구, 남의 집 처마 밑을 이용해서 절묘하게 비를 피하면서 걷던 바로 그 친구였다. 나는 그 잔치 자리에서 그 시절에 그 친구도 이미 유단자였다는 사실을 처음으로 알았다. 친구는 유단자라는 이름에 갇히지 않은 유단자였다. 문학에 대한 친구의 이해는 실로 깊고도 넓었다. 나는 친구야말로 고수였다는 사실을 알았다. 얼굴에 모닥불이 묻은 듯했다."

이윤기의 집필 노트 《조르바를 춤추게 하는 글쓰기》(웅진지식하우스)에 나오는 이야기다. 이 에피소드 제목은 '얼굴 보고 이름 짓기'. 이윤기는 소설가이자 번역가, 신화전문가로 살았다. 우리 시대의 가장 탁월한 문장가 중 한 명으로 꼽힌다. 오랜만에 다시 펼쳐 든 이 책은 밑줄 그은 대목이 많다. 어떤 문장은 글맛이 좋아서, 다른 문장은 생각이 참신해서, 또 어떤 문장은 기억하고 싶어서 쫙, 줄을 그었다.

《조르바를 춤추게 하는 글쓰기》는 이윤기가 남긴 산문 중에서 39편을 뽑아 묶은 것이다. 실패담과 자기반성, 글 쓰는 법에 대한 이윤기

《조르바를 춤추게 하는 글쓰기》에는 글 쓰는 법에 대한 이윤기만의 철학이 담겨 있다.

만의 철학이 담겨 있다. 첫 문장의 설렘부터 퇴고의 고뇌까지, 등단의
기쁨부터 창작과 번역의 세계를 오가던 시기의 고민까지 엿볼 수 있
다. 고인의 딸이자 번역가인 이다희가 서문을 썼다. 이다희는 "글을
쓰는 일은 집안 대대로 내려온 남모르는 비법 육수를 우려내는 일과
는 달라서 작가의 딸이라고 해서 더 유리한 위치에 있다고 할 수는 없
다"고 고백했다. 그의 말마따나 비법 육수의 '레시피'는 공개되어 있
다. 다만 재현하는 방법과 재현된 맛이 다 다를 뿐이다.

개그콘서트 인기 코너였던 〈깐죽거리 잔혹사〉로 개그맨 조윤호가
떴다. "유단자인가?" "끝!"이라는 유행어도 만들었다. 광고도 여러 편
찍은 모양이다. 한국 사회에는 유단자가 참 많다. 그 분야에서 공인한
실력자, 고수라는 뜻일 텐데 품격은커녕 바닥을 보게 되는 경우가 잦
다. 권위는 저절로 생기거나 지켜지는 게 아니다. 어깨에 별을 넷 달
고 있던 1군사령관이 음주 추태 문제로 불명에 전역했다. 이윤기의 글
을 읽으며 '유단자'라는 낱말에 대해 다시 생각해본다.

연금술사

1990년대 말 출판 시장에서 완전히 죽었던 책이 2000년대 초 재출간되어 별안간 100만 부나 팔릴 수 있을까. 《연금술사》(문학동네)는 쓸모없는 쇠붙이를 금덩어리로 바꾸는 연금술을 증명했다. 파울로 코엘료가 쓴 이 우화 소설은 1992년 《꿈을 찾아 떠나는 양치기 소년》(고려원)으로 번역되어 나왔다가 절판되고 말았다. 독자 반응이 미미했기 때문이다. 제목과 번역, 디자인과 장정이 바뀌긴 했지만 본질은 그대로인 《연금술사》의 밀리언셀러 등극은 그래서 거짓말처럼 들린다.

2001년 12월 이 책을 다시 펴낸 출판사도 사실 출간할 마음이 없었다. 강태형 문학동네 대표의 말이다. "솔직히 그 책을 낼 생각이 없었다. 코엘료가 쓴 《브리다》와 《베로니카 죽기로 결심하다》의 판권을 사고 싶었는데 '다음 신간에 우선권을 줄 테니 작품 전체를 다 낼 수 없겠느냐'는 요청이 왔다." 《연금술사》부터 다시 펴내달라는 뜻이었다.

강 대표는 A급 책을 잡기 위해 패키지로 묶인 B급 책을 울며 겨자 먹기로 계약한 셈이다. 그런데 그 B급이 이른바 '포텐(잠재력)'을 터뜨릴 줄이야.

B급이라는 말은 코엘료나 《연금술사》에게는 실례다. 1988년 세상에 나온 이 소설은 유럽을 비롯해 세계적으로 검증된 베스트셀러다. 2002년에 이미 56개 언어로 번역되었고 2억 부 넘게 팔렸다. 작가 입장에서는 한국에서 이 책이 절판되었다는 사실을 납득하기 어려웠을 것이다.

코엘료는 2013년 4월 21일 트위터에 이런 글을 올렸다. "Reality is different from fiction. In fiction, things need to make sense." 워낙 짧은 트윗이라 맥락은 알 수 없지만 "현실은 소설과 달리 왜 이토록 이해하기 어렵고 엉망진창인가" 하는 불평쯤으로 읽힌다. 그것을 조금 비틀면 《연금술사》가 20세기 말 한국에서 겪은 망신과도 겹친다. 코엘료에게 한국은 명성이나 예측이 작동하지 않는 희한한 나라로 비쳤을 것이다.

문학동네에서 옷을 갈아입은 《연금술사》에 대한 독자들의 반응은 처음엔 그다지 특별할 게 없었다. 마음먹고 버스 광고까지 했지만 입소문조차 나지 않았다. 그런데 2003년 하반기에 이르자 풍향이 달라졌다. 베스트셀러 소설 부문에 이름을 올리며 탄력을 받기 시작한 것이다.

독일 프랑크푸르트 도서전이 전환점이 되었다는 해석이 있다. 코엘료는 2003년 10월 9일 이 도서전에서 가장 많은 번역본(53종)에 사인

한 저자로 기네스북에 등재되었다. 해당 작품이 바로 《연금술사》였다. 당시 45분 동안 서명을 했는데 그 자리에서 문학동네의 《연금술사》를 가리키며 "이 디자인이 가장 마음에 든다"는 말을 했다고 한다. 그 소식이 국내 언론에 보도되며 판매량이 오르기 시작했다는 것이다.

2004년 내내 이 소설은 '고공비행'을 했다. 《연금술사》는 그해 교보문고와 예스24에

《연금술사》는 첫 출간 시에는 빛을 보지 못했다가 10년 가까이 지나 재출간되어서 밀리언셀러에 등극한 특이한 사례다.

서 베스트셀러 종합 1위를 석권했다. 섹스를 통해 사랑과 세상을 해석하는 장편 《11분》(교보 16위), 모든 걸 가졌지만 마음이 공허한 여주인공의 이야기 《베로니카 죽기로 결심하다》(교보 28위)까지 베스트셀러에 오르며 '코엘료 신드롬'이 출판 시장을 지배했다. 자아의 신화 찾기를 다룬 《연금술사》의 인기에 대해 "팍팍한 현실과 물질적 가치에 시달리면서 '어떻게 살아야 하는가' '무엇 때문에 사는가'라는 절박한 질문과 맞닥뜨린 현대인에게 위안과 더불어 해답을 찾는 과정을 보여준다"는 해석이 나왔다. 실용서가 보여줄 수 있는 정답 이상의 가치로 독자에게 다가왔다는 것이다.

출판 동네에서는 "죽은 자식의 불알을 만져 되살린 격"이라는 농담이 오갔다. 강태형 대표는 "유럽에서는 실업이 늘어나고 소비가 줄어드는 불황이 올 때《연금술사》판매량이 올랐다고 한다. 2004년에 한국이 그랬다. 하지만 어떻게 밀리언셀러까지 되었는지는 솔직히 모르겠다"고 했다. "독자 연령대가 넓고 생명력이 긴 우화라는 게 강점"이라지만 그것만으로는 설명이 부족하다.

2004년 체감경기는 IMF 외환위기 때보다 나빴다. 오죽하면 그해 말 정리한 국내 뉴스 1위가 '불황'이었다. 내수 경기의 대표적 지표인 소매업 생산은 21개월 연속 감소했다. 여의도에서 벌어진 식당 주인들의 '솥뚜껑 시위'가 서민의 하소연을 웅변했다. '5퍼센트대 성장'을 공언하던 정부는 뒤늦게 "올해 성장은 4퍼센트에 그칠 것"이라고 물러섰다. "고치기 어려운 우울증과 무기력증에 빠진 환자"(이헌재 경제부총리)를 비롯해 우리 경제를 '질병 백화점'에 빗대는 말들이 쏟아져 나왔다. 그렇게 침체된 시기에《연금술사》에 담긴 메시지, 즉 '간절히 구하면 이루어진다'는 희망의 메아리가 더 크게 울려 퍼진 것만은 사실이다.

이 소설 속 주인공 산티아고는 열여섯 살 때까지 신학교를 다녔다. "세상을 두루 여행하고 싶다"며 신부(神父)가 되는 길을 포기했고, 아버지가 준 금화로 양을 사 양치기가 되었다. 꼬박 2년 동안 양 치는 법을 배운 산티아고는 똑같은 꿈을 두 번 꾼다. 집시 노파는 그에게 "자네는 이집트 피라미드에 가게 되고 보물을 발견할 것"이라고 말한다. 노파는 해몽만 할 뿐 그걸 현실로 만드는 건 꿈꾼 자의 몫이다.

산티아고는 왕이라고 주장하는 신비한 노인을 만난다. 노인은 산티아고가 읽던 책을 보곤 "우리가 삶의 어느 대목에서 운명에 대한 통제력을 잃고 결국 운명에 지배당하게 된다는 이야기로군. 터무니없는 소리지"라고 일갈한다. 그러면서 양의 10분의 1을 주면 보물을 찾아가는 길을 가르쳐주겠다고 제안한다. 《연금술사》의 명문장으로 회자되는 "자네가 무언가를 간절히 원할 때 온 우주는 자네의 소망이 실현되도록 도와준다네"는 이 대목에서 노인이 하는 말이다. 이미 익숙해진 것(양치기)과 가지고 싶지만 불확실한 것(보물) 중에 하나를 선택해야 하는 상황. 산티아고는 고민 끝에 후자를 소명처럼 받들게 된다.

자아의 신화 끝까지 멈추지 말고 가야 하는 그에게 노인이 들려준 행복의 비밀도 흥미롭다. 행복의 비밀을 배우러 온 젊은이에게 현자는 기름 두 방울이 담긴 찻숟가락을 건네며 "저택을 둘러보는 동안 기름을 한 방울도 흘려선 안 된다"고 당부했다. 두 시간 뒤 다시 만난 현자는 "정교한 페르시아 양탄자, 아름다운 정원, 양피지로 된 훌륭한 책을 보았느냐"고 묻지만, 젊은이는 "기름에 집중하느라 아무것도 보지 못했다"고 고백한다. 젊은이는 다시 저택을 한 바퀴 감상하고 오지만 이번엔 기름을 다 흘려버리고 만다. 현자가 말한다. "행복의 비밀은 이 세상 모든 아름다움을 보는 것, 동시에 숟가락에 담긴 기름 두 방울을 잊지 않는 데 있도다."

이집트 피라미드에 닿으려면 사막을 건너야 한다. 사막은 변덕스런 여인네 같아서, 때로는 사람을 미치게 한다. 불복종은 곧 죽음을 의미한다. 낙타몰이꾼은 어느 날 밤 산티아고에게 "사막은 광대하고 지평선은 너무 멀리 보여서, 사람들은 자신이 아주 미미한 존재라는 걸 느끼게 된다오. 그래서 오래도록 침묵하게 되는 거요”라며 “과거도 미래도 아니고 현재, 이 순간만이 내 유일한 관심사”라고 말한다. 세상은 참으로 많은 언어로 산티아고에게 말을 걸어왔다.

파티마라는 여인을 만나는 장면이 운명(마크툽)처럼 다가온다. “시간은 멈춘 듯했고 만물의 정기가 산티아고 내부에서 끓어올라 소용돌이치는 듯했다”고 코엘료는 묘사한다. 지상의 존재들이 마음으로 들을 수 있는 ‘만물의 언어’, 그것은 사랑이다. 인간보다 오래되고 사막보다 오래된 것. 마침내 그녀 입가에 미소가 어렸고 그것은 표지였다. 정체 모르는 채 오랜 세월 기다려온, 책 속에서, 양들 곁에서, 크리스털 가게와 사막의 침묵 속에서 찾아 헤매던 바로 그 표지였다.

《연금술사》는 2005년 교보문고 종합 4위에 오르면서 마침내 100만 부를 돌파했다. 문학동네는 그해 12월 프랑스 일러스트 작가 뫼비우스가 이미지를 그려넣은 《일러스트 연금술사》를 출간했다. 《연금술사》 판매량은 2013년에 200만 부에 이르렀다.

코엘료는 2007년 ‘소설가 명예의 전당’이라 할 수 있는 세계 1억 부 판매를 돌파했다. 그때까지 그가 쓴 14권의 소설은 세계 160여 개국에서 67개 언어로 번역되어 읽혔다. 《연금술사》는 가장 많은 언어로 번역된 책으로 2009년 기네스북에 올랐고, 2010년 〈포브스〉는 트위터에서 세계 두 번째로 영향력 있는 명사로 코엘료를 꼽았다(1위는 팝스타 저스틴 비버). 작가 중에 팔로워 숫자로는 단연 1위였다.

하지만 비평가들은 코엘료를 곱지 않은 시선으로 바라본다. 《독서의 역사》《밤의 도서관》을 쓴 알베르토 망겔도 그랬다. 망겔은 열여섯 살 때 아르헨티나의 서점에서 일하다 한 손님으로부터 "책 읽어주는 아르바이트를 하지 않겠느냐"는 제안을 받았다. 눈이 멀어 책을 볼 수 없었던 작가 호르헤 루이스 보르헤스(1899~1986)였다. 망겔은 보르헤스의 서재에서 4년 동안 그에게 책을 읽어주며 문학의 세례를 받았다. 다독가로 손꼽히는 망겔은 코엘료에 대해 "표절을 일삼는 사람이고 돈벌이를 위해 문학을 파는 창녀"라고 일갈했다. 《연금술사》는 일찍이 생텍쥐페리의 《어린 왕자》, 라즈니쉬의 《배꼽》《탈무드》《천일야화》 등을 표절했다는 의혹을 받았다.

코엘료는 2003년 〈조선일보〉 인터뷰에서 비평가들의 공격에 대해 이렇게 응수했다. "그들에게 내 책은 소설이 아니라 우화라고 말해주고 싶다. 딱딱하고 어려운 종교적·철학적 주제들을 대중에게 알기 쉽도록 풀이하는 게 내 역할이다." 그는 "흔히 내 책이 현실에 대한 고민을 외면하고 환상적인 세계로의 도피를 조장한다고 하는데, 나는 인세 수입으로 브라질 빈곤층 자녀 교육을 위한 복지재단을 운영하면서 나름대로 현실에 참여하고 있다"고 덧붙였다.

국내에서도 《연금술사》는 '자기계발서의 문학 버전'이라는 비아냥거림을 듣는다. 하지만 코엘료를 향한 독자의 지지는 견고하다. 2014년 '한국인이 사랑한 세계의 작가, 세계의 문학'을 주제로 진행한 예스24 설문조사(2만 4079명 참여)에서 코엘료는 5066표(7.3%)를 받아 베르나르 베르베르(9.7%), 조앤 롤링(7.8%)에 이어 3위를 차지했다. 여행 갈 때 들고 가고 싶은 책을 묻는 문항에서 《연금술사》는 4352표(10.3%)를

파울로 코엘료가 쓴 14권의 소설은 세계 160여 나라에서 67개 언어로 번역되었다.(2007년 기준)

얻어 당당히 1위에 올랐다. "작가는 쓸 수 있는 것을 쓴다. 그러나 독자는 바라는 대로 읽는다"(보르헤스)는 말에 비춰 보면 코엘료는 독자의 마음을 영리하게 읽어내는 작가다.

하퍼콜린스 출판사가 펴낸 《연금술사》 영문판에서 코엘료는 서문에 이렇게 썼다. "사람들은 '이 책의 거대한 성공 뒤에 어떤 비밀이 있느냐'고 묻는다. 정직하게 말해서 '나는 잘 모르겠다(I do not know)'. 아는 것이라곤 양치기 산티아고처럼 우리 모두 각자에게 주어진 개인적 소명(personal calling)을 알 필요가 있다는 것이다."

《연금술사》 초반부에 산티아고가 책 읽는 모습을 본 안달루시아 소녀는 "양치기도 책을 읽을 줄 아네요"라며 놀란다. 산티아고는 "양치기가 책을 읽지 않는 건 책보다 양들이 더 많은 것을 가르쳐주기 때문이겠죠"라고 응수한다. 양들에겐 그저 물과 먹이만 있으면 된다. 양은 그 대가로 양털과 고기, 가죽까지 내어준다.

이광주가 쓴 《아름다운 지상의 책 한 권》에는 책이 금은보화에 가깝던 시절에 대한 묘사가 나온다. 양가죽으로 책을 만들던 중세에는

《성서》한 권을 완성하는 데 양 200마리가 필요했다고 한다. 그 비용을 충당하려면 넓은 포도밭 하나를 팔아야 했다.

《연금술사》끝에 붙인 작가의 말에서 코엘류는 연금술사를 세 부류로 구분한다. 연금술의 언어를 이해하지 못한 채 흉내만 내는 사람들이 있는가 하면, 이해는 하지만 연금술의 언어는 머리가 아닌 가슴으로 따라야 한다는 것을 알기에 좌절하는 사람들이 있다. 세 번째 부류가 흥미롭다. 연금술이라는 말조차 들어본 적 없으면서도 연금술의 비밀을 얻은 사람들이다. 코엘류의 스승이 이 세 번째 부류의 연금술사를 설명하며 그에게 해줬다는 이야기를 옮겨본다.

"성모마리아께서 아기 예수를 품고 수도원을 찾았다. 사제들이 길게 줄을 서 경배를 드렸다. 어떤 이는 시를 낭송했고 어떤 이는 성서를 그림으로 옮겨 보여드렸다. 성인들의 이름을 외우는 사제도 있었다. 줄 맨 끝에 서 있던 사제는 볼품없는 사람이었다. 제대로 된 교육을 받은 적이 없었다. 곡마단에서 일하던 아버지로부터 공을 가지고 노는 기술을 배운 게 고작이었다. 다른 사제들은 그가 경배드리는 것을 막고 싶었다. 그러나 그는 주머니에서 오렌지 몇 개를 꺼내더니 저글링을 하며 놀기 시작했다. 아기 예수가 처음으로 환하게 웃으며 손뼉을 쳤다. 성모께서는 그 사제에게만 아기 예수를 안아볼 수 있도록 허락하셨다."

양치기를 그린 이야기는 《연금술사》말고도 많다. 이솝 우화 속 〈양치기 소년과 늑대〉는 거짓말을 자꾸 하면 정말 필요할 때 아무도 도와주지 않는다는 교훈을 준다. 양치기 다윗은 투구도 갑옷도 없이 속임

수를 써서 거인 골리앗을 쓰러뜨렸다. 그리스신화에서 트로이 왕자 파리스는 '트로이를 망하게 할 아이'라는 신탁 때문에 태어나자마자 버려져 양치기로 자란다. 알퐁스 도데의 〈별〉에서 주인집 아가씨를 연모하는 양치기의 서정은 또 어떤가. 목자와 양 떼는 기독교의 상징이기도 하다. 현대에는 '양치기 리더십'도 등장했다.

코엘료가 특별한 까닭 중 하나는 현실에 개입해서 때론 현실을 바꾼다는 점일지도 모른다. 그는 2014년 12월 트위터에 "소니픽처스로부터 영화 〈인터뷰〉의 권리를 10만 달러에 사들이고 싶다"며 "영화는 내 블로그에 무료로 공개하겠다"는 글을 올렸다. 소니픽처스가 북한의 김정은 암살을 다룬 영화 〈인터뷰〉 때문에 테러리스트의 위협에 굴복해 상영을 보류하면서 벌어진 논란에 오바마 미국 대통령 등과 더불어 입장을 표명한 것이다.

스스로를 '한국 영화의 팬'으로 지칭한 코엘료는 "북한에 대해 굉장히 강경한 한국 영화도 여럿 있지만 모두 문제없이 상영되었다"고 지적하며 영화 〈인터뷰〉를 살만 루슈디의 《악마의 시》에 비유했다. 이 책도 아랍권에서 금서(禁書)로 지정됐고, 루슈디는 무함마드를 모독했다는 이유로 살해 대상으로 지목되었다. 코엘료는 미국 〈USA투데이〉 인터뷰에서 "이번 발언으로 내가 공격받을 수도 있겠지만, 믿는 가치를 위해 싸우지 않으면 자유를 누릴 권리도 없다"고 말했다.

《연금술사》는 자아의 믿음을 신봉하라고 말하는 책이다. 중세에는 가난한 사람을 '불행하다(unfortunate)'고 표현했는데 이젠 '패배자(loser)'로 낙인찍는다. 불안과 불만족, 무기력이 팽배해지면서 스스로

루저라고 느끼는 사람이 많아졌다. 그런 세상이니 《연금술사》가 《성서》처럼 퍼지는 것일지도 모른다. 교주님(코엘료)은 일주일에 한 번이 아니라 하루에 몇 번씩 트위터를 통해 설교(사회적인 발언)를 한다. 그것은 또 뉴스가 된다. 대중이 믿고 싶어 하는 것을 복음처럼 만들어 끊임없이 전파한다는 사실, 그것이 《연금술사》가 밀리언셀러가 된 배경이다.

극강의 스테디셀러(10년+1만 부 클럽)

류현진은 메이저리그를 지배하는 투수가 아니다. 하지만 좀처럼 무너지지 않고 꾸준하다. 돈 매팅리 다저스 감독은 그에게 '한결같다(consistent)'는 형용사를 붙이며 '과소평가되어 있다(underrated)'고 했다.

출판사 사장들은 이구동성으로 말한다. 책 시장에도 '효자'는 따로 있다고. 베스트셀러 순위에 나타나지 않지만 세월을 견디는 저류(底流) 같은 책이 있다고. 바로 스테디셀러다. 타올랐다 소멸하는 베스트셀러와 달리 한결같으면서 과소평가된 책. 2013년에 주요 출판사 30여 곳을 통해 10년 넘게 해마다 1만 부 이상 판매됐고 지금도 싱싱하게 '펄떡이는' 책의 목록을 뽑았다. 이름 붙이자면 '10년＋1만 부 클럽'.

《광장》부터 《연금술사》까지

가장 오래된 스테디셀러는 문학과지성이 1976년 펴낸 최인훈 소설 《광장》(발표는 1960년). 누적 65만 부가 판매됐다. 조세희가 쓴 《난장이가 쏘아올린 작은 공》(일명 난쏘공, 1978), 이문열 평역으로 출간되어 1800만 부 팔렸고 올해 전자책으로도 나온 《삼국지》(1988), 조정래의 《태백산백》(1986), 김훈의 《칼의 노래》(2001) 등도 '10년+1만 부 클럽' 회원이다. 창비는 "기록이 정확하지 않지만 황석영 소설도 포함될 것"이라고 했다. 세계에서 1억 4000만 부 팔렸다는 코엘료의 《연금술사》(2001)를 비롯해 《앵무새 죽이기》(2002) 같은 외국 소설도 있었다.

시집은 극소수였다. 그래도 극강의 스테디셀러는 1998년부터 123만 부가 판매된 류시화의 《지금 알고 있는 걸 그때도 알았더라면》. 평단은 외면하지만 독자는 꾸준한 성원을 보내고 있는 것이다. 김용택의 《시가 내게로 왔다》(2003, 누적 60만 부), 기형도의 《입 속의 검은 잎》(1989, 26만 부)도 뒷심이 좋다.

문학 바깥에서는 해마다 5만 부씩 나간다는 리처드 도킨스의 과학 교양서 《이기적 유전자》(1993)를 비롯해 스티븐 코비의 《성공하는 사람들의 7가지 습관》(1994), 이윤기의 《그리스 로마 신화》(2000), 진중권의 《미학 오디세이》(1994), 켄 블랜차드의 《칭찬은 고래도 춤추게 한다》(2003) 등이 스테디셀러였다. 움베르토 에코의 《장미의 이름》, 플라톤의 《소크라테스의 변명》, 최순우의 《무량수전 배흘림기둥에 기대서서》는 꾸준히 팔리기는 하지만 '연간 1만 부' 허들을 넘지는 못했다.

사연 있는 스테디셀러

교보문고를 통해 2013년 1~8월 스테디셀러 판매 순위를 뽑아 교차 검증했다. 출간 10년이 넘은 책 중에는 재러드 다이아몬드의 《총, 균, 쇠》(1998), 니코스 카잔차키스의 《그리스인 조르바》(2000), 무라카미 하루키의 《상실의 시대》(1989)가 1~3위에 올라 있다.

스테디셀러 판매 순위

순위	제목(초판 발행)	저자
1	총, 균, 쇠(1998)	재러드 다이아몬드
2	그리스인 조르바(2000)	니코스 카잔차키스
3	상실의 시대(1989)	무라카미 하루키
4	연금술사(2001)	파울로 코엘료
5	이기적 유전자(1993)	리처드 도킨스
6	지금 알고 있는 걸 그때도 알았더라면(1998)	류시화
7	설득의 심리학(1996)	로버트 치알디니
8	난장이가 쏘아올린 작은 공(1978)	조세희
9	과학 콘서트(2003)	정재승
10	칼의 노래(2001)	김훈

어린이 책 스테디셀러

순위	제목(초판 발행)	저자
1	샬롯의 거미줄(2000)	엘윈브룩스 화이트
2	강아지똥(1996)	권정생
3	아낌없이 주는 나무(2000)	쉘 실버스타인
4	너는 특별하단다(2002)	맥스 루카도
5	탈무드 111가지(2002)	세상모든책 편집부
6	양파의 왕따 일기(2001)	문선이
7	마당을 나온 암탉(2002)	황선미
8	자전거 도둑(1999)	박완서
9	꽃들에게 희망을(1999)	트리나 폴러스
10	괴물들이 사는 나라(2002)	모리스 센닥

※ 출간 10년 넘은 책, 2013년 1~8월 교보문고

이번 조사에서는 한국에서 유독 인기 있는 작가 베르나르 베르베르와 알랭 드 보통도 존재감을 드러냈다. 그동안 책 700종을 펴낸 까치에서 '10년+1만 부 클럽' 회원은 드 보통뿐이었다. 2002년 출간되어 드 보통 붐의 진원지가 된 소설《왜 나는 너를 사랑하는가》. 박종만 사장은 "번역본 제목을 '왜 나는……'으로 할지 '나는 왜……'로 할지 당시 고민이 많았다"고 했다.

열린책들에서 '10년+1만 부 클럽'에 오른 책은 베르베르가 쓴《나무》(2003)와 《상상력 사전》(1996)밖에 없었다. 《그리스인 조르바》는 최근에 부활했을 뿐 1만 부 밑으로 주춤한 해가 있었다는 것이다. 이 출판사는 '베르베르님'이 먹여 살리는 셈이다.

출판사 사장이 탐내는 책

출판사 사장·편집장 등 20명에게 "다른 출판사에서 나온 가장 탐나는(훌륭한) 스테디셀러는 무엇이냐?"고 물었다. 최다 득표는《나의 문화유산답사기》와 《난쏘공》(이상 3표). 《그리스인 조르바》《총, 균, 쇠》《태백산맥》은 나란히 2표를 받았다.

유홍준의 《나의 문화유산답사기》 시리즈는 1993년 전남 강진·해남 땅을 시작으로 제주까지 전국을 훑더니 2013년부터는 일본편도 나왔다. 김학원 휴머니스트 대표는 "전문가와 대중 사이의 간극을 좁혀준 책"이라며 "시리즈물은 고정 독자 1만 명이 넘으면 누적·확산 효과로 스테디셀러가 되기에 유리하다"고 했다.

《난쏘공》은 도시빈민과 공장 노동자, 철거민 가족을 전면에 내세운 첫 한국 소설. 장은수 전 민음사 대표는 "시대정신과 작품 형식의 완벽한 조화 같은 것이 고전을 만들어내는데, 《난쏘공》이 그런 작품"이라고 말했다. 정은숙 마음산책 사장은 "《총, 균, 쇠》와 《그리스인 조르바》는 해당 분야 바깥의 독자까지 읽고 있다는 점에서 탐나는 책"이라고 했다. 오주석의 《한국의 미 특강》, 전몽각의 《윤미네 집》, 시오노 나나미의 《로마인 이야기》 등도 훌륭한 스테디셀러로 꼽혔다.

백원근 한국출판연구소 책임연구원은 "스테디셀러는 신뢰할 수 있는 도서 목록이자 출판사의 자산"이라면서 "한 사회의 독서 지형과 지적 풍속도를 보여준다"고 했다.

마당을 나온
암탉

21세기에 나온 밀리언셀러 가운데 이런 '궤적'은 좀처럼 보기 드물다. 100만 부 넘게 팔린 다른 책들의 판매 곡선을 보면 대체로 둘 중 하나다. 출발부터 폭발적 스피드로 1~2년 안에 결승점에 닿거나, 오랫동안 잠잠하다 영화·방송 같은 동아줄을 붙잡고 공중부양하거나. 독서 시장을 휩쓰는 '집단 최면', 어떤 쏠림 현상을 낳지 않고는 밀리언셀러가 되기 어려운 것이다.

《마당을 나온 암탉》(사계절)은 그래서 특별하다. 2000년 5월 세상에 나와 2011년 5월에 100만 부를 돌파한 이 동화는 뚝심 있는 마라토너 같다. 교보문고가 해마다 12월에 발표하는 베스트셀러 종합 20위 안에 이름을 올린 적이 없다. 끈질기게 따박따박 구간 기록을 이어가며 출간 11년 만에 목표점에 도달했다. 뜨겁게 불붙었다가 어느 시기가 지나면 식어버리는 '밀리언셀러의 사이클'로 보면 줄기차게 군불이 타오른 셈이다.

사계절출판사에 따르면 이 책은 2000년과 2001년에 5만 부씩 나갔다. 입소문이 나기 시작한 데다 어린이 책의 중흥기랄 수 있는 2002년부터 2004년까지는 해마다 12만 부 정도 판매됐다. 2005년부터 2010년까지는 9만 부씩, 2011년엔 100만 부 돌파 행사와 영화 〈마당을 나온 암탉〉 개봉에 힘입어 극점인 20만 부를 찍었다. 성인 책에서는 1~2년에 100만 부가 드문 일이 아니다. 그런데 어린이 책에서《마당을 나온 암탉》이 이룬 100만 부는 10년에 걸쳐 일어난 일이다.

이 동화는 양계장을 묘사하면서 시작된다. 문이 잘 맞지 않아서 언제나 문틈으로 아카시아나무가 보인다. 암탉 잎싹은 그 사실이 더없이 좋았다. 그래서 겨울에 찬바람이 들이치고, 여름에 비가 들이쳐도 군소리 없이 견디며 살아왔다. 잎싹은 양계장에 들어온 뒤부터 알만 낳으며 일 년 넘게 살아왔다. 돌아다니거나 날개를 푸덕거릴 수 없고, 철망 속에서 나가본 일이 없었다. 그런데도 남몰래 소망을 가졌다. 마당에 사는 암탉이 앙증맞은 병아리를 까서 데리고 다니는 것을 본 뒤부터다. '한 번만이라도 알을 품을 수 있다면. 그래서 병아리의 탄생을 볼 수 있다면……'

눈부신 바깥을 잎싹은 동경한다. 마당 끝에 있는 아카시아나무에 새하얀 꽃이 핀다. 꽃향기가 바람을 타고 양계장까지 들어와 잎싹의 가슴속으로 스며든다. 잎싹은 저도 모르게 벌떡 일어나 철망 틈으로 고개를 내민다. 털이 숭숭 빠진 맨목덜미가 빨갛게 드러난다. '잎사귀가 또 꽃을 낳았구나!'

《마당을 나온 암탉》은 10년 넘게 꾸준히 팔리며
밀리언셀러에 등극한 특이한 사례다.

아카시아꽃은 며칠 안 가서 눈송이처럼 날리며 졌고 초록색 잎사귀만 남았다. 초록색 잎사귀는 늦은 가을까지 살다가 노랗게 물들었고 나중에는 조용히 졌다. 거친 바람과 빗줄기를 견딘 잎사귀들이 노랗게 질 때 잎싹은 감탄했다. 이듬해 봄에 연한 초록색으로 다시 태어나는 것을 보면서 또 감탄했다. 아카시아나무 잎사귀가 부러워 '잎싹'이라는 이름을 혼자 지어 가졌다. 이름을 갖고 나서부터 골똘히 생각하는 버릇이 생겼다. 문밖에서 벌어지는 일들도 빠짐없이 기억했다. 달이 차고 기우는 일, 해가 떠오르는 일, 마당 식구들이 아옹다옹 다투는 일까지.

오리들과 늙은 개, 수탉과 암탉이 어울려 지내는 마당. 그곳은 잎싹이 도저히 끼어들 수 없는 다른 세상이었다. 아무리 목을 내밀어도 철망을 빠져나갈 수 없고 깃털만 뽑혔으니. '왜 나는 닭장에 있고, 저 암탉은 마당에 있을까?' 혼자서 낳은 알은 아무리 품어도 부화하지 않는다는 사실을 잎싹은 몰랐다. 진작 알았다면 알을 품고 싶다는 소망 따위는 아예 품지 않았을지도 모른다.

알을 낳지 못한 지 이레째, 양계장 문이 열리고 주인 부부가 빈 수레를 밀고 들어온다. "아쉬운 대로 고기값은 받을 수 있겠지요?" "글쎄, 병든 것 같은데……." 주인 부부가 잎싹을 두고 말을 주고받는다. 잎싹은 그 말을 귀담아듣지 않는다. 드디어 마당에 살게 됐다는 생각에 가슴이 두근거렸을 뿐이다. 어떻게든 수레에서 빠져나가야겠다고 생각한다. 잎싹은 죽은 닭을 버리는 구덩이에서 비척비척 일어선다. 청둥오리 덕에 운 좋게 살아나지만 안전해진 것은 아니다. 족제비가 잎싹을 노려보고 있다.

사계절은 1999년 12월에 이 책을 계약했다. 생활동화가 주류를 이루던 때였다. 문학성과 깊은 주제 의식을 지닌 동화는 많지 않았다. 상징과 은유, 다면적인 주제를 담고 있는 《마당을 나온 암탉》을 과연 아이들이 소화할 수 있을지 염려하는 시각이 적지 않았다. 하지만 어린이 문학도 질적으로 도약할 때가 되었다는 판단이 우세했다. 주제 의식과 문학성이 뛰어나 어린이 문학의 새 지평을 열 수 있는 작품이라는 기대를 품었다.

2000년에 초판이 나왔을 때 언론과 독자 반응은 좀 시큰둥했다. 한두 매체에서 비중 있게 다루어주었지만 크게 주목받지는 못했다. 책을 읽은 독자의 '입소문'이 가장 큰 홍보 역할을 했다. 사계절 김태희 아동문학팀장은 "초기에는 어린이보다 어른, 특히 어머니들의 반응이 매우 좋았다"고 전했다.

"어린이도서연구회에서 매월 출간 도서를 평가하는데, 어린이 창작동화 분야에서 아주 드물게 최고 평점인 올챙이 다섯 마리를 받았다.

올챙이 세 마리 이상이면 추천, 권장할 수 있다는 뜻이다. 당시 가장 왕성하게 활동하던 독서운동단체에서 회보나 권장 목록을 통해 이 책을 적극 권장하면서, 전국 '동화읽는어른모임' 회원들이 곳곳에서 토론하고 추천하는 분위기가 비교적 일찍 형성되었다."

마케팅은 '어른과 아이가 함께 보는 동화'로 방향을 잡았다. 다만 이 책의 정체성을 어린이문학으로 확실히 하고, 새 지평을 열어간다는 뜻에서 처음엔 어린이 독자를 1차 타깃으로 삼았다. 6개월 뒤 독자층을 청소년과 성인 독자로 확산하는 전략으로, 내용은 같되 작은 판형의 양장본을 출간했다. 출간된 해에 초등부 · 청소년부 · 일반부로 독서 감상문 대회도 크게 열었다. '어른과 아이가 함께 보는 동화, 온 가족이 함께 보는 동화'로 자리매김하고자 한 것이다. 초등 2학년부터 80세 할머니까지 2000여 편이 응모됐다.

황선미는 서울 독립문의 아파트에 산다. 그를 인터뷰하러 간 2014년 2월, 엘리베이터에서 마주쳤다. 전구를 사러 갔다가 허탕치고 들어오는 길이었다. "화장실 전구가 나갔는데 동네 마트에서는 안 파네요. 이사 온 지 5년 되도록 한 번도 안 갈았으니 그럴 때가 되긴 했어요……."

그 순간 "처음과 끝이 있으니까, 삶은 비극"(러시아 연출가 레프 도진)이라는 말이 떠올랐다. 전구 수명이 다하는 것은 일상사지만 작가는 가벼이 보아 넘기지 않는다. 동계올림픽 쇼트트랙 여자 3000미터 계주에서 한국 대표팀이 금메달을 딴 이튿날이었다. 황선미는 "다른 나라 선수들처럼 안 울었으면 좋겠는데 그 조그만 애들이 울어서 따라 울었어요"라고 했다.

작가가 여러 나라에 번역된《마당을 나온 암탉》을 서재에서 꺼내 왔다. 모아놓으면 뿌듯하다기보다는 두렵다고 했다. "내가 이걸 감당할 수 있나, 이게 진짜인가, 싶고 조심스러워요. 실수할까 봐 걱정되고."

황선미는 '피터 래빗(Peter Rabbit)' 이야기를 쓴 베아트리스 포터를 좋아한다. "작가가 되는 과정에서 '시각 교정'을 해준 사람"이라고 했다. "1990년대 말까지도 동화를 쓰면서 '이혼이나 지저분한 이야기는 안 돼' '아이들은 백지처럼 깨끗한 존재니까 어두운 이야기는 안 돼' 같은 편견을 갖고 있었어요. 아빠가 잡아먹혔다는 잔인한 얘기를 예쁜 동화 속에 넣은 '피터 래빗'을 읽으며 '독자가 어린이일 뿐 뭐든지 쓸 수 있다'는 쪽으로 생각이 바뀌었습니다."

사계절은《마당을 나온 암탉》이 2011년에 100만 부를 돌파하자 홍보활동을 좀 더 적극적으로 했다. 애니메이션 영화는 소수자에 대한 이해, 모성(母性) 같은 보편적 주제를 다루면서도 교훈적이지 않고 애잔함을 줬다. 220만 관객을 모으자 파급력이 더 커졌다. 애니메이션 그림책은 물론 캐릭터를 활용한 스케치북·지우개·연필·크레파스 등 학용품도 나왔다. 책·영화·파생상품 등을 합친 매출액은 200억 원에 이른다.

이 동화는 세계 26개국에 판권이 팔렸고 10여 개국에서 출간되었다. 2011년 번역된 중국판은 해마다 3만 부 정도 판매되고 있다. 폴란드에서는 2012년 최고의 어린이 문학작품으로 뽑혔고, 2013년 펭귄 출판사가 낸 영문판(*The Hen Who Dreamed She Could Fly*)은 신경숙의《엄마를 부탁해》를 영어로 옮긴 번역가 김지영이 맡았다. 잎싹이라는 이름은 'Sprout'로 바뀌었다. '새싹' '새로운 시작'이라는 뜻을 담은 것이다. 영문판은 미국 아마존 베스트셀러에 올랐다.

황선미는 한국이 주빈국이었던 2014 런던도서전에서도 국가대표 작가였다. 도서전 조직위가 초청한 한국 작가 10명 가운데 유일하게 '오늘의 작가(Author of the Day)'로 선정됐다. 당시 영국문화원(British Council) 코티나 버틀러 국장이 하는 말을 듣고 새삼 놀랐다.

"한국문학은 중국 문학, 일본 문학과도 다른 독특한 세계관을 보여준다. 한(恨)이라는 개념은 영어로는 번역이 불가능하다. 《마당을 나온 암탉》을 읽으니 어렴풋하게나마 그 정서를 알 것 같다. 주인공 잎싹이 마지막에 죽는데, 서양 작가였다면 절대 죽이지 않았을 것이다."

황선미는 책 서문에 이렇게 썼다. "닭장에 갇힌 암탉 잎싹은 결코 이루어질 수 없을 것 같은 꿈을 꾸었어요. 그래서 고통을 겪고 들판에서 족제비에게 죽임을 당하지요. 그러나 비참하지 않은 죽음입니다. 꿈을 간직하고 살아서 아름다워질 수 있었고, 당당해질 수 있었기 때문이지요." 작가 말마따나 '하느님이 아니라 내가 이루어내는 기적'이다. 꿈을 이룬 사람은 그래서 아름답고 자유로워 보인다.

이 동화가 국내에서 꾸준히 사랑받는 까닭은 뭘까. 작품 내적으로는 기존의 생활동화와는 차별화되는 동물 캐릭터로 우리 삶을 좀 더 본질적으로 들여다봤다는 점, 외적으로는 황선미의 작품들이 꾸준히 문학성과 재미를 담보하면서 작가에 대한 인지도와 신뢰가 쌓인 점을 꼽을 수 있다.

《마당을 나온 암탉》은 족제비가 잎싹을 사냥하는 장면으로 닫힌다.

황선미는 문학성과 재미를 모두 갖춘 작품들을 통해 인지도와 신뢰를 쌓아온 작가다.

잎싹은 눈을 지그시 감고 중얼거린다. "한 가지 소망이 있었지. 알을 품어서 병아리의 탄생을 지켜보는 것! 그걸 이루었어. 고달프게 살았지만 참 행복하기도 했어. 소망 때문에 오늘까지 살았던 거야. 이제는 날아가고 싶어. 나도 초록머리처럼 훨훨, 아주 멀리까지 가보고 싶어!"

눈발이 흩날리기 시작한다. 잎싹의 눈에는 아카시아 꽃잎처럼 보인다. 기분이 아주 좋았다. 춥지도 외롭지도 않다. "캬악!" 날카로운 소리가 났다. 순간 모든 것이 사라졌다. 아카시아 꽃잎도, 향기도, 부드러운 바람까지도. 잎싹의 앞에는 굶주린 족제비가 있을 뿐이다. "그래, 너로구나." 이제는 더 도망칠 수 없다. 그럴 까닭도 없고 기운도 없다. "자, 나를 잡아먹어라. 그래서 네 아기들 배를 채워라."

《마당을 나온 암탉》에서 잎싹은 청둥오리의 엄마가 되어 철새의 길잡이로 키워내고, 줄곧 자기를 노리던 족제비에게 목숨을 내어준다. 진정한 암탉, 인생의 주인이 될수록 몸은 비쩍 말라도 눈빛은 형형해진다.

황선미 동화는 2011년에 두 편이 100만 부를 돌파했다. 양계장을 빠져나온 암탉의 꿈을 따라가는 《마당을 나온 암탉》과 초등학교에서 학생들에게 나눠 주는 스티커를 소재로 삼은 《나쁜 어린이 표》(웅진주니어). 그는 주변에 있는 생활에서 글감을 찾는다. 거리를 걸으며 사람들이 어떻게 움직이고 말하는지 관찰하고 TV도 영화도 열심히 본다. "사람에 대해 쓰는 게 내 일이라서 문제도 답도 다 사람 속에 있어요"라고 말하는 작가다.

2000년 펴낸 《나쁜 어린이 표》는 스티커로 아이들을 규제하려는 선생님과 착한 어린이가 되고 싶지만 번번이 나쁜 어린이로 몰리는 건우의 이야기다. 초등학생 건우는 일종의 옐로카드인 '나쁜 어린이 표'를 남발하는 선생님 몰래 '나쁜 선생님표'를 만들어 억울함을 푼다. "아이와 교사가 '나쁜 어린이표'와 '나쁜 선생님표'의 폐기를 합의하는 장면은 우리 아동문학뿐 아니라 교육 현장에도 적지 않은 영향을 끼쳤다. 시대를 선도하는 인물, 이야기의 탄생"(박숙경 아동문학평론가)이라는 평을 받았다.

우리 어린이 문학에서 밀리언셀러를 두 편 낸 작가로는 황선미에 앞서 《몽실 언니》《강아지똥》의 권정생(1937~2007)이 있다. 1996년에 동화를 그림책으로 옮긴 《강아지똥》은 하잘것없는 존재에도 제 몫의 가치가 있다는 교훈이 담겨 있다. 회화적인 느낌이 강한 이 그림책은 2011년에 100만 부 고지를 밟았다. 연극·애니메이션으로도 만들어졌다. 2000년 창비가 펴낸 김중미의 《괭이부리말 아이들》은 인천 만석동 달동네를 배경으로 아이들의 성장통을 현실적으로 그려냈다. 이듬해 MBC 〈느낌표〉 필독서로 선정되며 판매량이 폭증했고 2013년에 200만 부를 돌파했다.

어린이 책은 구간(舊刊)이 지배한다. 시공사와 사계절의 경우 10년 동안 해마다 1만 부 이상 팔린 스테디셀러는 아동서에서만 나왔다. 《강아지똥》을 펴낸 길벗어린이 관계자는 "그림책은 구간 중심으로 팔려 신간 진입이 힘든 시장"이라고 했다.

"커다란 커어다란 사과가 쿵!" 땅에 떨어지며 출발해 여러 동물이 파먹은 사과 아래서 비를 피하는 장면으로 닫히는 다다 히로시의 《사과가 쿵!》(1996)을 비롯해 하야시 아키코의 《달님 안녕》(1990), 베르너 홀츠바르트의 《누가 내 머리에 똥 쌌어》(1993), 마이클 로젠의 《곰 사냥을 떠나자》(1994), 최숙희의 《열두 띠 동물 까꿍놀이》(1998), 프란치스카 비어만의 《책 먹는 여우》(2001), 앤서니 브라운의 《미술관에 간 윌리》(2000), 《돼지책》(2001), 《지각대장 존》(1996)…… 아이에게 읽히지 않고 초등학교에 보내기가 불가능에 가까울 만큼 인기 있는 그림책들이다. 미하엘 엔데의《모모》(1999), 권윤덕의《만희네 집》(1995) 등 초등학생용 동화도 여기 포함된다.

아이들이 독후감을 많이 쓰는 책이 스테디셀러가 될 수밖에 없다. 《마당을 나온 암탉》, 셸 실버스타인의《아낌없이 주는 나무》, 조제 바스콘셀루스의《나의 라임 오렌지나무》,《책 먹는 여우》,《강아지 똥》……. 예스24가 2005년부터 2012년까지 8년 치 어린이 독후감 대회 응모작을 분석한 결과 이런 책들이 1~5위로 조사되었다고 2013년 밝혔다. 이 인터넷 서점이 개최하는 어린이 독후감 대회에는 해마다 1만 편 안팎이 접수된다.

독후감 응모작 순위를 30위까지 보면 황선미(《마당을 나온 암탉》《나쁜 어린이 표》《일기 감추는 날》), 권정생(《강아지똥》《몽실언니》), 미하엘 엔데(《마법의 설탕 두 조각》《모모》)가 인기 작가인 것으로 나타났다. 이 밖에 '이순신' '세종대왕' '에디슨' '김구'를 비롯해 위인전을 다룬 독후감도 여럿 있었다. 아동 베스트셀러는 부모가 사 주다 보니 학교생활·성장·독서·인간관계를 주제로 한 책이 다수인 반면, 독후감용 어린이 책은 명작·위인전이 많은 것으로 나타났다.

교보문고가 집계한 '2004~2013년 사랑받은 어린이책'도 참고할 만하다.《사랑해 사랑해 사랑해》가 1위로 선정되었고《사과가 쿵》《책 먹는 여우》《강아지똥》《구름빵》《마당을 나온 암탉》《누가 내 머리에 똥 쌌어》《마법의 설탕 두 조각》《마법천자문 1》《수학귀신》《무지개 물고기》《달님 안녕》《돼지책》등이 꾸준한 인기를 누린 것으로 나타났다.

이 책은 2014년 초 〈조선일보〉에 실린 "베스트셀러 코너 오른 너…어떤 동아줄 잡았니?"가 출발점이 되었다. 책이 대박 나게 하는 동아줄 6가지에 대한 분석 기사였다. 신문을 읽고 박영욱 북오션 대표가 우리 시대의 밀리언셀러를 모아 그 배경을 해부해보는 프로젝트를 제안했다. 출판 담당 기자로서 공부도 될 것 같아 그러자고 덤볐다. 결정은 짧고 후회는 길다.

한 해 쏟아지는 신간은 4만 종에 이른다. 그 책 더미에서 0.1~0.2퍼센트만 베스트셀러가 된다. 연간 베스트셀러 20위 안에 이름을 올리려면 1년에 20만 부는 팔려야 한다. 밀리언셀러 고지는 그중에서도 극소수만 밟을 수 있다.

시대를 '붙잡거나' 방송을 '타거나' 강연으로 '떠들거나' 교육열과 '얽히거나' 대통령이 '흔들거나' 새로운 시장을 '뚫거나'……. 한국에서 밀리언셀러는 다양한 동아줄을 붙잡고 판매량이 수직 상승했다. 출판인들은 "독서와 담쌓던 사람들도 읽어야 밀리언셀러가 된다"며 "먼저 독자 제한이 없어야 하고, 어느 시점에 독자의 기대를 파악하는 타이밍과 콘셉팅 능력이 중요하다"고 입을 모았다. 밀리언셀러 저자는 이른바 문화 권력을 장악하기도 한다.

원고는 2015년 초에 완성했다. 책으로 묶기까지 고마운 분들이 많다. 맥락 없이 물렁한 최초의 기사를 데스크를 보면서 길을 잡아준 이한우 문화부장, 출판팀에서 지혜를 나눠 준 김태훈, 김윤덕, 이한수 선배께 감사드린다. 박해현 문학전문기자를 비롯해 선후배들이 쓴 기사들도 든든한 밑천이 되었다.

이 책의 등뼈는 해당 밀리언셀러들을 만드는 데 직간접적으로 기여한 출판사 대표나 편집자와의 인터뷰다. 강심호 살림 국장, 박지은 비룡소 편집장, 김기옥 한스미디어 대표, 황은희 전 쌤앤파커스 팀장, 권정희 전 쌤앤파커스 실장, 이진숙 해냄 편집장, 김은주 위즈덤하우스 분사장, 임병주 21세기북스 부사장, 김윤경 김영사 부장, 박신규 창비 문학부장, 김보경 웅진지식하우스 대표, 김태희 사계절 팀장, 강무성 전 열린책들 주간, 이미숙 홍익출판사 주간, 김중현 지식노마드 대표, 강수진 갤리온 대표, 염현숙 문학동네 이사, 위원석 휴머니스트 주간 등이 내 두서없는 질문에 정성을 다해 응답해주었다.

길이 막히고 방향을 잃을 때마다 나침반이 되어준 분들도 있다. 출판평론가 표정훈 한양대 교수, 출판평론가 한미화 씨, 박종만 까치글

방 대표, 정은숙 마음산책 대표, 김학원 휴머니스트 대표, 주명석 전 21세기북스 이사, 주정관 북스토리 대표, 주연선 은행나무 대표, 박윤우 부키 대표, 강맑실 사계절 대표, 박상희 비룡소 대표, 박시형 전 쌤앤파커스 대표, 장은수 편집문화실험실 대표, 송용석 해냄 대표, 김기중 더숲 대표, 신경렬 더난 대표, 박창흠 전 엘도라도 대표, 유정연 흐름출판 대표, 김수영 한양여대 교수, 박은주 전 김영사 대표, 이수미 나무를심는사람들 대표, 이미혜 한신대 교수, 강성민 글항아리 대표, 백원근 한국출판연구소 책임연구원이 그들이다. 만화가 윤태호, 작가 황선미, 시인 정호승, 소설가 조정래, 번역가 김지영, 김정운 전 명지대 교수 등 성가신 취재에 응해준 분들에게도 머리 숙여 감사드린다.

어떻게 시작해야 할지 형식이 막막할 때 초벌 원고 일부를 받아준 대한출판문화협회와 김신영 팀장을 비롯해 이수현 교보문고 브랜드 관리팀장과 진영균 씨, 예스24에서 홍보를 맡았던 윤미화 씨, 최연순 전 김영사 이사, 이미현 전 민음사 홍보부장, 강상중 일본 세이가쿠인 대학 학장, 영국 작가 알랭 드 보통, 마이클 샌델 미국 하버드대 교수, 동화 작가 케이트 디카밀로, 자기계발서 저자 호아킴 데 포사다 등도 책을 마무리하기까지 큰 힘이 되었다.

주말에도 변변찮은 글을 끄적이는 나를 지켜보며 응원해준 아내와 딸, 즐거운 고통을 선물해준 북오션 출판사, 낯선 분야를 공부할 기회를 허락한 신문사, 격려하고 후원해준 한국언론진흥재단에 깊은 감사를 전한다.

2015년 가을

박돈규

우리 시대의
밀리언 셀러는
어떻게 탄생했는가